HELENE URI

Honigzungen

Roman

Aus dem Norwegischen
von Gabriele Haefs

WILHELM HEYNE VERLAG
MÜNCHEN

Titel der Originalausgabe
HONNINGTUNGER

Umwelthinweis:
Dieses Buch wurde auf
chlor- und säurefreiem Papier gedruckt.

This translation has been published with
the financial support of NORLA Fiction.

Deutsche Erstausgabe 11/2004

Printed in Germany 2004
Umschlagillustration: Getty Images/Jason Hetherington
Umschlaggestaltung: Eisele Grafik-Design
Satz: KompetenzCenter, Mönchengladbach
Druck und Bindung: GGP Media GmbH, Pößneck

ISBN: 3-453-58001-X
http://www.heyne.de

Mit Dank an Kristin

Nähkränzchen

LISS, 36, derzeit nicht berufstätig
Gute Freundinnen! Gutes Essen! Gequatsche! Lautes Lachen. Wein. Ab und zu viel Wein! Aber nähen tun wir nicht, das möchte ich noch betonen. Unsere Nähkränzchentreffen sind Oasen im Alltag.

FRAU, 74, ehemalige Busfahrerin
Ich nehme seit meinem zweiten Volksschuljahr an einem Nähkränzchen teil. Früher haben wir natürlich mehr genäht, aber immerhin heften wir jetzt Namensschildchen in die Kleider der Enkelkinder und so. Und wir machen es uns gemütlich und trinken Kaffee und vielleicht auch einen kleinen Sherry. Aber es ist traurig, wenn eine von uns stirbt, weißt du. Wie voriges Jahr Magda. Ja, es war Krebs, und Olaugs Mann hat uns vor zwei Jahren verlassen. Und so wird es ja uns allen gehen. Ja, jetzt bin ich auch in diesem Alter, weißt du. Ich schlage die Zeitung von hinten her auf und lese zuerst die Todesanzeigen.

MANN, 42, Ingenieur und Journalist
Nähkränzchen, ja. Das ist wohl so ungefähr dasselbe wie das, was wir Jungs ›Angeltour‹ nennen.

FRAU, 31, Barfrau
Gibt's diese Bezeichnung denn überhaupt noch? Heutzutage haben wir doch wohl eher Kulturvereine, Gourmetclubs, Kochgruppen und Literaturkreise, oder? Ich glaube, Nähkränzchen waren früher üblicher. Ich verbinde dieses Wort eher mit gesetzten Ehefrauen, die nur scheinbar nett zueinander sind. Zicken, Verleumdung und Intrigen.

MANN, 76, ehemaliger Lagerarbeiter
Eine Schar von gackernden Klatschweibern! Jeden Donnerstag. Sie reden und reden, aber ich glaube nicht, dass sie besonders viel sagen.

EVA, 36, Lehrerin mit Beförderungsaussichten
Ich bin so dankbar dafür, dass ich jetzt ein Nähkränzchen habe. Das habe ich mir schon als kleines Mädchen gewünscht. Ich wollte immer Schwestern haben, und jetzt habe ich welche. Das Nähkränzchen gehört inzwischen zu den wichtigsten Dingen in meinem Leben. Ein Nähkränzchen wird leicht zu einer geschlossenen Gesellschaft, zu der Neue nur selten Zutritt haben. In meinem Alter ist es wirklich schwer, neue Freundinnen zu finden. Aber mir ist es gelungen.

FRAU, 28, Studentin
MANN, 31, Vorschullehrer
»Handarbeit auf hohem Niveau mit gleichzeitigem tief greifendem Engagement füreinander. Menschlich gesehen, meine ich.«
»Das gibt's ja wohl beides nicht bei einem Nähkränzchen!«
»Vergiss nicht, dass wir Frauen zwei Dinge auf einmal tun können. Anders als ihr Männer. Du kannst ja nicht mal

gleichzeitig Kaugummi kauen und Auto fahren. Und deshalb gibt es für Männer keine Nähkränzchen.«

TAMARA, 36, Journalistin
Ich gehöre schon seit der Grundschule zum selben Nähkränzchen. Zuerst waren wir zwei, dann wurden wir drei, und jetzt sind wir vier. Sara und ich, Liss, und dann noch Eva. Nähkränzchen, Schmähkränzchen, Bähkränzchen, Krähkränzchen.

MANN, 27, Student
Die reden sicher über uns. Aber ich glaube nicht, dass sie nähen. Ich würd' da ja gern mal Mäuschen spielen. Meine Freundin ist auch in so einem.

SARA, 36, Übersetzerin
Mein Nähkränzchen ist eine Runde, in der ich Themen zur Sprache bringen kann, die mich beschäftigen, und über die ich mit meinem Mann normalerweise nicht rede. Und mit den anderen Mädels dort verstehe ich mich einfach blendend. Wir können über alles sprechen. Und alles machen. Im Nähkränzchen treffe ich meine allerbesten Freundinnen.

Dieses Buch ist allen meinen Freundinnen gewidmet, denen aus dem Kochzirkel, denen aus dem Lesekreis und den weniger organisierten. Irgendeine Ähnlichkeit mit den Romanfiguren aus diesem Buch ist ziemlich zufällig und kann nur der langjährigen Inspiration entsprungen sein … tausend Dank, euch allen.

Abend im Nähkränzchen

Vermutlich ist es draußen ziemlich dunkel. Vielleicht ist es Spätsommer, oder vielleicht auch Winter. Möglicherweise Frühherbst. Oder April. Wahrscheinlich regnet es ein wenig. Schwerer, warmer Sommerregen. Oder hängt ein leichter Frühlingsniesel in der Luft? Weiche, große Schneeflocken vielleicht? Wenn Wind weht, dann nur ganz leicht. Denn es ist ziemlich still. Ziemlich still und reichlich dunkel.

Wir sehen ein grauweißes, frisch gestrichenes Reihenhaus, oder ein rotes Fertighaus mit Balkons und Erkern. Eine gelbe Villa. Oder eine geräumige Wohnung im Bauhausstil, mit großen Fensterflächen. Bestimmt fahren an dem weißen Reihenhaus, dem roten Haus, der gelben Villa oder der geräumigen Wohnung einige Autos vorbei. Aber an diesem Abend sind nicht viele Autos unterwegs. Und sie fahren langsam, vielleicht spiegeln ihre Scheinwerfer sich in einer Pfütze. Vielleicht kommen die Autos ein wenig ins Rutschen im frisch gefallenen Schnee oder auf den gelben Ahornblättern, die auf dem schwarzen, kühlen Asphalt liegen. In einem dieser Häuser, in dem grauweißen Reihenhaus, dem roten Fertighaus, der gelben Villa oder der Bauhauswohnung, sitzen vier Frauen um einen Tisch und essen. Im Zimmer ist es hell und warm. Muntere, laute Stimmen sind zu hören. Lachen und leise Musik. Es riecht nach Ingwer und Knoblauch oder vielleicht nach Chili; frischer Rosmarin und trockener Sherry mischen sich mit dem Duft von vier Parfüms. Die Frauen haben heiße, rote Gesichter. Ihre Münder öffnen und schließen sich. Die Frauen essen, sie heben ihre Weingläser zum Mund und trinken. Und sie reden. Wenn wir näher treten, hören wir, was die Frauen sagen:

»Was für köstliches Essen. Dieser säuerliche Nachgeschmack ist einfach toll, ist das Zitrone?«

»Habt ihr gehört, was die Schwägerin meines Nachbarn gemacht hat?«

»Nein, erzähl. Was hast du übrigens für eine schöne Jacke.«

»Wer ist die Schwägerin deines Nachbarn? Ist das die Dicke?«

»Kann das Koriander sein?«

»Danke, die hab ich vor ein paar Tagen im Sonderangebot gekauft.« »Nein, nein, nicht die Dicke. Die Schwägerin ist die mit den langen roten Haaren und den eleganten Kleidern. Die in dieser Werbeagentur arbeitet, ihr wisst schon.«

»Ja, dann weiß ich, wen du meinst.«

»Ich auch. Was hat sie gemacht?«

»Korianderfrüchte vielleicht?«

»Sie hat Mann und Kinder verlassen.«

»Wirklich? Die Vorstellung wirkt ja bisweilen durchaus verlockend.«

»Das kann doch wohl nicht Salbei sein?«

»Doch, doch, und noch dazu mit einem Mann aus einer bulgarischen Tanzkapelle!«

»Was? Wirklich? So einer mit Pomade in den Haaren und grünem Smoking?«

»Himmelblau, glaube ich. Mit Pailletten. Sie sind in der Nacht zum Freitag mit der Dänemarkfähre getürmt. »

»Nein, Salbei ist das auch nicht. Das sind getrocknete Limonenblätter.«

»Limonenblätter, genau. Das habe ich mir doch die ganze Zeit gedacht.«

»Was hast du dafür bezahlt?«

»Achthundert. Das war ein Sonderangebot, wie gesagt.«

»Mit einem Ungarn, echt?«

Auf der einen Seite des Esstisches sitzen zwei dunkelhaarige Frauen. Die beiden dunklen Köpfe bewegen sich, sie neigen sich einander zu, bewegen ihre Gesichter und lächeln. Der Tisch ist bedeckt mit Tellern, Besteck und Weinflaschen, einer Kanne Wasser und einem Blumenstrauß in einer niedrigen Vase. Auf der anderen Seite sitzen zwei weitere Frauen. Sie scheinen im gleichen Alter zu sein wie die beiden ersten. Die eine hat ein wenig hellere Haare, aber braune Augen. Die vierte hat ein rundes Gesicht und hellblonde Haare. Das ist das Nähkränzchen. Funkeln die Nähnadeln? Klirren die Stricknadeln? Nein, was hier klirrt, sind Gläser. Was hier funkelt, sind grüne Weißweinflaschen. Es wird laut gelacht. Es wird geredet. Mindestens zwei Frauenstimmen auf einmal, die ganze Zeit.

»Wisst ihr was? Ich war letzte Woche auf so einer Homeparty.«

»Tupperware, oder was?«

»Gestern konnte ich endlich einen Arzttermin bekommen. In der letzten Zeit hatte ich so schreckliche Kopfschmerzen.«

»Zu welchem Arzt gehst du?«

»Zu dem unten im Ärztehaus. Dem ziemlich jungen, neuen.«

»Ach, der, ja. Ist das der Hübsche?«

»Genau.«

»Und was hat er zu deinen Kopfschmerzen gesagt?«

»Er hat gesagt: Gnädige Frau, legen Sie sich auf meinen Untersuchungsstuhl und machen Sie die Beine breit. Ich glaube, was Sie dringend brauchen, ist eine gründliche Unterleibsuntersuchung.«

»Das hat er gesagt? Aber ich dachte, du hattest Kopfschmerzen?«

»Natürlich hat er das nicht gesagt. Er hat mir ein Mittel gegen Kopfschmerzen verschrieben und gesagt, ich brauchte Ruhe. Wer hat hier etwas von einer Homeparty mit Tupperware erzählt?«

»Nein. Ähem. Es ging da nicht gerade um Tupperware. Wie soll ich das ausdrücken? Sexspielzeug wäre vielleicht das richtige Wort.«

»Wow! Hast du auch was gekauft?«

»Ja, wir standen sozusagen unter einem gewissen Kaufdruck. Und da fühlte ich mich irgendwie verpflichtet.«

»Aha.«

»Ja, und deshalb hab ich mir so einen …«

»Mit zwei Köpfen? Mit drei Köpfen?«

»Hä?«

»Nein, nein, einfach einen ganz normalen. Einen schwarzen.«

»Und was sagt deine so genannte bessere Hälfte dazu? Freut er sich über diese kleine Entlastung?«

»Gibst du mir mal die Telefonnummer von deinem Arzt?«

Mit lautem Lachen, oder vielleicht auch im leisen, vertraulichen Gespräch verlassen die Frauen den Esstisch. Die Schüsseln mit den Resten von Kokosparfait in sonnengelber Mangosoße, oder vielleicht ist es ja auch grüne Kiwisoße, in der die Kerne herumschwimmen wie schwarze Kommas, oder vielleicht liegen hier die leeren Schalen von überbackenen Bananen mit weißer Schokolade, die Schüsseln jedenfalls bleiben zurück, zusammen mit den zerknüllten Servietten, dem leeren Wasserkrug und einer Weinflasche. Vier Frauen sitzen mit angezogenen Beinen auf dem Sofa und in den Sesseln. Eine hält eine noch nicht angezündete Zigarette in der schlanken weißen Hand. Hochhackige Schuhe liegen wild durcheinander auf dem Teppich, es ist ein exklusiver Perserteppich in gedämpftem Karminrot oder vielleicht auch ein flauschiger, weißer Hirtenteppich. Auf dem Wohnzimmertisch stehen eine halbvolle und eine ungeöffnete Flasche Weißwein, eine Schüssel mit Reiscrackern, die fast keine Kalorien haben, und denen es außerdem weitestgehend an Geschmack, Geruch und Gewicht fehlt. Im Hintergrund Musik, auf die niemand achtet. Mehr Lachen, fröhliches Geheul, Gekicher.

»Soll ich andere Musik auflegen?«

»Und dann habe ich gesagt, dass ich sowas noch nie gehört hätte.«

»Hast du das wirklich gesagt? Dass du den Mut aufgebracht hast!«

»Wollt ihr andere Musik hören oder was?«

»Tja, vielleicht. Was hast du denn da?«

»Eine neue CD. Ich …

»Lass mal sehen. Ach Herrgott. Wie ich diese Falte zwischen den Brüsten hasse!«

»Hör auf, dich in meiner CD zu spiegeln. Gib sie mir, damit ich sie einlegen kann. Und außerdem hast du dich verdammt gut gehalten. Was du genau weißt.«

»Habt ihr gesehen, dass ich zwei Kilo abgenommen habe? Und ich habe vor, noch mehr loszuwerden. Gib mir einen fettfreien Reiscracker. Und mehr Wein. Prost, Mädels!«

»Ja, das weiß ich. Aber ich höre es so gern. Kannst du es nicht noch mal sagen? ›Du hältst dich …‹«

»Halt die Klappe, meine Liebe. Und Prost!«

»Auf die neue Nachtcreme von Lancôme. Die wirkt wirklich Wunder!«

»Wunder? Eine neue Nachtcreme von Lancôme? Wie heißt die?«

»Prost, allesamt!«

Sie reden. Sie essen. Sie trinken. Die Weinflaschen und die Schale mit den Reiscrackern werden geleert. Sie reden weiter, sie lachen. Im Aschenbecher stapeln sich inzwischen die Zigarettenstummel, allesamt mit roten, sorglosen Lippenstiftabdrücken. Und jetzt scheint der Abend ein Ende zu nehmen. Die Frauen stehen auf. Sie sind ein wenig wackelig auf den Beinen. Sie lachen noch mehr, sie grinsen, sie stupsen einander an. Sie steigen wieder in ihr Schuhe, streichen ihre Haare glatt, eine zieht eine Puderdose aus der Tasche. Eine legt für einen Moment einer anderen den Arm um die Taille, es sind die beiden Dunkelhaarigen. Alle umarmen einander, gehen zur Tür, drei gehen hinaus. Hinaus in Herbstregen, Schneegestöber oder Sommernacht. Hinaus in den dunklen Frühling. Oder die kalte Oktobernacht. Die Frau, die in dem weißen Reihenhaus wohnt, oder in dem roten Fertighaus, oder in der gelben Villa, oder in der Bauhauswohnung, bleibt stehen und winkt den anderen hinterher. Dann schließt sie die Tür, und wir sehen die vier Frauen nicht mehr.

Kapitel 1

Nähkränzchen bei Eva, Dienstag, 22. August

MENÜ
Zweifarbige Paprikamousse
Lammfilet mit Erbsen und ›Pommes Anna‹
Diplomeis mit Freia-Schokoladensoße

Auf dem Tisch liegt ein vergrößerter Abzug eines alten Klassenfotos, offensichtlich Ende der Siebzigerjahre aufgenommen. Mädchen mit Lipgloss und herausgewachsenen Pagenköpfen, mit kleinen Brüsten unter pastellfarbenen Sweatshirts, und schmalschultrige, breitbeinige Jungen in abgenutzten Levi's. Drei Gesichter sind mit dünnem schwarzem Filzstift eingekreist. Sie sitzen in der ersten Reihe, zwei hübsche Mädchen mit dunklen Augen und dunklen Haaren. Und gleich hinter ihnen ein blondes Mädchen mit rundem Gesicht. Eva beugt sich noch dichter über den Abzug auf dem Tisch, ihr Gesicht schwebt wenige Zentimeter darüber. Sie sieht einer nach der anderen in die Augen, die grobkörnig reproduziert, aber trotzdem deutlich sind. Zuerst sieht sie sich das Mädchen mit dem runden, glatten Gesicht an, dann die beiden dunklen in der ersten Reihe. Sie mustert sie, bis sie vor Unbehagen auf ihren harten Stühlen herumrutschen; sie versuchen, sich abzuwenden, aber ihre Augen müssen in Evas Augen blicken, ob sie wollen oder nicht. Eva will sie aber nicht quälen. Wirklich nicht. Sie zu quälen ist einfach das Letzte, wonach ihr der Sinn steht. Eva legt den Kopf schräg und lächelt sie an. Sie lächelt ein langsames, sanftes Lächeln, wie eine Mutter, die ihren Säugling anlächelt, eine Schwester, die die andere Schwester anlächelt. Beschützend und beruhigend. Dann faltet sie vorsichtig das Klassenfoto zusammen, es fügt sich brav in die alten Kniffe im Papier, sie trägt es behutsam die Treppe hoch und legt es im großen Schlafzimmer in den Kleiderschrank. Als sie die Schranktür hinter sich zuzieht, fängt sie an zu lachen. Ein ziemlich leises, selbstzufriedenes Lachen.

Es ist Ende August, ein milder Spätsommertag. Es ist Viertel vor sieben, in einer Viertelstunde beginnt das Nähkränzchen. Eva hat soeben mit einem feuchten Lappen den Wohnzimmertisch abgewischt. Der Esstisch ist gedeckt mit fröhlichen bunten Papierservietten, funkelnden Weingläsern, Silberbesteck und vier Platztellern aus Zinn. In einer Tonvase stehen Wicken aus dem gepflegten kleinen Garten vor Evas Haus.

Evas Haus ist rot, es hat weiße Fensterrahmen, weiße, außen aufgeklebte Fenstersprossen und ein weißes Verandageländer. Eva und Erik wohnen erst seit einem Jahr und acht Monaten hier, und Eva liebt ihr rotes Fertighaus. Sie liebt die drei Erker, den Bogengang zwischen Küche und Wohnzimmer, die bunten Fliesen im Badezimmer und die allgegenwärtigen Schmuckleisten. Sie weiß, was die anderen denken. Jedenfalls Tamara und Sara, aber sie liebt ihr rotes Haus trotzdem. Die ruhigen, kühlen, elfenbeinfarbenen Wände in Saras Wohnung mit ihren großen, leeren

Zimmern, die blanken Stahlflächen und das ewig frisch gebohnerte Eichenparkett mit seinem Fischgrätmuster in Tamaras alter gelber Villa langweilen Eva, während sie sie gleichzeitig bewundert. Fast andächtig, aus der Ferne, und ohne sich auch nur eine Sekunde eine solche Einrichtung zu wünschen. Die schlampigen Reihenhauszimmer bei Liss mit den Abdrücken von Kinderhänden auf den Fenstern und zottigen Wollmäusen hinter den Türen sieht sie mit Nachsicht und fröhlichem Verständnis. Und vielleicht sind sie ihr vertrauter, als es ihr lieb ist.

Eva kennt ihre Grenzen. Sie bewundert die elegante Erscheinung von Tamara und Sara, ihre perfekt geschminkten Augen, die tadellose Kleidung, und sie weiß, dass sie niemals so werden kann wie die beiden. Sie wird niemals sein wie Tamara und Sara. Die beiden sind unerreichbar. Aber sie möchte ihre Freundin sein. Sie möchte ihnen näher kommen, als es Liss gelungen ist. Sie möchte Tamaras und Saras Busenfreundin sein. Und mehr noch. Sie will ihren Kopf zwischen die dunklen Schöpfe der beiden schieben. Sie will von ihnen um Rat gefragt werden, sie sollen sich ihr anvertrauen und ihr leise ins Ohr lachen. Und fast hat sie es geschafft. Sie hat hart und lange gearbeitet, und jetzt hat sie es fast geschafft. Nur noch kurze Zeit, dann ist sie dort, wo sie sein will. Bei Sara und Tamara. Bei Tamara.

Eva singt leise ein altes Stück von Frank Sinatra, öffnet den Kühlschrank, um die Teller mit der Vorspeise herauszunehmen. Sie hat zweifarbige Paprikamousse gemacht, rot und grün gestreift. Ein ziemlich kompliziertes und zeitraubendes Rezept. Sie will die anderen schließlich beeindrucken. Zuerst musste sie Paprika kochen, rot und grün, und zwar getrennt. Dann musste sie sie pürieren und durch ein Sieb drücken, und darauf folgte ein langer und unbegreiflicher Prozess mit Quirl und hohem Verbrauch an Gelatine (die Eva noch nie benutzt hat), Sahne und Eiweiß. Eva brach über dem Kochbuch der Schweiß aus, aber zum Glück wurde die Vorgehensweise sehr genau und ausführlich, Schritt für Schritt erklärt. Die Mädels müssen gewonnen werden. Tamara und Sara werden von Evas Paprikamousse begeistert sein. Und Liss wird es bestimmt auch gefallen. Evas Finger schließen sich um die ersten beiden Teller. Erwartungsvoll und zufrieden nimmt sie sie aus dem Kühlschrank, doch als das Tageslicht auf die Paprikamousse trifft, sieht sie es sofort. Die Oberfläche hat sich gewellt! Wie die Haut auf meinen Oberschenkeln, denkt Eva, und bei diesem Gedanken muss sie kichern, verstummt dann aber sofort. Ein kurzer Blick auf die Armbanduhr. Ziemlich hübsch. Eine Calvin Klein aus gebürstetem Stahl mit blauem Zifferblatt. Ein Geschenk von Erik. Tamara hat beifällig genickt, als Eva sie beim letzten Nähkränzchen vorgeführt hat. Und seither sitzt die Uhr um ihr Handgelenk. Sie zeigt jetzt schon zehn vor. Shit! Und Eva muss noch eine andere Strumpfhose anziehen. Diese hier hat eine Laufmasche. Sie könnte natürlich auch ohne gehen, warm genug wäre es, aber dann muss sie sich die Beine rasieren, und das dauert mindestens ebenso lange. Und sie kann keine gewellte Paprikamousse servieren. Natürlich würde niemand etwas sagen. Aber sie weiß, was sie denken würden. Jedenfalls Tamara und Sara. Der Staubsauger muss in den Keller gebracht werden. Und die Willkommensdrinks. Gläser und Tablett. Wo ist die Sherryflasche? Sie hat Erik gebeten, Tio Pepe zu kaufen. Das sei die beste Marke, hat neulich eine von den anderen gesagt. Tamara?

Sieben vor. Der Staubsauger steht im Keller, aber die

Strumpfhose ist noch die alte. Eine frische Schicht Wimperntusche wäre auch nicht schlecht, wenn die jetzt nur nicht klumpt. Die anderen sind immer so gepflegt. Gewellte Mousse ist nicht vertretbar. Das geht einfach nicht. Eva schiebt den rechten Zeigefinger in den Mund und fährt dann mit dem feuchten Finger an einem Mousse-Rand entlang. Das hilft. Die Mousse glättet sich. Eva leckt wieder an ihrem Finger und verstreicht Spucke auf den drei übrigen Mousse-Portionen. So. Eva legt den Kopf schräg. Die eine sieht noch immer ein bisschen schief aus. Rasch bückt sie sich und leckt die Mousse glatt. Jetzt sieht es gut aus. Summend trägt sie die Teller mit der Vorspeise ins Esszimmer. Zweifarbige, glatte Paprikamousse und ein Häuflein Rucolasalat auf den Glastellern. Ein verlockender Anblick. Eva weiß, dass die anderen beeindruckt sein werden. Eva weiß, dass sie sie dorthin bringen wird, wo sie sie haben will. Und zwar ziemlich bald.

Hinaus auf den Flur und hinüber zum Spiegel. Eva lächelt ihr Spiegelbild an. Die Strähnchen im Haar haben über neunhundertfünfzig Kronen gekostet. Aber sie stehen ihr. Es steht ihr, blonder zu sein, es passt wunderbar zu ihren braunen Augen. Sie sieht außerdem jünger aus. Sommerlicher. Aber jetzt die Strumpfhose. Sie rennt die Treppe hoch. Runter mit der alten laufmaschigen. Im Schrank unter dem Stapel der teuren, ungeöffneten Strumpfhosenpackungen liegt das Klassenfoto, sorgfältig zusammengefaltet. Sie gönnt sich das Vergnügen, es hervorzuziehen, es auseinander zu falten und sich noch einmal die drei Mädchengesichter anzusehen. Sie vertieft sich lange in den Anblick der beiden dunkelhaarigen Mädchen in der ersten Reihe, vor allem in den der einen. Tamara. Ich sehe sie, denkt Eva. Aber obwohl sie mir ins Gesicht blickt, sieht sie mich nicht. Eva lächelt, während sie das Bild wieder zusammenfaltet und die unverschämt teure Strumpfhose hervorzieht, die Marke, die sie nur zum Nähkränzchen trägt. Tamara und Sara sind immer so gut angezogen und sehen so schön aus.

Mit der unausgepackten Strumpfhose in der Hand bleibt Eva auf dem Bett sitzen. Sie bekommt nie genug davon, an diese beiden zu denken. Sich vorzustellen, wie sie gerade aussehen. Was sie machen. Was sie fühlen.

Eva stellt sich Tamaras Alltag flirrend hektisch vor. Jeden Tag begegnet sie neuen Menschen. Stellt ihnen Fragen, hört ihre Antworten, kann ihnen vielleicht Geheimnisse entlocken. Schreibt sie in knapper, präziser Sprache auf, die von vielen tausenden gelesen wird. Und dann wird Tamaras Arbeit weggeworfen, landet in Kartons in Dielen oder Küchen und wird schließlich hinausgetragen und in riesige Altpapiercontainer geworfen. Dann kommt ein neuer Tag, mit weiteren neuen Menschen und noch mehr Fragen. So ist Tamara, effektiv und schnell. Ohne Zögern, ohne Zweifel. Selbstsicher. Tamara. Ihr knallrotes Auto. Tonbandgerät, Notizblock und Stift liegen neben ihr auf dem Vordersitz. Laute Musik. Vielleicht hupt sie ungeduldig, weil jemand nicht rasch genug die Spur wechselt. Ein Blick in den Rückspiegel. Die dunkelbraunen Haare glänzen in der Sonne, und Tamara lächelt. Schön, erfolgreich. Zufrieden mit sich.

Eva denkt an Sara, die vor ihrem Computer sitzt, in tiefer Konzentration, in ihrem hellen, sauberen Zimmer (fast steril, hatte Eva zu Erik gesagt, überwältigt nach ihrem ersten Besuch bei Sara). Ein Stapel Wörterbücher und andere Nachschlagewerke, vielleicht einige Grammatiken auf dem Schreibtisch aus Nussbaumholz. Eva weiß es nicht, aber sie stellt sich vor, dass Sara die Wörter und die langen komplizierten Sätze halblaut und zögerlich auf Deutsch liest, während ihre Hände sich schnell und lautlos über die Tastatur bewegen und auf dem Bildschirm die norwegische Übersetzung heranwächst. Eva stellt sich vor, dass Sara ab und zu innehält, ein Wort nachschlägt, nickt. Dass sie die Lesebrille in ihre fast schwarze Haaren hochschiebt, dass sie sich eine Tasse Tee holt, sich eine Zigarette ansteckt. Sie weiß nicht, ob es genau so ist, aber Eva kann sich solche Szenen sehr gut vorstellen, und meistens liegt sie mit ihrer Vorstellung richtig. Es ist still, Sara konzentriert sich. Sie ist schön und allein vor ihrem Computer. Aber Sara ist innerlich unruhig. Das kann Eva gut sehen, durch Saras weißgoldene, makellose Haut hindurch. Sara hat Angst. Wovor weiß Eva nicht. Sie möchte es aber wissen.

Und Eva selbst. Vor fast zwei Jahren hat sie im Januar das neue Klassenzimmer betreten. Sie stand oben am Pult und sah dreiundzwanzig Kaugummi kauende, glatte und unfertige Ovale. Blank vor Langeweile. Dreiundzwanzig aufeinander oder auf die Fenster gerichtete Augenpaare. Eva sah sie an und wusste, dass sie sie für sich gewinnen würde. Sie wird es schaffen, das weiß sie. Und jetzt hat sie ihr Ziel bald erreicht. In diesem Herbst wird sie die letzten Widerspenstigen besiegen. Sie hat sich Vertrauen, Respekt und Bewunderung der ganzen Klasse erworben. Eva wendet langsame, zähe Entschlossenheit an. Sie ist niemals aufdringlich, niemals enthusiastisch. Das richtige Wort zur richtigen Zeit. Harte, stille Arbeit.

Tamara und Sara. So anders als sie selbst. Und trotzdem so ähnlich. Ähnlicher als sie selbst glauben.

Eva betrachtet ihre Beine, während sie die neue Strumpfhose anzieht, Wolford, 15 Denier. Früher hat sie nur die allerbilligste Marke getragen. Die war immer sofort zerrissen, egal, welche es war. Sind ihre Oberschenkel nicht ein wenig dünner geworden? Hat sie nicht ein wenig abgenommen? Sie darf nicht vergessen, sich vor dem Schlafengehen zu wiegen. Nein, nicht nach allem, was sie an diesem Abend essen wird. Am nächsten Morgen wird sie sich wiegen. Oder vielleicht am Abend. Wenn sie morgen nur Reiscracker und Möhren isst? Ein Spritzer White Diamond auf jedes Handgelenk (es fiel ihr schwer, ihren Schreck beim Bezahlen zu verbergen, aber Tamara hatte Eva dieses Parfüm empfohlen und gesagt, dass es perfekt zu ihr passen würde). Eine Hand durch die ungewohnt blonden Haare. Eine Schicht Wimperntusche (von der allerbilligsten Sorte, als Doppelpackung bei Cubus gekauft). Und es geht gut: Die Tusche klumpt nicht. Jetzt klingelt es. Es ist genau sieben. Durch das Badezimmerfenster sieht sie Liss. Eva setzt sich auf den Klodeckel und in Gedanken singt sie alles, was ihr von dem Sinatra-Text noch einfällt. *If I can make it there I'll make it anywhere. It's up to you.* Es klingelt noch einmal. *New York, New York.* Sie geht langsam die Treppe hinunter, geht zur Tür und öffnet.

»Du bist das, Liss. Wie schön, dich zu sehen. Gut siehst du aus. Komm rein!«

Eva umarmt Liss. Eva nimmt die ganz behutsam einsetzende Weichheit der mittleren Jahre in Liss' Wange wahr. Und Liss benutzt noch immer L'Air du Temps. Dass sie sich kein neues Parfüm sucht. Dieses ist doch zu jugendlich, zu süß. Eva ist sicher, dass Tamara und Sara das auch so sehen. Ja, wenn sie sich das genauer überlegt, dann hat doch eine so etwas erwähnt, als Liss gerade nicht im Zimmer war. Und Liss sieht wirklich müde aus. Ihre blonden

Haare hängen wie eine farblose dünne Gardine um ihr rundes, fröhliches Gesicht. Und hat sie diese Falte auf der Stirn schon länger? Vielleicht liegt es an der Außenlampe, es ist übrigens absolut unnötig, sie an diesem Abend einzuschalten. Aber scharfes Licht von oben kann ziemlich interessant sein, so lange Eva selbst außerhalb seiner Reichweite steht. Eva beschließt, die Lampe an diesem Abend brennen zu lassen. Liss' laute, muntere Stimme bohrt sich in ihr Ohr:

»Was hast du für eine schöne Frisur, Eva. Warst du heute beim Friseur?«

»Ja, kann man das sehen? Gefällt es dir?«

»Das steht dir sehr gut. Es passt wirklich zu deinen Ohren. Hast du deine Haare auch blondieren lassen? Ich finde, die wirken ein wenig heller?«

»Nein, nein, ich habe sie nur schneiden lassen. Das ist meine natürliche Haarfarbe. Im Sommer werde ich immer heller«, antwortet Eva, ohne zu wissen, warum sie lügt. Eva schwärmt für dunkle Haare. Aber die dunklen Haare der anderen will sie trotzdem nicht haben.

»Komm ins Wohnzimmer, dann gibt's einen Willkommensschluck«, sagt Eva zu Liss.

»Ach, Sherry, wie schön«, sagt Liss. »Tamara trinkt ja so gern Sherry.«

»Ach, wirklich«, sagt Eva.

Fast eine Viertelstunde später geht die Türklingel wieder, und Eva hört, dass die Tür von außen geöffnet wird. Eva erhebt sich und geht zur Diele.

»Hallo, hier sind wir«, ruft Tamara.

»Entschuldigt, dass wir ein bisschen zu spät kommen. Tamara hat mich abgeholt, damit wir zusammen ein Taxi nehmen könnten, und da …«, setzt Sara an.

Sie kommen zusammen, denkt Eva und hört nicht, wie Sara ihre Erklärung vollendet, aber bestimmt ist die perfekt und gut formuliert, wie Saras Sätze das eben so an sich haben. Tamara und Sara sind zusammen gekommen. Eine doppelte Freude, eine doppelte Herausforderung. Die beiden dunklen Köpfe dicht beieinander in Evas ziemlich engem Windfang. Tamara, die Sara den Vortritt in Evas Diele lässt. Ein scharfer, aber rasch verfliegender Stich der Eifersucht in Evas Brust. Eva bleibt in der Tür zur Diele stehen. Sie lehnt sich an den Türrahmen und sieht die beiden an. Die Nähe der beiden scheint sie daran zu hindern, auf sie zuzugehen. Ihre Nähe verlangt die Distanz der anderen. Jahre der Vertraulichkeiten, des warmen Freundinnenatems im Ohr der anderen, der umeinander gelegten Arme. Übernachten beieinander, Glanzbilder, die Tische in der Klasse immer zusammengeschoben, nächtliche Telefongespräche, Zettel in der Stunde, in der großen Pause in der Raucherecke die letzte Zigarette teilen, Trauzeugin sein und füreinander den Brautstrauß halten und den Schleier glatt streichen, alles übereinander wissen. Eva bleibt stehen und lächelt ihnen zu, während Sara sich im Spiegel betrachtet und Tamara ihren dünnen, weinroten Seidenblazer auf einen Kleiderbügel hängt. Eva ist von Zuneigung zu den beiden erfüllt, von Dankbarkeit, weil sie sie kennt, von dem Wunsch, näher treten zu dürfen, zwischen die dunklen Köpfe, zu einer von ihnen zu werden, noch stärker zu werden, noch klarer anwesend. Glanzbilder zu tauschen, die Arme umeinander zu legen, Geständnisse über Fredrik aus der Parallelklasse und der Geruch von Sweetmint, Salzpastillen und dunklem, sonnenwarmem Haar. Der Dampf der Teetassen, eine tröstende Hand auf ihrer eigenen. Eva schlägt die Augen nieder, aus Angst,

Tamara und Sara könnten diese Sehnsucht in ihren Augen lesen und davon in die Flucht geschlagen werden, und das darf nicht passieren, nicht jetzt, wo sie fast am Ziel ist. Aber Tamara und Sara haben nur Augen für einander und achten gar nicht auf Eva.

»Kommt rein«, sagt Eva mit gedämpfter Herzlichkeit. »Wir warten schon auf euch. Das Essen ist fertig.«

Um fünf vor halb acht sitzen vier Frauen um Evas Esstisch aus Kirschbaumholz. Tamara und Sara. Zwei dunkle, einander zugeneigte Köpfe. Liss' blonde Haare vor der beigen Rückenlehne des Esszimmerstuhls, sie klopft mit ihrem Trauring gegen ihr Weinglas. Eva sieht die drei funkelnden Edelsteine nicht (sind das Diamanten?), aber sie weiß genau, dass sie vorhanden sind. Liss hat erzählt, dass Pål ihr für jedes Kind einen geschenkt hat. Ziemlich rührend, findet Eva. Liss hat sich erhoben.

»Ich würde gern ein paar Worte sagen.«

Das kann ich mir vorstellen, denkt Eva. Und was werden wir jetzt hören? Eva wettet darauf, dass nun etwas über Liss' Kinder kommt, oder eine von ihren vielen saftigen erotischen Einlagen, die sie zwar oft anbringt, von denen Tamara und Sara aber jedes Mal von neuem überrascht zu sein scheinen.

»Na los«, sagt Eva und lächelt Liss aufmunternd an. Eva mag Liss. Eva kann Liss gut leiden.

»Ich bin ja nicht für Kitsch«, sagt Liss.

O doch, das bist du, denkt Eva. Du liebst Kitsch, miese Filme und Bücher, von denen es vierundsiebzig in einer Serie gibt. Aber ich mag dich trotzdem. Eva rutscht auf dem Stuhlsitz zurück und streckt unter dem Tisch die Beine aus. Liss redet. Eva hat keine Ahnung, worüber. Liss' Stimme ist fast schon verschwunden. Tamaras schlanker, sonnenbrauner Arm streckt sich träge nach dem Weinglas aus. Sara legt den Kopf in den Nacken und lacht über irgendetwas. Ihre Haare sind fast schwarz und kräuseln sich hinter den Ohren und im Nacken ein wenig. Tamaras und Saras Blicke sind auf Liss gerichtet. Eva bewegt den Kopf, so, dass sie Liss, die neben ihr sitzt, gerade noch sehen kann. Auch Liss lacht. Offensichtlich genießt sie die Aufmerksamkeit, die Sara und Tamara ihr schenken. Ihr rundes, sonst bleiches und fast durchsichtiges Gesicht ist hellrot vor Lachen. Die Farbe ihrer Haare verschwimmt mit dem Beige des Stuhlbezugs. Eva sieht sie nicht mehr. Liss verschwindet. Ihr Stuhl ist leer. Tamara nickt und sagt mit leiser Stimme etwas zu Sara, die fast seitwärts auf dem Stuhl sitzt, die langen, nackten Beine ausgestreckt, den Oberkörper Tamara zugekehrt. Ein Bein liegt über dem anderen. Die Haut ihrer Beine ist goldenweiß und blank. Sie trägt Sandalen, und ihre Zehennägel sind dunkelrot und geschwungen. Dann hebt Tamara ihr Weinglas an den Mund. Ihre Lippen schließen sich um das dünne Glas, und der Wein, dunkel und funkelnd, fließt über rote Lippen, weiße Zähne und dünnes Glas. Tamara ist so hübsch mit den dunkelbraunen Haaren und den schräg stehenden Augen. Eva hört, dass Tamara etwas sagt. Diesmal laut. Sie hört, dass Sara lacht, aber sie hört nicht, worüber sie sprechen, sie weiß nicht, warum sie lachen. Das spielt jedoch keine Rolle. Eva ist warm und glücklich. Ich sehe sie an, denkt Eva. Sie wissen nicht, wer ich bin. Ich sehe sie an, und sie sieht mich nicht. Sie weiß nicht, dass wir zusammengehören, sie und ich. Eva schreckt hoch, als Sara sich zu ihr vorbeugt. Sara hält eine weiße Zigarette in der einen Hand, und ihr lächelnder Mund sagt etwas.

»Ja, rauch du nur. Das macht nichts«, antwortet Eva und

hat richtig getippt, jedenfalls zündet Sara ohne ein weiteres Wort die Zigarette an.

Eva sieht zu Liss hinüber, die beide Hände gehoben hat. Liss gestikuliert mit heftigen, fröhlichen Bewegungen und versucht gleichzeitig, den Zigarettenrauch zu verscheuchen. Ihre Stimme ist laut, munter und eindringlich.

»Und überlegt doch nur, in ein paar Wochen, da können wir unser Fünfundzwanzigjähriges feiern!«

»Wirklich?«, fragt Sara.

»Ja«, antwortet Liss. »Dann ist es genau fünfundzwanzig Jahre her, seit du und Tamara und ich das erste Nähkränzchen hatten. In dem Herbst, als wir elf waren.«

»Wo wollen wir denn feiern?«, fragt Tamara.

»Aber Tamara, das wollte ich ja gerade vorschlagen. Witzig! Klarer Fall von Gedankenübertragung«, sagt Liss. »Denn wir müssen doch irgendwohin fahren, wenn wir ein Jubiläum haben und überhaupt? Findet ihr nicht auch?«

»Ja, natürlich müssen wir das. Paris? Rom?«, fragt Tamara.

»Spikkestad? Pål und ich haben im Moment nicht viel Geld.«

»Herrgott, Liss, eine Pauschalreise für ein langes Wochenende in irgendeiner europäischen Stadt wirst du dir doch wohl noch leisten können.«

»Ja, klar. Ich rede mit Pål. Aber dann ist das abgemacht, ja? Wir gehen auf Nähkränzchenreise. Es schmeckt wunderbar, Eva!«

»Ja, wirklich fantastisch, heute hast du dich selber übertroffen«, sagt Sara.

»Danke, ich freu mich, dass es euch geschmeckt hat. Aber was ist mit Kopenhagen? Ich finde, das ist ein richtig guter Vorschlag.«

»Wer hat denn von Kopenhagen gesprochen? Das ist vielleicht keine schlechte Idee. Nicht so weit und nicht so teuer«, sagt Tamara. »Wie schaffst du es übrigens, dass die Paprikamousse so glatt und fein ist, Eva?«

Kapitel 2

Nähkränzchen bei Tamara, Dienstag, 12. September

Menü

Russischer Aperitif
Scampi in Safranjus
Grapefruitgratinée
Thunfischfilet mit Puy-Linsen und wildem Reis
Avocadosalat mit Aprikosen und Sonnenblumenkernen
Schokotrüffeln mit selbst gemachtem Honigparfait

Sara, meine beste Freundin, denkt Tamara. Meine beste Freundin ist hübsch. Sie ist schlank und kühl und hat schmale Füße mit hohem Spann. Ihre Schläfenhaut ist zart und durchsichtig, und die Adern bilden dort ein verschlungenes Muster, fast wie eine verwischte Tätowierung. Wenn sie sich fürchtet oder über irgendetwas aufregt, dann schwillt eine Ader an der linken Schläfe an, und Tamara kann sehen, wie es dort drinnen pocht. Tamaras beste Freundin hat dunkle Haare und große, glänzende Augen. Sara und Tamara kannten einander schon vor ihrer Geburt. Saras Mutter und Tamaras Mutter waren Nähkränzchenschwestern und beschlossen gleichzeitig, ein Kind zu bekommen. Und als Tamaras Mutter freudestrahlend und schüchtern Saras Mutter ihr kleines Geheimnis ins Ohr flüsterte, konnte die in mildem Triumph mit einem »Willkommen im Klub« reagieren. Mit lauter Stimme. So hat das jedenfalls Tamaras Mutter erzählt. Und in Tamaras Familie wird nicht gelogen. Lügen liegen meiner Familie nicht, sagt Tamara oft. Es ergab sich dann auch so, dass der Geburtstermin bei Tamaras Mutter einige Wochen vor Saras lag, und Tamara ist auf den Tag genau sieben Wochen älter als Sara. Das konnte Sara nicht daran hindern, früher als Tamara Zähne zu bekommen, früher als Tamara ihren ersten Schritt zu machen, früher als Tamara ›Mama‹ zu sagen und früher als Tamara ihren ersten Liebhaber zu haben. Tamara weiß, dass Sara immer schon wusste, was sie wollte.

Sara hat zarten, feinen Flaum auf den Wangen. Ihre Oberschenkel sind schlank und zellulitisfrei, und wenn sie ihre Zigarette hält, dann knickt ihr Handgelenk auf eine Weise ab, der kein Mann widerstehen kann. Sara hat braune, schöne, hilflose Augen. Sara braucht Tamara. Sara ist ohne Schuld. Weiß wie ein Engel.

Das Buch ist ziemlich klein, aber recht dick. Es hat weiße, unlinierte Blätter und einen schwarzen Samteinband. Tamara hatte sich über das Buch gebeugt, das fast seitlich vor ihr auf dem Tisch liegt, aufgeschlagen auf der ersten Seite. Jetzt setzt sie sich gerade, beißt in ihren Stift und schließt die Augen. Früher waren sie immer zusammen. Sie und Sara. Jeden Tag. Zuerst mit ihren Müttern. Die Kinderwagen nebeneinander, im Frognerpark und am Bogstadvannet. Im Sandkasten in Tamaras Garten. Dann allein. Im Park. In der Schule. Die Tische nebeneinander. Sara und Tamara gingen in dieselbe Klasse und lernten lesen und schreiben und später das Lösen von Gleichungen zweiten

Grades und das Rauchen. Sara und Tamara auf Skiern in Nordmarka. Auf Radtour, jede mit einem DBS-Rad, Saras ist blau, Tamaras rot. Sara und Tamara am Strand. Sara und Tamara mit Jan Tore im Kino. Sara hat Angst, und Tamara muss ihre Hand halten. Sara und Tamara. Immer zusammen. Tamara steht auf, holt die Gießkanne und fängt an, die Blumen zu gießen. Sie kann am besten nachdenken, wenn sie beschäftigt ist. Tamara sitzt nicht gern still. Sie wird später weiterschreiben. Das Buch mit dem schwarzen Samteinband kann warten.

Sara und Tamara treffen sich nicht mehr jeden Tag. Beide haben Arbeit und Familie. Sara hat Jakob und Julia. Tamara hat Thomas und Emma. Emma und Julia sind ungefähr gleichaltrig. Gleich alt, gleich dunkeläugig. Genau wie ihre Mütter. Emma und Julia sind Busenfreundinnen, genau wie ihre Mütter.

Sara sitzt viel zu Hause und arbeitet. Vor dem Computer, mit ihren Wörterbüchern. Sie denkt bestimmt ab und zu an Tamara. Genau wie Tamara mehrmals im Laufe ihres Arbeitstages an sie denkt. Sie treffen sich, so oft sie können, und sie telefonieren jeden Tag. Tamara ruft schrecklich gern bei Sara an. Tamara hört schrecklich gern, wie Saras sanfte Stimme aus dem Hörer in ihr Ohr schwebt. Ab und zu wählt Tamara Saras Nummer und hört einfach nur deren Stimme an, dann legt sie leise wieder auf.

Das Nähkränzchen hat mit Sara und Tamara angefangen. Es ist am schönsten, wenn wir unter uns sind, sagte Sara, und sie sah Tamara aus ihren großen, glänzenden, ein wenig ängstlichen Augen an. Wir reimen uns aufeinander, sagte sie. Sara und Tamara. Auf uns reimt sich sonst keine. Und es bringt Glück, wenn etwas sich reimt.

Sara und Tamara treffen sich, so oft sie können, und sie

sehen sich jedenfalls immer beim Nähkränzchen. Sara und Tamara. Liss und Eva. Und heute ist Tamara an der Reihe. Heute kommt Sara zu Tamara. Sara wird auf einem von Tamaras Esszimmerstühlen sitzen und das essen, was Tamara für sie gekocht hat. Sara liebt Fisch und Schalentiere, und deshalb bekommt sie natürlich Fisch und Schalentiere. Und süße Desserts, denkt Tamara. Meine beste Freundin ist einfach verrückt nach süßen Desserts. Ich bin lieb zu Sara. Ich helfe ihr, und ich bin für sie da, wenn sie mich braucht. Ich habe ihr geholfen, als sie schwanger war und Probleme mit den Beckenbändern hatte. Ich passe noch immer auf, dass sie ihr Becken nicht überanstrengt. Ich achte darauf, dass sie nichts isst, was Nüsse enthält. Ich rufe sie jeden Tag an. Ich bringe Geschenke für sie mit und das Katzenbild, das sie von uns zu Weihnachten bekommen hat, hängt noch immer an ihrer Küchenwand.

Tamara kommt am Spiegel in der Diele vorbei. Sie wirft einen kurzen, bewundernden Blick hinein. Tamara liebt Kleider, vor allem rote Kleider, und sie kauft gern ein. Aber sie kauft nur ungern mit Sara ein. Das gehört zu den wenigen Dingen, die Tamara nicht gern mit Sara zusammen macht. Tamara hat einfach Angst davor, wozu Sara sie bringen könnte. Mit ihren großen Augen. Diebstahl zum Beispiel. Tamara wurde einmal, auf dem Gymnasium, beim Ladendiebstahl erwischt. Sara und Tamara standen in der Parfümabteilung, als drei ernst blickende Männer auf sie zukamen. Sara und Tamara hatten sich gerade Schminke angesehen, Lippenstifte und schöne Lidschattentöne. Tamara kann sich noch gut daran erinnern, aber sie will nicht daran denken. Unmittelbar, ehe die Männer gekommen waren, hatte Sara Tamara aus ihren großen, glänzenden Augen angesehen. Tu was, sagten Saras Augen.

Drei Männer, die sie an den Oberarmen packten und ihre Taschen durchwühlten. Die Männer quälten Sara. Tu was, riefen Saras Augen. Sara hatte Angst. Sara ist so weiß wie ein Engel. Am Ende musste Tamara es einfach sagen. Ich habe den Lidschatten genommen, sagte sie, und meiner Freundin in die Tasche gesteckt. Das war aber auch Zeit, flüsterten Saras gesenkte Blicke. Tamara musste mit den Männern in ein Büro gehen. Die Männer notierten ihren Namen in einem Buch, und sie musste versprechen, es nie mehr wieder zu tun. Die Männer sagten, das Schlimmste sei ihrer Meinung nach, dass Tamara ihre Freundin auf so gemeine Weise hintergangen hatte. Das fand Tamara auch. Das sagte sie jedenfalls. Sara wartete vor der Tür auf sie. Tamaras Busenfreundin.

Tamara muss auf Sara aufpassen. Es ist schrecklich, wenn Liss loslegt und ›Wer hat dich du schöner Wald‹ summt. Tamara kennt keine andere, die dieses blöde Lied auf diese Weise summt, Liss summt mit Betonung auf den Wörtern ›schöner Wald‹. Liss genießt es, und Sara und Tamara finden es grauenhaft. Tamara sieht, dass dieses Gesumme Sara fertig macht. Tamara kann es nicht ertragen, wenn Sara gequält wird. Sara ist so hilflos.

Tamara geht zum Sofa, schüttelt die Kissen auf. Das Wohnzimmer ist tadellos in Ordnung. Sie hat sich schon ab zwei Uhr freigenommen, hat Überstunden abzustottern. Tamara sehnt sich nach ihrer Arbeit, wenn sie nicht dort ist. Sie sehnt sich nach Zeitdruck und Stress, und sie hat Angst, etwas zu versäumen, die große, die skandalöse, die entlarvende Nachricht zu verpassen. Sie musste ein Interview absagen, auf das sie sich gefreut hatte. Tamaras frisch eingestellter Kollege griff gierig zu. Er heißt Tom Hohl, wenn sie das richtig in Erinnerung hat. Es wäre jedenfalls ein passender Name, besonders viel Inhalt hat er nämlich nicht, denkt Tamara. Aber an Ehrgeiz fehlt es ihm nicht. Sein Ehrgeiz ist ebenso groß und schwammig wie seine fetten Oberschenkel und Oberarme. Er weiß, dass er etwas will, er weiß nur nicht, was. Tamara hat nicht viel für solche Menschen übrig. Tamara mag diesen Tom nicht. Das weiß sie, obwohl sie ihn eigentlich gar nicht kennt. Aber ich bin eine gute Menschenkennerin, denkt Tamara. Ich muss nur ein paar Minuten mit einem Menschen zusammen gewesen sein, schon weiß ich genau, wie dieser Mensch ist. Ich weiß genau, wie er oder sie denkt und empfindet. Alle Schwächen und Stärken sehe ich kristallklar. Und das sofort. Tamara ist froh darüber, dass sie eine so gute Menschenkennerin ist.

Aber jetzt muss sie sich um das Essen kümmern. Das Nähkränzchen und Sara sind wichtiger als Tamaras Job. Jedenfalls im Moment. Die Linsen liegen im Wasser. Der Thunfisch steckt zum Marinieren in einer Plastiktüte. Aber noch ist viel zu tun. Es ist zeitraubend, allen Erwartungen entsprechen zu müssen. Tamara ist die Gourmetkönigin des Nähkränzchens. Das bedeutet mindestens vier Gänge. Das bedeutet, dass alles selbst gemacht sein muss. Von Anfang an. Es ist wohl nicht nötig, noch mitzuteilen, dass es in Tamaras Küche keine Tütensuppen, Fertigsoßen oder Brötchen zum Aufbacken gibt. Natürlich nicht. Und Tamara kann auch nicht ihre Ehre aufs Spiel sitzen, indem sie zum Beispiel mit einem Brühwürfel pfuscht, statt die Bouillon selbst herzustellen. Tamara nimmt keine Abkürzungen. Nicht in der Küche. Sie benutzt keine Trockenhefe und keinen Blätterteig aus der Tiefkühltruhe. Nur eine im Nähkränzchen hätte die Fähigkeit, eventuelle Mogelpackungen entlarven zu können, nur eine, die ungefähr ihr Niveau erreicht. Die anderen bemerken den Unterschied zwischen frischen Tomaten und Dosentomaten nicht, geschweige denn den zwischen Strauch- und Eiertomaten. Und nie im Leben würden sie einen Ananasausstecher oder einen Spargeltopf besitzen. Sara ist eine sehr gute Köchin. Tamara aber hält sich doch für noch einen Tick besser, für kreativer, für weniger rezeptgläubig. Ich glaube, die meisten würden das bestätigen, denkt Tamara, während sie vorsichtig die für heute gekauften Scampi auspackt. Sara ist gut, aber ich bin besser. Liss und Eva dagegen! Ja, ja, neulich hat Eva ja immerhin mit Paprikamousse zugeschlagen. Zweifarbig und tadellos glatt. Aber dann hat sie zum Nachtisch doch tatsächlich gekauftes Eis mit Schokosoße (vermutlich aus einer Plastikflasche) serviert und damit den guten Eindruck wieder ruiniert. Und sie schämen sich auch nicht über das, was sie uns auftischen. Mit einem Lächeln, keinem verlegenen, um Entschuldigung bittenden kleinen Lächeln, sondern mit einem großen, zufriedenen, stellt Eva ein Gericht aus der Tüte auf den Tisch, das sie mit ein wenig Gemüse und einer Prise Paprikapulver aufgepeppt hat. Tamara staunt immer wieder über diese vollständige Schamlosigkeit, so, wie sie noch immer darüber staunt, dass es kleine Kinder nicht weiter stört, wenn ihnen Essen aus dem Mund läuft und am Kinn kleben bleibt.

In Tamaras Küche duftet es jetzt nach frischen Scampi, es ist ein schwacher Duft von Frauenunterleib. Tamara atmet durch die Nase ein und freut sich darauf, Sara Schalentiere zu servieren. Sie brät die Scampi in Olivenöl rosa an und entfernt vorsichtig die Schalen. Mit dem Safranjus muss sie noch warten, er soll ganz frisch sein, wenn er serviert wird, und die Thunfischstücke werden natürlich erst gebraten, wenn die Gäste mit der Vorspeise fertig sind. Das Honigparfait hat sie schon am Vortag hergestellt, jede Menge Dotter und Sahne und fast ein Deziliter schottischer Heidehonig. Sara bevorzugt Heidehonig. Jetzt steht das Eis in der Tiefkühltruhe, und sie muss nur noch daran denken, es herauszunehmen, damit es etwas weicher werden kann. Aber die Schokotrüffel kann sie jetzt fertig machen und in den Keller stellen. Puderzucker, Butter und dunkle, bittere Schokolade mit haushohem Kakaogehalt (nicht weniger als 86 Prozent!), zwei großzügige Esslöffel Cognac aus Thomas' Hennessy XO-Flasche. Tamara rührt in der dunklen Masse. Sara wird von Tamaras Trüffeln begeistert sein. Tamara formt sie golfballgroß und rollt sie im Kakao. Sie macht sie für Sara extra groß. Dann bleibt sie stehen und denkt kurz nach, ehe sie die Tüte mit den Walnüssen aus dem Schrank nimmt. Tamara kann ein Lächeln nicht unterdrücken, während sie halbe Walnüsse auf die Schokotrüffel presst. Sara liebt süße Desserts. Tamara schließt die Augen und stellt sich die Überraschung vor, die Sara empfinden wird, wenn sie ihren Nachtischteller sieht. Hellgelbes, selbst gemachtes Honigeis. Zwei Schokotrüffel, groß wie Golfbälle, dekoriert mit halben Walnüssen. Ach, du meine Güte, daran hab ich ja überhaupt nicht mehr gedacht. Wie konnte ich nur deine Nussallergie vergessen! Jetzt kannst du das hier wohl gar nicht essen, was? Wie konnte ich das nur vergessen. Und wo du doch so eine Naschkatze bist, Sara!

Die Grundlage für das Zwischengericht des Abends, die Gratinée, macht Tamara ebenfalls jetzt schon fertig. Und dann braucht sie nur noch Eischnee unterzuheben, ehe sie alles in die Sorbetmaschine gibt, sobald die Mädels die Scampi vertilgt haben. Tamara kocht Zuckerlake und presst die Grapefruit und eine Zitrone aus. Sie steckt den Zeigefinger hinein und kostet. Sauer und süß auf einmal. Perfekt aufeinander abgestimmt. Genau das Richtige für Tamara. So, wie Tamara es will. Tamara lächelt. Es ist wichtig, das Saure zu zuckern, damit man es essen kann, damit meine Freundinnen die Gratinée richtig schön süß und lecker finden.

Vier Frauen auf zwei weißen, einander gegenüber stehenden Sofas. Tamaras neue Sofas haben mit echten Eiderdaunen gefüllte Kissen, und allein schon an der Federung müssten eigentlich alle, die dort Platz nehmen, erkennen, dass die Sofas mehr kosten als eine Übersetzerin für zwei Romane und eine winzige Essaysammlung an Honorar erhält, mehr als ein halbes Jahresgehalt einer Grundschullehrerin, und mehr als eine Frau in einem Jahr an Erziehungsgeld kassiert. Und wenn die Eiderdaunenkissen und die Federung das den Freundinnen nicht deutlich genug zeigen, kann Tamara es ihnen eben erzählen. Sara sitzt Tamara gegenüber. Eva neben Tamara. Durch Evas White Diamonds hindurch (das überhaupt nicht zu der molligen, trampeligen Eva passt, Tamara fällt plötzlich ein, dass sie einmal aus Jux gesagt hat, White Diamonds würde zu Eva passen, und bei dieser Erinnerung muss sie lächeln), durch Liss' viel zu süßes L'Air du Temps, durch den Essensgeruch aus der Küche, nimmt Tamara Saras Duft wahr. Der Duft von Saras Parfüm, von Saras Körper, mischt sich mit dem blauen Rauchstreifen ihrer Zigarette. Tamara weiß, dass sie Saras Duft aus allen Gerüchen der Welt herausriechen würde.

Liss sitzt neben Sara, sie ist fast nicht zu sehen. Liss ist belanglos, nichts sagend, aber unverzichtbar. Sie muss hier sein. Auch sie gehört zum Nähkränzchen. Tamara versucht, sie zu übersehen, Tamara versucht, zu überhören, was Liss sagt, aber nur so weit, dass Liss es ertragen kann. Liss darf nicht provoziert werden. Sie müssen sie unter Kontrolle halten. Liss darf nicht vergessen, wer sie einmal war, Liss Pissgöre. Sie muss wissen, dass sie für Tamara und Sara niemals etwas anderes sein wird. Miss Liss Piss. Das reimt sich, sagt Sara. Das ist ein Zeichen. Dann ist es so, sagt Sara.

Ab und zu überlegt Tamara, ob wohl alles anders sein könnte, wenn Sara und Tamara sich nicht reimten, und wenn Saras und Tamaras Mütter nicht beste Freundinnen gewesen wären. Saras Mutter ist klein und zierlich wie eine Puppe, und sie hat riesengroße blaue Augen. Und sie ist ganz anders als Tamaras große, robuste Mutter. Seltsam, dass sie so gute Freundinnen waren. Jetzt haben sie offenbar keinen Kontakt mehr zueinander.

Liss beugt sich zu Sara vor, sagt etwas und kichert. Auf dem Glastisch steht ein Silbertablett mit Schälchen voll Salzgurken, Honig und Sauerrahm. Tamara hat für die Mädels einen russischen Aperitif vorbereitet. Sara mag so gerne Honig. Jede hält ihr eiskaltes Wodkaglas in der Hand. Liss hat schon zwei getrunken. Jetzt stellt sie das leere Glas weg und nimmt sich eine von den Salzgurken, die Tamara im Herbst eingelegt hat. Sie befühlt die Salzgurke, leckt ihre Spitze ab und kichert halblaut. Sie schaut auf, knabbert an der Gurke und lacht noch einmal. Eva beugt sich über den Tisch hinweg zu Sara. Sie reden über ein Fernsehprogramm, das sie beide gesehen haben, an dem Evas Mann beteiligt war, und über das Badezimmer, das Jakob und Sara renovieren. Weder Sara noch Eva achten auf Liss. Liss kichert noch einmal, und Tamara beschließt, sie ebenfalls nicht zu hören. Liss schaut sich um, lacht abermals, und ihre Augen schauen direkt in Tamaras, ehe sie zu Saras und

Evas Gesichtern weiterwandern. Am Ende kann Liss offenbar nicht mehr warten und sagt:

»Ich weiß noch, dass ich eine Zeit lang von männlichen Geschlechtsorganen besessen war.«

Evas Kopf fährt zu Liss herum:

»Meine Güte! Mensch, was sagst du da! Besessen?«

Liss kichert zufrieden und antwortet noch beim Einatmen:

»Ja, ich habe jedem Mann in den Schritt gestarrt. Dem Briefträger. Dem Aerobictrainer. Männern im Bus. Kollegen. Dem Kassierer im Supermarkt. Dem Ministerpräsidenten.«

»Ach, na und?«, fragt Tamara. »Du hast ihnen in den Schritt geschaut, na und? Das ist ja wohl nichts Besonderes. Ich schau mir immer ihren Hintern an.«

Was auch stimmt. Das tut Tamara. Männerhintern, blaues Meer und die dunklen Augen ihrer Tochter, die sie an Saras erinnern, das sieht Tamara sich am liebsten an.

»Hör jetzt auf, Tamara«, sagt Sara.

»Aber noch mal. Du hast ihnen also in den Schritt geschaut, und dann?«, fragt Tamara. Die höfliche Gastgeberin.

»Ja, und dann wollte ich ihn unbedingt sehen«, erklärt Liss.

»*Ihn*?«

»Ja.«

»Und?«

»Ja, ich war total besessen von dem Wunsch, Form, Größe, Farbe, Breite, Geruch und Geschmack auszukundschaften. Ich starrte Männern in den Schritt und versuchte, mir ihr Geschlechtsorgan vorzustellen. Hellrot, dünn und spitz, aber ziemlich lang, dachte ich und musterte den

Hosenschlitz des Oberbuchhalters. Tiefes Blaurot, kräftig und kurz mit zwei dicken, pochenden Adern, die sich um den Schaft nach unten winden. So habe ich mir den des Briefträgers ausgemalt. Ziemlich groß mit betontem Hut…«

Tamara hebt abwehrend die Hand.

»Okay, okay, we've got the picture.«

Als Gastgeberin muss frau schließlich höflich sein, denkt Tamara. Sich um die Gäste bemühen. Und ein wenig Neugier stellt sich ja auch ein. Aber es muss Grenzen geben. Liss ist nicht gerade eine spannende Bekanntschaft, auch wenn sie bisweilen recht kühne Sprüche klopft. Und das ist ja gut so, solange diese Sprüche die anderen unterhalten. Eva hat schon mehrmals gesagt, dass sie Liss witzig und lieb findet. Na gut. Ihre Sache. Tamara und Sara wissen, wer Liss einmal war, und das wird sich niemals ändern. Derzeit bezieht Liss Erziehungsgeld. Sie ist verheiratet mit ihrem pedantischen Pål. Drei rotzige Kinder. So viele, wie sie Zirkone in ihrem Trauring hat. Einen Zirkon für jedes Kind. Drei winzigkleine, jämmerliche Zirkone, gekauft von Pål, einer nach dem anderen in den Ring eingelassen, der dreimal unter Tränen und Lächeln im Krankenhaus überreicht worden ist. Liss. Ein Mensch, der Tamara langweilt, seit sie Liss mit zerzausten blonden Haaren und rotem Ranzen am ersten Schultag gesehen hat, und der sich seither nicht verändert hat. Wie eine kleine, ängstliche, übel riechende Maus huschte sie verschreckt an der Schulmauer entlang.

»Und hatte dieser Drang irgendwelche Folgen?«, fragt Eva.

»Noch einen Schluck Wodka?«, fragt Tamara Sara.

»Manchmal ja«, antwortet Liss und kichert schon wieder.

»›Manchmal‹?«, wiederholt Eva und beugt sich zu Liss vor.

»Nein, danke«, antwortet Sara und lächelt Tamara an.

»Na ja, ziemlich viele, sogar. Wenn es mit meinem Horoskop übereinstimmte und so. Damals kannte ich Pål natürlich noch nicht.«

»Natürlich nicht«, sagt Tamara. »Treulose Gattinnen können wir doch alle nicht leiden.«

»Aber wenn das Paket erst mal geöffnet war, war mein Interesse gleich wieder weg. Mir ging es nicht um Sex, ich wollte ihn nur sehen.«

»Interessant«, sagt Eva.

Sara verdreht die Augen. Sara langweilt sich. Ihre großen, braunen Augen. Sofort springt Tamara auf:

»Jetzt gibt's was zu essen, Mädels! Setzt euch. Die Vorspeise ist fertig. Scampi in Safranjus.«

»Schalentiere. Wunderbar!«, sagt Sara. »Ich muss nur kurz zur Toilette. Entschuldigt ihr mich für einen Moment, Mädels?«

»Ist sie in letzter Zeit nicht schrecklich dünn geworden?«, fragt Liss, sobald Sara das Zimmer verlassen hat. »Zu mager ist auch nicht schön.«

»Stimmt«, sagt Tamara. »Sie sollte aufpassen, dass sie nicht noch mehr abnimmt.«

»Sie sieht ein bisschen blass und mitgenommen aus«, sagt Eva.

»Setzen wir uns doch«, sagt Tamara. Tamara kann es nicht ertragen, dass jemand Sara quält.

Alle drei Wochen findet das Nähkränzchen statt. Und dann gehört Sara mir, denkt Tamara. Ihre Augen in meinen Augen. Meine Worte in ihrem Ohr. Und jedes vierte Mal trifft sich das Kränzchen bei Tamara. Dann gehört Sara noch mehr ihr. Heute gehört Sara Tamara. Sie gehört mir. Sie sitzt in meinem Esszimmer. Ich habe ihr zu essen gegeben. Jetzt sieht sie mich an. Kann sie meine Gedanken lesen? Kann sie sehen, dass ich an sie denke, jetzt, in diesem Moment?

Es muss mitten in den Sommerferien gewesen sein. Liss war in Trysil bei ihrer Großmutter. Es ist so langweilig, wenn Liss nicht hier ist, sagt Sara. Sara hat große, dunkle Augen, die schnell traurig aussehen können. Es war ein heißer, trockener Tag. Geht doch bei dem herrlichen Wetter draußen spielen, sagten die Mamas. Sie saßen bei Sara zu Hause auf der Terrasse und tranken Eistee. Sara und Tamara gingen. Sie wussten genau, dass das ihren Müttern nicht recht war, und deshalb gingen sie geradewegs zum Friedhof. Sara trägt ein weißes Kleid mit blauen Blümchen. Ihre Brust unter dem Kleiderstoff ist flach. Tamara schiebt ihre Schultern vor und versteckt ihre kleinen Brüste. Jetzt kann niemand sie sehen. Tamara will so sein wie Sara. Saras Haare sehen blauschwarz aus, wenn die Sonne darauf scheint. Der Friedhof ist still. Vor einem Grabstein kniet eine alte Dame. Sie zieht dünnes, grünes Unkraut aus dem schwarzen Boden. Sara und Tamara schauen sich die Grabsteine an. Die mit kleinen weißen Engeln und Marmorvögeln darauf sind die schönsten. Sara und Tamara rechnen das Alter der Leute aus, die hier begraben sind. Einige sind schon als Kinder gestorben. Dann will Sara gehen. Aber Tamara will noch bleiben. Sara sieht sie aus dunklen Augen an. Liss hat immer gute Ideen, sagt Sara. Tamara weiß, dass das nicht stimmt. Liss hat nie irgendeine Idee. Liss ist so ungefähr das Langweiligste, was man sich vorstellen kann. So ist es, aber Sara und Tamara wissen beide, dass sie das niemals sagen dürfen. Und sie sprechen es auch nie aus.

Liss gehört mit zum Nähkränzchen. Das ließ sich eben nicht verhindern. Es ist lange her, dass Sara und Tamara sie gefragt haben, ob sie mitmachen wollte. Es war letztes Jahr, im Spätsommer. Dass dieser Tag erst ein knappes Jahr her ist! Tamara legt den Kopf in den Nacken, der Himmel ist blau, blauer als die Blumen auf Saras Kleid. Tamara betrachtet den Kirchturm. Die Fenster sind keine echten Fenster, sie sind nur gemalte schwarze Felder hoch oben. Ihr wird schwindlig, und rasch lässt sie den Kopf wieder sinken. Ich gehe nach Hause, sagt Sara. Warte, ruft Tamara. Auf dem Kies im kühlen Schatten des Kirchturms liegt ein Haufen leuchtend weißer Federn und Daunen. Schau mal, sagt Tamara. Sara dreht sich um und kommt zu ihr zurück. Das sind Engelsfedern, sagt Tamara. Sara lächelt. Sara ist so hübsch, wenn sie lächelt. Sie pflücken Engelsfedern. Einen Strauß weiße Engelsfedern. Die weißen Federn vor Saras dunklen Haaren. Das ist ein Zeichen des Himmels. Was bedeutet das, fragt Sara. Dass du bestimmt ein Engel wirst, wenn du stirbst, antwortet Tamara. Du wirst ein wunderschöner Engel, Sara. Ja, sagt Sara und hilft Tamara, ihre Haare mit Federn zu schmücken. Sara ist ein Engel. Weiß und zart und ohne Schuld.

Sara sieht Tamara an und lächelt. Das Nähkränzchen ist beim Zwischengericht angelangt. Die Gratinée wird in hohen Gläsern serviert, mit zwei Blättern Zitronenmelisse als Dekoration. Eine kühle Pause mitten in der Mahlzeit. Und Tamara hat genug Zucker hineingegeben. Sara hat ihre ganze Portion gegessen.

Tamara denkt gern an Sara und sich auf dem Friedhof. Tamara denkt gern an Sara als einen Engel. Und Tamaras Gedächtnis ist wie ein viel gelesenes, oft benutztes Buch. Es öffnet sich fast von selbst, fast ohne dass sie es will, an den Stellen, an den es schon sehr oft aufgeschlagen worden ist.

Ein Buch, das sich von selbst aufschlägt. Das braun gestreifte Buch. Es war im September, ungefähr ein Jahr, bevor sie Sara mit Engelsfedern geschmückt hatte. Tamara kam aus der Schule nach Hause, schloss die Tür auf und rief ›hallo!‹. Es war ganz still. Ihre Eltern waren noch nicht von der Arbeit zurück, und Filip war auch fort. Die Stille im Haus erinnert Tamara an einen anderen Tag. An einen Tag, an den sie sich wirklich nicht erinnern will. An einen Tag, der noch nicht sehr lange zurückliegt. Den 28. August. Aber das war anderswo. Es war bei Sara zu Hause.

An diesem Nachmittag, in Tamaras eigenem Haus, endete Tamaras Kindheit. Das schrieb sie jedenfalls abends im Bett in ihr Tagebuch. Zwischen steifem, weißem Bettzeug, das ihre Mutter gerade aufgezogen hatte. Das Bettzeug hatte tagsüber draußen auf der Leine gehangen und duftete nach Spätsommer und Wärme. Eine Mücke kreiste um die Nachttischlampe. Das gelbe Plastiktagebuch, geformt wie eine Blume, vermutlich wie eine Sonnenblume, mit einem herzförmigen Schloss aus abgenutztem, rot lackierten Metall. Eine neue Seite. Oslo, den 5. September. Liebes Tagebuch. Heute bin ich zur Frau geworden, ich bin elf, und im März werde ich zwölf. Schrieb Tamara in Schulmädchenschönschrift. Mit Füller und mit blauer Tintenpatrone. Sie schrieb das vielleicht vor allem, weil sie fand, dass solche Dinge in einem Tagebuch stehen müssten, aber auch, weil sie am Nachmittag, allein im Haus, zur Frau geworden war. Mehr schrieb sie aber nicht. Sie schrieb nicht, dass dieser Nachmittag sicher anders verlaufen wäre, hätte es diesen Tag vor kurzem nicht gegeben. Diesen Tag in Saras Haus. Tamara schreibt Tagebuch, seit sie überhaupt schreiben kann, aber gleichzeitig lernte sie, ihre Erlebnisse zu filtern. Deshalb schrieb Tamara am fünften September nur ein wenig über einen unmöglichen Lehrer. Und ein wenig über Rune Dahl-Arnesen aus der B. Sara und ich gehen heute Abend ins Kino. Wir sollten wohl Liss fragen, ob sie mitkommen will, schreibt sie. Gruß, Tamara. Aber sie schreibt nicht, warum sie Liss fragen sollten. So was schreibt man nicht in ein Tagebuch. Nicht einmal in eins, das ein Schloss hat. Am 28. August schreibt sie nichts in ihr gelbes Tagebuch.

Tamara hat alle ihre Tagebücher noch. In irgendeiner Schachtel, zusammen mit alten Bildern und Papieren. Mit Aufsatzheften und der Serviettensammlung.

Sie hatte ›hallo!‹ gerufen, aber niemand antwortete. Sie ließ ihre Schultasche fallen und ging ins Wohnzimmer. Es war stickig und heiß. Ungewöhnlich heiß für September. Es war ihr zu mühsam, das Fenster zu öffnen. Wollte nicht, ihr Körper war viel zu schwer. Und sie war wütend. Wütend auf ihren Vater. Tamara war wütend auf ihren Vater. Wütend und enttäuscht, vielleicht? Oder ein wenig ängstlich? Sie ging zum Bücherregal. Tamaras Eltern hatten viele Bücher, und die waren sorgfältig geordnet. Nach den Ländern, aus denen die Autoren stammten, Norwegen zuerst, und danach die anderen Länder in alphabetischer Reihenfolge. Und dann wieder nach den Namen der Autoren geordnet. Die norwegische Abteilung enthielt die meisten Bücher. Tamara ließ ihre Finger über die grünen, roten und blauen Buchrücken gleiten und sagte in Gedanken die Namen der Autoren. Alles stimmte. Kein Fehler. Tamaras Eltern machten keine Fehler beim Alphabet. Sie hätte ihren Vater so gern bei einem Fehler ertappt, um ihm zeigen zu können, dass sie böse war. Dass sie ihn verachtete. Dass sie ihn durchschaut hatte. Nicht, dass ein kleiner Buchstabenfehler geholfen hätte, aber trotzdem. Alnæs, Borgen, Bojer. C, D, E, F. G. Hamsun, Haslund, Hoel, Holberg. Und da stand dann plötzlich ein Buch an einer Stelle, an der es nichts zu suchen hatte. Ganz oben, im zweiten Regal, bei den norwegischen Autoren mit S, stand zwischen Scott und Skram ein Buch von einem M-Autor. Tamara zieht das Buch mit der rechten Hand heraus und holt es herunter, um es sich anzusehen. Und während sie es am Buchrücken festhält, die Blätter zu sich gekehrt, klappt es auf. Fast ganz von allein, ohne dass Tamara das will, an einer Stelle ziemlich weit vorn im Buch. Die Wörter ›presst den Kopf in ihren Schoß und leckt ihren Wein‹ treten ihr vor Augen, dann lösen sie sich auf und werden zu schwarzen, sinnlosen Zeichen auf dem weißen Hintergrund, dann schließen sie sich wieder zusammen, stehen in den Zeilen, und die Wörter erscheinen in ihrer ganzen Unwahrscheinlichkeit. Tamara merkt, dass ihr noch heißer wird, und mit dem aufgeschlagenen Buch in der Hand setzt sie sich aufs Sofa. Mitten in der Sonne sitzt sie. Tamara liest über Ask und die Rubensfrau auf der Fähre und blättert weiter, um noch mehr zu finden. Die Blätter sind viel zu weiß. Tamara kann die Buchstaben fast nicht mehr sehen. Sie schwitzt am ganzen Leib und spürt durch ihre dünne Sommerbluse den Sofabezug. Die Muskeln in ihren Oberschenkeln sind angespannt, obwohl sie ganz still sitzt. Ihre Kniekehlen sind schweißnass, und jetzt kratzt der wollene Bezug durch ihre Bluse und an ihren Beinen. Sie atmet rasch und lautlos. Die ganze Zeit horcht sie zum Flur hinüber. Tamara hält das Buch an ihre Nase, denn sie will wissen, wie ein solches Buch wohl riecht. Und nun entdeckt sie es. Dass das Buch von selbst aufgeht. Das erste Mal war also kein Zufall. Das

Buch öffnet sich auf den Seiten, wo Ask mit Wilhelmine zusammen ist, wo er mit Constance zusammen ist, unter dem Apfelbaum und auf dem Weihnachtsball, wo er einem Mädchen zwischen die Beine greift, ›den Mittelfinger in ihre Geschlechtsspalte presst‹. Tamara macht noch einen Versuch. Weil sie das will? Weil das Buch weiß, was sie für ein Mensch ist? Weil das Buch begreift, wie sie ist, aber nicht sein will?

Aber sie weiß, dass es nicht so ist. Natürlich versteht Tamara, warum. Das zeigt das Buch mit erschreckender Deutlichkeit. Und sie ist ja wohl nicht so? Ich will nicht so sein wie mein Vater, sagt Tamara laut und zuckt beim Klang ihrer Stimme fast zusammen. Ich will ein Engel sein. Weiß und ohne Schuld.

Tamara findet es schrecklich, dass das Buch so geworden ist, denn es gehört ihren Eltern, und Tamara weiß, dass ihr Vater dafür gesorgt haben muss, dass es sich an einigen Stellen von selbst öffnet. Tamara weiß ja, wie ihr Vater ist. Sie hat ihn doch gesehen. Sie hat gesehen, was er getan hat. Sie weiß, wie er ist. Sie hat eben erst entdeckt, wie er ist. Vor kurzer Zeit. An diesem Tag. Dem 28. August. An dem Tag in Saras Haus. An diesem Tag hat Tamara nichts in ihr Tagebuch geschrieben. Aber sie hat das Datum notiert und die Seite leer gelassen. Damit es nie passiert ist? Damit sie die Seite mit Dingen füllen kann, von denen sie wünscht, dass sie stattdessen passiert seien? Tamara weiß es nicht.

Plötzlich sind die Geräusche von diesem Tag wieder in ihrem Kopf. Und die Bilder. Der halboffene Mund. Die weißen Zähne und die rote Zunge. Und der Geruch dieses Tages vermischt sich mit den Sätzen in dem Buch, das noch immer auf ihrem Schoß liegt. Tamara sieht Menschen vor sich, die sie kennt. Lehrer und Lehrerinnen. Die Eltern ihrer Klassenkameradinnen. Tanten und Onkel. Alle sind nackt. Genau wie an jenem Tag. In Tamaras Kopf wirbeln die Körper durcheinander. Sie sind behaart und verschwitzt und heiß. Die dicken weißen Oberschenkel der Tante mit ihren blauen Adern enden nicht dort, wo der Badeanzug endet. Tante und Onkel. Liss' Eltern. Wie Vigelands Monolith. Ein Haufen Körper. Ein liegender Monolith. Nur weiche und winterweiße Haut. Mit Haaren und Adern. Einige dick, mit Speckwülsten. Andere mager. Wie Maden krabbeln sie umher. Und Tamara selbst und Rune Dahl-Arnesen aus ihrer Parallelklasse. Tamara wird es schwindlig. Ihr wird schlecht. Sie bekommt keine Luft. Sie schiebt Rune Dahl-Arnesen weg. Und sie mustert ihren eigenen Körper. Zum Glück. Der ist flach, trocken, glatt und haarlos. Keine Speckwülste, keine Muttermale, kein einziges Haar. Bleichrosa Brustwarzen. Genau so will ich immer sein. Ich will nicht so werden wie sie. Tamara will nicht so werden wie ihr Vater.

Aber genau da passiert es. Dort auf dem Sofa sieht sie, wie ihre Brustwarzen dunkler und größer werden, und wie darunter langsam ihre Brüste heranwachsen. Gefällt es ihr? Tamara weiß es nicht. Sie will jedenfalls nicht, dass es ihr gefällt. Sie sieht unter ihrem Nabel ein Dreieck aus Haaren entstehen. Erst heller Flaum, dann dunkler und starrer, und das Atmen fällt ihr noch schwerer, und ihr Körper fühlt sich wunderbar weich an. Rune Dahl-Arnesen und Tamara. Nackt. Heiß. Als sie den Schlüssel ihrer Mutter in der Haustür hört, fangen ihre Haare sogar an, sich zu kräuseln.

Das Buch schob sie unter das Sofa. Und zu ihrer Überraschung schien ihre Mutter nicht zu merken, dass Tamara anders aussah. Die Mutter sieht die Brüste nicht, sieht die Haare nicht. Aber die Mutter weiß ja auch nichts. Sie weiß nichts über jenen Tag. Die Mutter trägt keinerlei Schuld. Das weiß Tamara. Meine Güte, ist es hier heiß! Hier muss gelüftet werden, sagt die Mutter nur und öffnet das Fenster. Kalte Luft in Tamaras Gesicht. Sie kann wieder aufstehen. Und abends schreibt sie in ihr gelbes Sonnenblumentagebuch, sie sei zur Frau geworden. Mehr nicht. Mehr schreibt Tamara nicht.

Aber jetzt wird alles anders. Das dicke Buch mit dem schwarzen Samtbezug soll anders werden. Denn jetzt schreibt Tamara mit roter Tinte.

Kurz danach passierte es wirklich, die ersten Haare riss sie aus, und als Tamaras Brüste zu wachsen anfingen, machte sie den Rücken krumm. Sara dagegen blieb noch eine ganze Weile glatt, weiß und haarlos. Tamara beneidete sie, wenn Sara hoch erhobenen Kopfes herumlief. Tamara wäre gern weiß und ohne Schuld gewesen, so wie Sara. Aber es dauerte nicht lange, bis Sara begriff, dass sie ihrem Vater nicht nur in einer Hinsicht ähnelte. Sie hatte nicht nur seine Farben und seine starken Hände geerbt. Bilder und Geräusche von jenem Tag und die Sätze aus dem Buch tauchten oft in Tamaras Erinnerung auf. Sie knutschte im Fahrradschuppen mit Rune Dahl-Arnesen. Sie ließ sich auf einem Fest von Andreas aus der sechsten küssen. Von Geir lernte sie den Zungenkuss. Tamara tat das alles mit Lust, Neugier und Schuldgefühlen. Sara dachte bestimmt nie an jenen Tag. Und wenn sie doch einmal daran dachte, hinter ihrer weißen Stirn, dann mit Verlegenheit und Wut. Da ist Tamara sich sicher.

Sobald Sara kleine, spitze Brüste, schlanke Rundungen an den Hüften und einen Knick im Handgelenk bekommen hatte, eroberte sie mehr Jungs als Tamara. Sara weiß, was sie will. Und Tamara hatte immer Probleme damit, einen Jungen festzuhalten. Immer war bald Schluss mit Tamaras Freunden und Tamara. Vor allem mit denen, die ihr die liebsten waren. Leider. Tamara hat es nie geschafft, sich die richtigen Männer auszusuchen.

Aber sie hat ja Sara. Und jetzt ist Sara bei Tamara, zum Nähkränzchenabend.

Sie sitzen alle in Tamaras Esszimmer. In Tamaras taubengrauem Esszimmer, mit den drei Meter hohen Wänden und der Decke mit dem riesigen Kronleuchter und der originellen Schablonenmalerei. Sara und Tamara. Liss und Eva. Und Sara hat Jakob, und Tamara hat ihren Thomas.

Liss schaut vom Thunfischsteak auf, das natürlich perfekt gebraten ist. Außen hart und knusprig, dann eine Schicht braunrosa Fischfleisch um den roten Kern. Tamara serviert dazu Linsen und wilden Reis und einen Avocadosalat mit Aprikosen und gerösteten Sonnenblumenkernen. Eine raffinierte Salatkombination, für die keine andere Nähkränzchenfrau die ausreichende kulinarische Begabung aufweisen würde.

»Wunderbarer Fisch, Tamara«, sagt Sara. »Und wahnsinnig leckerer Salat.«

»Danke«, sagt Tamara.

»Ich bin so froh darüber, dass wir uns haben, Mädels. Ihr bedeutet mir so viel«, sagt Liss mit der für sie typischen Innigkeit. »Ihr seid wie Brunnen in der Wüste meines Alltags.«

»Sehr poetisch, Liss«, sagt Sara. »Aber ich bin auch dankbar. Ihr seid mein Zufluchtsort.«

»Ja, ich freue mich auch darüber, dass wir nun schon so lange zusammenhalten. Es ist unglaublich wertvoll, gute, enge Freundinnen zu haben«, sagt Tamara. Sara ist ja ihre allerbeste Freundin. Gute Freundinnen sind wichtig. Freundinnen, auf die Verlass ist. Freundinnen, mit denen man über alles reden kann. Freundinnen, die zueinander halten.

»Und vergesst unser Jubiläum nicht. Hatten wir uns nicht auf Paris geeinigt? *Paris, on y va*«, sagt Sara. »Oder was ist mit Berlin? Berlin ist ja eine schöne Stadt, nicht wahr, meine Damen?«

»Nein. Wir hatten uns auf Kopenhagen geeinigt«, sagt Eva. Ihre Stimme klingt überraschend laut, und alle sehen sie an. Sie räuspert sich und sagt mit aufgesetztem Ernst: »Darf ich denn überhaupt mitkommen? Ich bin doch nicht Teil eurer Vergangenheit, der Zeit, in der das Nähkränzchen wirklich noch ein Nähkränzchen war, mit schiefen Kreuzstichen und gehäkelten Topflappen. Als ihr Affenschaukeln und Zahnklammern hattet ...«

»Pickel!«

»Sara, die kamen doch erst später!«

»... und Fohlenspeck.«

»Ich fand meinen Fohlenspeck toll. Der war besser als das Fett, das jetzt an meinen Oberschenkeln hängt. Altes Stutenfett«, sagt Tamara und spekuliert darauf, dass irgendeine antworten wird, sie habe doch schlanke Oberschenkel, denn die hat sie ja schließlich.

»Hör doch auf, Tamara, du bist so schlank und hübsch und elegant. Natürlich kommst du mit, Eva. Du kannst ja dein Zweijähriges feiern. Im April ist es zwei Jahre her, dass du mich angerufen und zum Essen eingeladen hast, weil du neu in der Gegend warst und noch nicht viele Bekannte hattest«, sagt Sara.

»Und später an diesem Abend habt ihr gefragt – ich

glaube, du warst das, Liss –, ob ich zu eurem nächsten Nähkränzchentreffen kommen wollte. Darauf stoßen wir an, ja?«

»Prost!«

»Prost auf die Köchin. Und auf uns. Nichts soll uns auseinander bringen«, sagt Liss, und ihre hellblauen Augen schauen sich ernsthaft um.

»Neue Männer sind gekommen und gegangen, und so wird es in den kommenden Jahren sicher weitergehen«, sagt Sara. »Aber wir vier, wir werden zusammenhalten! Immer.«

Tamara schaut ihre Freundinnen an. Sara. Liss und Eva. Närrinnen, denkt sie, hebt ihr Weinglas und stößt auf ewige Freundschaft an.

Mitternacht ist vorbei. Die Frauen sind gegangen. Thomas ist von Jakob zurückgekommen. Sie haben wohl Fliesen verfugt. Sara wollte schon lange das Badezimmer renovieren, und jetzt ist es so weit. Thomas hilft beim Renovieren von Saras und Jakobs Bad. Das ist gut. Freunde sollen sich gegenseitig helfen. So, wie Freundinnen zueinander halten sollen. Jetzt sitzt Thomas im Wohnzimmer. Tamara kann den Fernseher hören. Wenn sie in der Küchentür steht, kann sie ihn sehen, aber er sieht sie nicht. Die Sportsendung spiegelt sich in seiner Stirn, und Tamara bemerkt plötzlich, dass die länger ist als noch vor einigen Jahren. Thomas sieht Tamara nicht. Das ist ungewöhnlich. Thomas sieht sie sonst immer. Sie beschließt, ihm dieses Versäumnis zu verzeihen und geht hinauf ins Badezimmer.

Am nächsten Tag wird sie ihn sehen. Am nächsten Vormittag, während Sara einen Übersetzungskurs besucht, wird Tamara auf Saras Laken liegen. Bei diesem Gedanken zieht Tamaras Unterleib sich sofort erwartungsvoll zusammen. Aber ein anderes Gefühl ist noch stärker und süßer als die Erwartungen ihres Unterleibs. Jakob ist kein begabter Liebhaber. Morgen jedoch wird er Tamaras Mann sein. Er gehört nur mir, denkt Tamara und lächelt ihr Spiegelbild an. Morgen gehört Jakobs Körper mir. Und ich bin Sara. Sie betrachtet ihr Spiegelbild mit zusammengekniffenen Augen. Ja, ich bin Sara. Dann enthaart sie ihre Beine und cremt sie mit Bodylotion ein. Sie ist glatt und blank. Sie rasiert sich das Geschlecht mit Thomas' Rasierer, bis nur ein schmaler Haarstreifen übrig ist. Sie bürstet Arme, Oberschenkel, Po, Rücken. Tamara will glatt und weich sein. Und sie wird glatt und weich. Tamara setzt oft ihren Willen durch. Aber nicht immer. Es ist nicht immer ganz leicht, Tamara zu sein. Und Sara weiß meistens, was sie will.

Tamara fährt mit den Händen über ihre Haut. Sie ist glatt, aber sie will noch glatter sein, noch weicher. Glatt und weich wie Sara. Sie will Sara sein. Hilflos, sauber und ganz ohne Schuld. Und sie weiß, was sie zu tun hat.

Tamara zieht ihr weißes Seidennachthemd an, das Thomas ihr zu Weihnachten geschenkt hat (und das ihr eigentlich gar nicht gefällt), sie nimmt das Massageöl, das er ihr zum Geburtstag geschenkt hat (und das sie nie verwenden), und geht zu ihrem Lebensgefährten, der noch immer vor dem Fernseher sitzt. Tamara geht zu Thomas. Jetzt sieht Thomas sie. Tamara braucht nichts zu sagen. Sie lächelt nur, zeigt, was sie in der Hand hält, und geht in Richtung Schlafzimmer weiter. Thomas schaltet den Fernseher aus und kommt hinterher.

Sie streift die Träger ab und lässt das Nachthemd zu Boden fallen, dann legt sie sich bäuchlings ins Bett. Tamara lässt sich von Thomas die Rückseite ihres Körpers massieren, gründlich und lange. Sie hört seinen Atem. Dann dreht sie sich um. Thomas wärmt in seinen Handflächen noch mehr Öl an und macht sich an Tamaras Vorderseite. Sie spreizt die Beine, so dass er auch die Innenseite ihrer Oberschenkel erreicht.

»Danke«, sagt sie und setzt sich auf. »Ich muss morgen kurz bei Sara vorbeischauen. Kannst du mich hinfahren?«

»Ja, klar kann ich das«, sagt Thomas. Seine Hände sind feucht vom Massageöl. »Aber muss sie denn morgen nicht zu einem Seminar? Zu irgend so einem Übersetzungskram? Ich glaube, Jakob hat so etwas erwähnt.«

»Doch, zu einem Translatologiekurs mit Schwerpunkt Metaphern, veranstaltet vom Institut für Germanistik«, antwortet Tamara.

»Ja, richtig«, sagt Thomas und beugt seinen Oberkörper über sie.

»Ich soll ihre Blumen gießen«, sagt sie und streicht sich mit der Hand über ihre Hüfte. Thomas lässt ihre Hand nicht aus den Augen und beugt sich noch tiefer.

Dann wickelt Tamara ihren Körper in die Bettdecke, dreht ihrem Lebensgefährten den Rücken zu, wünscht ihm eine gute Nacht und schließt die Augen. Meine Haut ist glatt und weich, denkt Tamara. Es ist nicht mehr meine Haut, sondern Saras. Sara ist so rein und weiß und ohne Schuld. Sara ist ein Engel.

In Tamaras Nachttischschublade liegt das dicke Buch mit dem schwarzen Samteinband. Vielleicht wäre alles anders gekommen, wenn wir uns nicht gereimt hätten. Und wenn Miss Liss Piss sich nicht auf sich selbst gereimt hätte. Sara hat sich diesen Namen ausgedacht. Natürlich war das Sara. Mir fällt so was nie ein. In Saras Schläfen gibt es Adern, die aussehen wie verwischte blaue Tätowierungen. Ich finde es wunderbar, zuzusehen, wie sie sich mit Blut füllen, wie sie wachsen und anschwellen. Wie Saras Mann zwischen meinen weichen Oberschenkeln. Sara, meine beste Freundin. Meine beste Freundin, die zusehen musste, während wir anderen Schokoladentrüffel mit selbst gemachtem Honigparfait aßen. Wirklich traurig, dass ich Saras Nussallergie vergessen hatte!

Kapitel 3

Nähkränzchen bei Liss, Dienstag, 3. Oktober

Menü

Melone mit Birkebeinerschinken
Kabeljau aus dem Backofen, mit Weißweinsoße und Miesmuscheln
Ein himmlischer Mund voll

»*You may not control the external environment as much as you would like, but you are in control of the internal one. You can tune your own brain into any channel you want, at any time.*« Liss war vielleicht Mitte zwanzig, als sie diese Sätze las, und sie hinterließen weiter keinen Eindruck bei ihr. Jedenfalls kam es ihr damals nicht so vor. Später wusste sie nicht einmal mehr, wo sie sie gelesen hatte oder in welchem Zusammenhang sie darauf gestoßen war. Aber genau eine Woche nach ihrem siebenundzwanzigsten Geburtstag war sie neben Pål aufgewacht und hatte diese beiden Sätze im Kopf gehabt. Wort für Wort konnte sie sich daran erinnern. Pål lag auf der Seite, und der untere Teil seines einen Beins ragte unter der Decke hervor. Liss war davon überzeugt, dass Pål der Mann ihres Lebens war. Er war solide und zuverlässig, und bisher hatte er ihr zwei wunderbare Kinder geschenkt. Mona und Martin. Liss hatte die beiden nach Heldin und Held in einem von Barbara Sandelands allerbesten Schlossromanen benannt (Ramona Dupret, Tochter aus reichem Hause, bekommt am Ende ihren Martin Bos, der nach seiner Geburt durch eine tückische Laune des Schicksals vertauscht worden ist und sich auf der letzten Seite als jemand ganz anderer entpuppt als der arme Stallknecht, für den alle ihn gehalten haben). Liss starrte Påls Fuß an, seine große Zehe mit dem spitzen gelblichen Hornhautrand. Der Bettbezug aus leuchtender, matter Thaiseide war jedenfalls fast neu. Schweineteuer, unpraktisch und schwer zu reinigen. Mindestens dreimal durch die Mangel. Liss hatte große Hoffnung in dieses Bettzeug gesetzt. Hatte erwartet, dass es alles anders machen würde. Alles verändern. Aber es hatte nichts bewirkt. Ebenso wenig wie die neue weiße Kücheneinrichtung und die Reise nach Florida, die sie im vergangenen Jahr unternommen hatten. Liss versuchte immer wieder, die Vergangenheit zu entfernen. Sie in den Schleier des Vergessens zu hüllen, wie Ramona sagen würde. Liss wollte die klappernden Absätze nicht hören und die roten Lippen nicht sehen. Liss wünschte sich ein spannendes Leben. Sie ließ ihren Blick von Påls Fuß zu seiner ziemlich dünnen, februarweißen Wade hochwandern.

Liss setzte sich im Bett auf, streckte sich und gähnte, und noch immer hatte sie diese englischen Sätze im Kopf. Laut dem Horoskop in der Illustrierten, die aufgeschlagen auf ihrem Nachttisch lag, sollte der Tag für die Fische günstig sein, eine Art Glückstag, vor allem für Anfang März geborene Fische, und das war Liss. *Offenbar stehen Sie vor einer wichtigen Änderung in Ihrem Leben, und Mittwoch ist der Tag, an dem Sie Ihre Pläne in die Tat umsetzen sollten,* hatte Liss am Vorabend gelesen. Und damit wendet

Liss sich von ihrem schlafenden Ehemann ab, stellt die Füße auf den chinesischen Teppich (der ebenfalls ihre Erwartungen nicht erfüllt und Liss' Leben und Ehe nicht wesentlich verändert hat) und spaziert hinein in eine Welt, die so aussieht, wie sie es sich wünscht.

Es stellte sich jedoch heraus, dass das mit der vollständigen Herrschaft über die innere Welt nicht ganz so einfach war, wie vom Zitat versprochen. Liss hatte es voll und ganz geglaubt, als sie die Füße auf den weichen chinesischen Teppich aus fast echtem Seidenfaden stellte und sich schwor, dass von nun an alles anders sein sollte. Aber seit jenem nun mehrere Jahre zurückliegenden Tag war Liss so ziemlich zufrieden mit ihrem Leben. Denn wenn sie auch nicht die vollständige Herrschaft gewonnen hat, so herrscht sie doch über den Großteil ihres inneren Universums. Es ist ein spannendes Leben geworden, mit Liss als schönem, sinnlichen und anziehenden Mittelpunkt.

Im Moment ist Liss mit der Kleinsten zu Hause, und fünf Tage in der Woche schickt sie Pål und die beiden älteren Kinder ins Büro, in die Schule und den Kindergarten, jeweils mit geschmierten Broten ausgerüstet. Graubrot mit Gouda oder Leberwurst für die Kinder, zwei Scheiben Weißbrot mit Fischpudding für Pål, der an Verdauungsproblemen leidet und leicht Blähungen bekommt. Die Kinder winken und verschwinden mit ihren karierten Schultaschen in Richtung Gartentor, und Pål küsst Liss, nimmt seine Aktentasche und läuft hinter den Kindern her zum Auto. Und jetzt sind Liss und Maja allein in dem grauweißen Reihenhaus. Maja ist inzwischen ungefähr ein Jahr alt, und sie ist ein geduldiges Kind, ebenso träumerisch veranlagt wie ihre Mutter. Liss weiß Majas Ruhe ungeheuer zu schätzen. Maja ist ein Kind, das einen Großteil des Tages auf seiner Spieldecke verbringt. Maja kann sich Stunden lang mit Klötzchen beschäftigen, kann sie gegeneinander schlagen, kann in die Luft hinausschauen und sich weit weg träumen. Und über Majas flaumiges Köpfchen hinweg lächelt Liss kokett einem italienischen Grafen mit Armani-Anzug und Dreitagebart zu.

Liss ist eine Frau, die von Männern begehrt wird. Eine Frau, umgeben von Männern, die um ihre Gunst buhlen. Im mittelalterlichen Norwegen mit üppig wogender, weizenblonder Mähne, in einem bodenlangen scharlachroten Kleid mit breitem Silbergürtel. In Paris mit zahllosen Chanelkostümen und Dior-Unterwäsche, mit kastanienbrauner Pagenfrisur und funkelnden, dunklen Augen. Eine mondäne Halbweltdame. Oder im New York der Zwanzigerjahre, Charleston und Perlenkette. Oder als englisches Stubenmädchen mit korsettierter Wespentaille und hohen Knöpfstiefeln im nebligen London der viktorianischen Zeit. Liss wechselt Majas Windeln und stillt die Kleine. Sie kümmert sich einigermaßen um ihren Haushalt, saugt ein wenig Staub, gießt die Blumen, wenn sie es nicht gerade vergisst, wäscht Kleider und putzt im Frühjahr die Fenster, sie kauft ein und serviert ihrer Familie recht gesunde, nahrhafte Mahlzeiten, sie näht sogar ab und zu neue Vorhänge, und sie schmückt zu Ostern und Weihnachten das Haus. Liss ist zufrieden mit ihrem Leben. Sie dreht in der Küche den Wasserhahn auf, um den Wischlappen anzufeuchten, und hört einen Wasserfall auf Hawaii. Sie lässt den Finger über die mehlige Oberfläche des Brotteigs gleiten und weiß, dass es sich um die glatte Innenseite des Oberarms ihres Liebhabers handelt. Sie schrubbt den Küchentisch so energisch, dass noch der widerborstigste Joghurtfleck am Ende verschwindet, und sie macht das mit wahrer Glut, denn in Wirklichkeit hat sie den breiten, sonnengebräunten und muskulösen Rücken ihres treuesten Kunden vor sich, dem Mann, der jede Woche eine Schwindel erregende Summe für diese Massage bezahlt. Sie bewundert ihre eigene milchstrotzende runde Brust in Majas Mund, und der Mund, der sich um die Brustwarze schließt, gehört einem arabischen Prinzen mit kohlschwarzen Augen, Ballonhose und Krummsäbel in der Hand.

Liss malt ihr grauweißes Reihenhaus mit Adjektiven wie goldgelb, rubinrot, ebenholzschwarz, perlmuttweiß, himmelblau und smaragdgrün. Das Eckzimmer mit dem abgenutzten Parkett füllt sie mit Ausdrücken wie brennende Begierde, himmlische Leidenschaft, flammende Liebe, die fast bis zur Decke hochlodern und fast keinen Platz für die Möbel lassen, für das ziemlich mitgenommene Sofa, die beiden Sessel, das Wandregal, die Kunstdrucke in den dünnen, naturweißen Rahmen. Wenn sie die Schranktüren im Schlafzimmer öffnet, brechen Klischees, Floskeln und Gemeinplätze über sie herein. Die Wörter sprudeln aus dem Schrank und treffen sie weich und angenehm am Kopf.

Liss will gerade den Briefkasten öffnen. Sie kann ihn nicht gehört haben, denn plötzlich ist er einfach da. Haucht ihr feucht in den Nacken, drückt seinen Körper gegen ihren. Sie spürt sein Geschlecht an ihrem Hintern. Seine Hände umfassen sie, ihre schlanke Taille, dann wandern sie aufwärts und schließen sich um ihre Brüste. Sie lässt sich zu ihm zurücksinken. Ihr Schlüsselbund fällt auf den Kies. Sie richtet sich auf, dann geht sie in die Hocke und hebt das Schlüsselbund auf. Hat irgendwer sie gesehen? Sie dreht sich um, nein, kein Mensch zu sehen, aber vielleicht hat jemand sie vom Fenster aus beobachtet? Liss öffnet den Briefkasten und schaut hinein. Er ist leer, abgesehen von einigen Werbebroschüren. Oder? Ganz unten liegt ein eisblauer Briefumschlag, der mit ihrem Namen beschriftet ist. Handgeschrieben, mit kunstvoller, ausgeprägt maskuliner Schreibschrift. Eine ausländische Briefmarke. Vielleicht eine französische? Nein, italienisch. Auf die Rückseite des Umschlags scheint ein Familienwappen eingestanzt zu sein. Zwei gekreuzte Schwerter über zwei Löwen, oder sind das Leoparden? Sie dreht sich um und geht zur Haustür zurück. Von einem unbekannten italienischen Verehrer. Oder vielleicht vom Grafen mit dem Dreitagebart.

Heute ist Nähkränzchentag. Pål ist mit den Kindern zur Oma gefahren, auch mit Maja. Das Essen ist fertig. Die Vorspeise steht im Kühlschrank. Die Fischauflauf steht auf dem Küchentisch und kann jederzeit in den Backofen gestellt werden. Den Pudding hat Liss schon am Vortag gemacht, sie hat ihn mit Sherry abgeschmeckt und mit roten Cocktailkirschen dekoriert. Jetzt muss sie das Wohnzimmer aufräumen und den Tisch decken. Als Liss den Tisch abwischen will, um ihn dann zu decken, sieht sie, dass er eingeölt werden muss. Sie holt aus der Küche eine Flasche Öl und einen Lappen und beugt sich über den Tisch – einen zehn Jahre alten, gebrechlichen IKEA-Tisch aus abgebeiztem Kiefernholz – und reibt ihn mit Öl ein. Und während sie reibt, verschwindet der IKEA-Tisch.

Mitten im Wohnzimmer steht ein Tisch aus geflammter Birke, blank und gediegen. Auf dem Tisch hockt eine Frau. Liss. Sie ist die Berühmte Leopardenfrau. Auf dem Sofa sitzt ein Mann, dessen Blicke auf die Frau auf dem Tisch gerichtet sind. Liss trägt keine Unterwäsche, und ihr Rock (Leopardenmuster natürlich) hat sich um ihre Taille gewickelt. Ihr Unterleib leuchtet dem Mann auf dem Sofa purpurrot entgegen. Links neben Liss steht eine Schüssel voll Eiern. Sie nimmt die Schüssel und schiebt sie zwischen ihre Beine. Dann stützt sie die Ellbogen auf die Knie, faltet die Hände. Die Schüssel mit den Eiern steht genau zwischen den Beinen der Frau. Die Frau hebt den Po ein wenig an, zielt und fängt an, das erste Ei in sich aufzusaugen. Schrittweise verschwindet das kreideweiße Ei zwischen den bräunlichen Schamlippen. Liss schaut zur Decke hoch, die Anstrengung ist ihr anzusehen. Sie lässt sich ein wenig sinken und holt Luft, ehe sie Ei Nummer zwei anpeilt. Bald ist auch das verschwunden. Jetzt, fragt sie den Mann auf dem Sofa, und der nickt. Die Berühmte Leopardenfrau senkt ihren Hintern auf die Tischplatte, spreizt die Beine noch weiter und spuckt Eiweiß, Dotter und Schale aus.

Reiche Araber bezahlten bisweilen den doppelten Preis für eine Kabbazahsklavin. Wörtlich übersetzt bedeutet ›Kabbazah‹ eine, die festhält, so steht es in der Illustrierten. Eine Frau mit starken, durchtrainierten und geschmeidigen Scheidenmuskeln. Diese Frau muss rittlings auf den Hüften eines Mannes sitzen und ihn zum Orgasmus bringen können, indem sie ausschließlich ihre Scheidenmuskeln bewegt. Es gibt Geschichten über Frauen mit so starken Scheidenmuskeln, dass sie das Glied ihres Liebhabers zerquetschen konnten, wenn er ihnen nicht behagte. So eine Frau ist die Berühmte Leopardenfrau. Sie ist gefährlich und großartig zugleich. Zwischen ihren Beinen hat sie eine Rose und ein Raubtier.

Der Tisch ist fertig geölt. Liss merkt, dass nach dieser Anstrengung alle ihre Muskeln erschöpft sind, aber am Tisch ist jetzt nichts mehr auszusetzen. Sie beschließt, ein wenig staubzusaugen, während sie darauf wartet, dass die Uhr auf sieben vorrückt. Sie hat Zeit genug, und bestimmt schafft sie das Staubsaugen und einen wohlhabenden, virilen und an Philosophie interessierten Franzosen, ehe der Fisch in den Ofen muss. Es ist eine mit Kabeljau und Miesmuscheln gefüllte Form – tiefgefrorene Kabeljaustücke und Muscheln aus der Dose, dazu weiße Soße. Liss serviert fast immer einfache Gerichte, die wenig Vorarbeit und minimalen Einsatz in der Küche verlangen. Liss interessiert sich durchaus für Essen, das ist es nicht. Liss liest ungeheuer gern die Kochspalten in den Samstagszeitungen, und immer bringt sie aus dem Laden Gratisrezepte mit; wenn sie ins Restaurant geht, studiert sie die Speisekarte von vorn bis hinten. Auf dem Klo sind Kochbücher ihre Lieblingslektüre. Da sitzt sie dann, das Wasser läuft ihr im Munde zusammen, die Hose liegt schlaff um ihre Knöchel, und der Geruch ihrer Abfallstoffe breitet sich aus und füllt die geflieste Kammer. So kann sie lange sitzen und üppige Festmähler planen. Eine besonders gute Köchin ist Liss allerdings nicht. Sie ist zu ungeduldig, zu schusselig und hat vermutlich zu große Angst vor dem Versagen.

Liss saugt den Wohnzimmerteppich, der sehr flauschig ist und ungeheure Mengen von Kekskrümeln beherbergt. Früher war er einmal weiß. Durch das Dröhnen des Staubsaugers und ein Klirren, das verrät, dass jetzt mehr als nur Staub durch den Schlauch verschwunden ist, hört Liss das Telefon. Ein Kunde! Sie muss sofort los. Es eilt. Es ist ein Stammkunde, ein Reeder, mit dunklen Haaren und stahlgrauem Schimmer an den Schläfen. Er kann nicht ohne sie leben, und jetzt, in diesem Moment, braucht er Liss und ihre einzigartigen Dienstleistungen.

Liss ist nach verrichteter Arbeit auf dem Heimweg, und bald wird sich das Nähkränzchen einfinden. Sie öffnet das Gartentor und sieht den dunklen Hinterkopf von Sara oder

Tamara auf dem Gartenweg, fast schon vor der Haustür. Liss läuft so rasch und leise, wie sie nur kann, überholt die andere, streift kurz die Jacke der Dunkelhaarigen, schaut sich um und sieht, dass es Sara ist, schließt die Tür auf, reißt sich die Netzstrümpfe und das schwarze Seidenkorsett vom Leib, wirft die Peitsche in den Kasten zu den Regenoveralls der Kinder, streift ein ziemlich neues Kleid über und kann gerade noch den Reißverschluss hochziehen und gelassen die Tür öffnen, als Sara klingelt. Sara merkt nichts. Und bald finden sich dann noch Tamara und Eva ein.

Melone und Schinken haben gut geschmeckt, und der Fisch war gelungen. Sara erzählt vom Badezimmer, das sie und Jakob gerade renoviert haben, und von hoffnungslosen Schwiegermüttern, Eva erkundigt sich interessiert nach Saras Schwester, Tamara redet über ihre Arbeit, Liss bittet für das wenig raffinierte Essen um Entschuldigung und schiebt alles auf ihren hektischen Tag. Sie sieht, dass keine von den anderen ihr glaubt, und sie weiß, dass es keinen Sinn hätte, über den italienischen Grafen, den Brief im Briefkasten oder die Berühmte Leopardenfrau zu reden. Was weiß schon eine Frau wie Eva über Kabbazahfrauen? Und was wissen Sara und Tamara davon, wie ein anspruchsvoller Reeder befriedigt werden kann? Liss schweigt. Sie lächelt nur und schüttelt ein wenig den Kopf, als Tamara Eierschalenreste auf dem Esstisch entdeckt und überrascht fragt, ob sie neuerdings im Esszimmer Waffeln bäckt oder Rührei macht.

»Das hat wunderbar geschmeckt, Liss«, sagt Eva. »Na, und was sagt ihr zu meinem neuen Rock, Mädels?«

Eva erhebt sich, ein wenig unsicher, wie es sich gehört, wenn man zusammen mit Freundinnen Wein getrunken hat. Sie kichert: »Ich bin offenbar ein bisschen beschwipst. Aber was sagt ihr denn nun? Bin ich zu fett dafür, oder was?«

Ja, denkt Liss und sagt: »Ach was. Du bist doch nicht fett. Du siehst richtig schlank und gut aus.«

»Aber macht der mir keinen zu dicken Hintern?«, fragt Eva.

»Quatsch«, beteuert Sara.

»Wirklich, jetzt hör aber auf«, sagt Liss.

Liss mustert den graublauen Rock aus glänzendem Stretchstoff, der wie angegossen an Evas kräftigem Hintern, ihren Oberschenkeln und ihren Hüften sitzt. Sie sieht deutlich, wie die Unterhose in die Oberschenkel einschneidet. Dass Eva nicht wenigstens begreift, dass sie unter einem solchen Rock einen Stringtanga tragen müsste! Irgendwer sollte ihr das sagen. Tamara kann das sonst gut. Tamara ist nicht gerade sehr diplomatisch, ihre Zunge ist manchmal etwas zu scharf, sie ist schließlich Widder, aber immerhin sagt sie ganz deutlich ihre Meinung. Evas Rock folgt den Wölbungen ihrer Oberschenkel, noch die kleinste Andeutung von Orangenhaut, Speckwülsten und Schwabbeln scheint sich im glänzenden Stoff abzuzeichnen. Liss stellt sich vor, wie Eva vor der Tafel steht, die Hausaufgaben notiert, dazu schreibt, ›nicht auswischen!‹, während die kleinen Bewegungen, die ihre rechte Hand dabei vollführt, sich durch ihren Körper fortpflanzen und ihren Hintern beben und zittern und leuchten lassen. Liss sieht plötzlich deutlich vor sich, wie die Klasse sich in der Gesäßpartie ihrer Lehrerin spiegelt. Sie sitzen an ihren Tischen, unterdrücken ihr Lachen und sehen, wie ihre eigenen unklaren, blaugrauen Spiegelbilder sich im glänzenden, wogenden Hintern der Lehrerin bewegen.

»Wirklich toller Rock«, sagen Sara und Tamara fast wie aus einem Munde.

»Der ist von DNKY«, teilt Eva mit.

»DKNY«, korrigiert Liss automatisch. »Schön, so glänzender Stoff«, fügt sie hinzu und denkt, dass es doch immerhin ein Fortschritt ist, dass Eva sich für ihr Aussehen interessiert. Als sie Eva vor fast zwei Jahren kennen gelernt haben, war sie hoffnungslos hausbacken. Jetzt erscheint sie als witzige Mischung von Kleidern aus ihrer alten gleichgültigen Phase, Kleidern, die Eva auf Grund langer Lebenszeit und niedrigem Preis ausgesucht hat, und von neu angeschafften teuren, unpraktischen, aber schicken Designersachen. Es ist eine seltsame Mischung, aber auf jeden Fall ein Fortschritt, findet Liss, die Eva gern mag. Liss mag Eva. Es ist gut, dass sie jetzt zum Nähkränzchen gehört, denn Eva soll Liss helfen.

»War das ein Sonderangebot?«, fragt Tamara.

»Nein«, antwortet Eva.

»Schöne Farbe«, sagt Sara.

Die Farbe erinnert Liss an ihren Teddy. Auch der Teddy hatte diese graublaue Farbe. Er hatte abgegriffenes graublaues Nylonfell und große, dunkelblaue Augen mit freundlichen Pupillen. Eine aufgenähte schwarze Schnauze. An den Ohren ist das Fell fast verschwunden. Teddy ist weich und lieb. Liss hat ihn immer dabei. Sie hat ihn von Papa bekommen, damals, als sie noch ganz klein war. Papa hatte ihn in Rio de Janeiro gekauft. Das ist so ein schönes Wort. Rio de Janeiro. Teddy lässt sie nie im Stich. Er liegt nachts bei ihr im Bett und wartet auf dem Sofa auf sie, wenn sie aus der Schule kommt. Er ist immer lieb. Die Augen, die sie ansehen, sind immer dieselben. Immer freundlich und lieb.

»Noch ein bisschen Wein?« Sara hält ihnen einen frischgeöffneten Chardonnay hin, den sie selbst mitgebracht hat.

»Ja, danke, schenk einfach nach«, sagt Tamara.

»Auch für mich noch, bitte. Ich hab letzte Nacht schlecht geschlafen«, sagt Eva.

»*La vie est dure*«, sagt Sara.

»Ja, Mädels, die Wirklichkeit ist hart. So ist das. Das Leben ist schwer«, sagt Liss.

»Da irrt ihr euch«, sagt Tamara. »Das genaue Gegenteil ist der Fall. Die Wirklichkeit ist niemals hart genug. Der Traum ist hart, steif und dauert lange. Die Wirklichkeit dagegen ist meistens halbsteif und geprägt von vorzeitigem Samenerguss.«

»Meine Güte, Tamara! Du bist immer so vulgär!«, sagt Sara.

»Ich muss mal kurz raus«, sagt Liss. »Entschuldigt mich.«

Kaum hat Liss sich in ihrem gefliesten Gästeklo eingeschlossen, da kommen die langen Beine mit den hochhackigen schwarzen Pumps auf sie zugeklappert. Jetzt könnte ich einen Ritter auf einem weißen Pferd brauchen, denkt Liss, oder zumindest einen feurigen, breitschultrigen Spanier. Sie schaut an den Beinen hoch, aber sie kann das Gesicht nicht sehen, es ist zu hoch oben. Die Schuhe sind schwarz und haben am weißen wulstigen Spann entlang kleine schwarze Zierlöcher. Sie betrachtet die Knie mit ihren querlaufenden Falten. Sie legt den Kopf in den Nacken, und jetzt sieht sie die roten, glänzenden Lippen. Sie bewegen sich, sie öffnen und schließen sich. Wenn du dich nicht anständig benimmst, will ich nicht mehr deine Mama sein. Dann verlasse ich dich.

Es ist Sommer. Sonnenschein im Wohnzimmer. Es riecht nach Schmierseife. Die Tür zum Garten ist angelehnt, und die Vorhänge heben und senken sich. Liss sitzt auf Mamas Schoß. Sie sitzen auf dem grünen Samtsofa. Aus der Küche schwebt der Duft von frisch gebackenem Brot ins Wohnzimmer und vermischt sich mit dem Geruch der grünen Seife. Die Mama drückt Liss fest an sich. Mein liebes, kleines Mädchen, sagt sie. Liss spürt ihre Lippen oben auf ihrem Kopf, sie bewegen sich, flüstern Kosenamen. Kleine Liss, mein Schatz. Mamas Mädchen. Aber Liss spürt trotzdem, dass es kommt. Sie hat Angst. Sie schaut sich im Wohnzimmer um. Das sieht ganz normal aus. Die Sonne scheint durch frisch geputzte Fenster und malt Vierecke aufs Parkett. Liss hat Angst. Liss wagt nicht, sich umzudrehen und Mama anzusehen. Denn was, wenn das gar nicht Mama ist. Was, wenn es die Frau mit dem roten, bösen Mund und den schwarzen Schuhen ist. Ihr Herz hämmert wild. Ihr wird kalt. Noch immer sickern Kosenamen in ihre Ohren. Kleine Liss, Mamas Mädchen. Mamas einziger Trost. Du und ich, Liss. Du und ich. Und sie kann sich nicht umdrehen.

Liss ist hingefallen und hat sich wehgetan. Sie ist auf dem Asphalt gestolpert und hat sich das Knie aufgeschrammt. Es blutet, und in der Wunde stecken Steinchen und Dreck. Mama, ruft Liss. Mama, wo bist du? Mama sitzt auf dem grünen Sofa, mit einem Buch auf dem Schoß. Sie blickt nicht auf. Mama, ich hab mir wehgetan. Liss weint. Mama gibt keine Antwort. Teddy kommt mit ins Badezimmer. Liss summt, und Teddy hilft ihr, Jod auf einen Wattebausch zu geben und ihr Knie zu säubern. Mama liest, ihr glänzender, lippenstiftroter Mund bewegt sich, aber Liss hört kein Wort.

Es muss in der dritten Klasse gewesen sein, denn sie hatten Tilde Smith-Larsen als Lehrerin. Liss, du kannst so gut auswendig lernen, ich dachte, du nimmst ›Die Schiffe auf dem Meeresgrund‹ von Inger Hagerup, sagt die Lehrerin. Liss freut sich, aber sie sieht, dass Sara und Tamara Lillian etwas zuflüstern. Lillian ist eine Auserwählte, Lillian hat Glück. Sara und Tamara wollen alles bestimmen, sie bestimmen, was in der Klasse passiert, alle Mädchen haben Angst vor ihr. Meistens bestimmt Tamara. Miss Liss Piss, rufen Sara und Tamara hinter ihr her. Miss Liss Piss. Liss, du stinkst, sagen sie und drehen ihr den Rücken zu. Lillian darf ab und zu mit Sara und Tamara spielen, aber nach einer Weile zerstreiten sie sich dann, und Sara und Tamara verschwinden Arm in Arm. Die eine dunkler als die andere. Sara ist hübscher, findet Liss. Sara hat Sternenaugen.

Beim Sommerfest in der Schule steht Liss allein auf dem Podium. Frisch geflochtene Zöpfe mit Schleifen. Weiß und hellblau gestreiftes Kleid, weiße Söckchen und Sandalen. Ihre Stimme ist laut und klar. Tüchtig warst du. Was für ein schöner Vortrag! Jetzt sind Sie sicher stolz auf sie, Frau Krogh! Mama nickt, lächelt und streicht Liss über die Haare. Dann nimmt sie ihre Hand, und sie gehen nach Hause. Als sie die Straße erreicht haben, lässt Mama Liss' Hand los. Zu Hause im Wohnzimmer. Mama auf dem Sofa, mit einer Tasse Kaffee. Keine sagt etwas. Auf dem Meeresgrunde stehen schwarz die Schiffe, sagt eine Stimme in Liss. Wieder und wieder. In ihrer nassen Runde, im Schatten spitzer Riffe. Findest du, dass ich das gut gemacht habe? Mamas weicher, ein wenig schlaffer Oberarm auf der Sofalehne. Liss setzt sich aufs Sofa, der Arm bewegt sich nicht. Liss schmiegt sich an ihn, reibt ihre Wange an der warmen

Haut. Mama nimmt ihren Arm weg, schaut Liss an, steht auf und geht. Ihre Absätze klappern übers Parkett.

Liss, meine Süße? Wo steckst du? Liss und Teddy sitzen im Verschlag. Sie schweigen, und Mama ruft sie immer wieder. Schnuffelpuffel? Kleine Liss, Lisschen, wo bist du? Liss kommt heraus, und Mama drückt sie an sich. Kleine Liss. Liss' Kopf zwischen Mamas Brüsten. Weich und locker. Mama drückt fester. Liss' Nase im stechenden Wollstoff von Mamas Pullover. Sie zappelt, bekommt keine Luft. Hört Mama lachen. Von oben und von innen. Von Mamas Körper her. Der Griff lockert sich. Mein Kind, sagt Mama. Du darfst deine Mama nie verlassen, Liss.

Liss sitzt auf dem Klodeckel. Die Fliesen an der Wand glänzen. Sie glänzen viel zu sehr. Wie Evas Rock über ihrem Hintern. Wie Evas graublauer DKNY-Rock. Die liebe, gutherzige Eva. Liss muss lächeln, aber dann sieht sie wieder Mamas großen, glänzend roten Mund vor sich. Ihre Lippen öffnen und schließen sich, und Liss denkt daran, wie sie hinter ihrer Mutter hergerannt ist, weil die Mutter Liss verlassen wollte. Aber Teddy war immer da. Weich und abgenutzt. An einigen Stellen fast haarlos. Teddy riecht wunderbar. Und seine großen dunkelblauen Augen verstehen alles. Liss reißt sich zusammen, spült (falls draußen jemand wartet) und geht zu den anderen ins Wohnzimmer. Die sind vertieft in ein Gespräch über die Werte der Freundschaft, die Wichtigkeit von Freundinnen. Hört euch nur diese schönen alliterierenden Aussagen an, sagt Sara. Und stellt euch vor, was wir für ein Glück haben, weil wir einander alles erzählen können, weil wir Freundinnen haben, auf die durch und durch Verlass ist, sagt Eva. Die anderen nicken. Und Tamara erzählt, dass Frauen in vieler Hinsicht besser zurechtkommen als Männer, weil Frauen über soziale Netzwerke verfügen, sie haben Leute, mit denen sie über persönliche Probleme sprechen können. Tamara hat für die letzte Samstagsausgabe über dieses Thema einen langen Artikel geschrieben, sie hat mit Frauen und Männern gesprochen und außerdem einen Psychologen von der Universität interviewt, der sich gerne zu allen möglichen Themen äußert. Das habt ihr doch sicher gelesen? Ja, sagt Liss und setzt sich neben Sara. Pissgöre, hat Sara sie genannt, als sie noch klein waren. Miss Liss Piss, du stinkst. Ich will nicht neben dir sitzen, Liss. Weil du so stinkst.

Aber jetzt ist Liss anders. Liss will, dass Sara und Tamara das sehen. Eva soll ihr helfen. Sara hat noch immer Sternenaugen.

Liss kommt aus der Schule zurück. Wo ist Teddy? Er sitzt nicht wie sonst auf dem Sofa. Liss geht auf ihr Zimmer. Teddys Rücken schaut zwischen Bettdecke und Kissen hervor. Liss hebt Teddy hoch. Teddys Augen sind abgeschnitten worden, nur zwei schwarze Fadenenden hängen aus dem hellblauen Stoff heraus. Teddy hat ein großes Loch im Bauch. Offenbar hat irgendwer ihn mit einem Messer gestochen, etwas von seiner Füllung quillt aus dem Riss.

»Noch mehr Wein, Liss?«

»Ja, bitte.«

Jetzt ein Glas Wein, dann wird alles gut. Ein Gläschen Wein, dann verfliegt das andere. Jetzt noch ein Glas Wein, dann kommt er auf seinem Schimmel geritten und rettet sie. Ein montenegrinischer Edelmann, der sagt, dass Liss einen Mund wie reife Kirschen hat, kirschrote Lippen, Augen wie Waldseen und eine Stirn wie weißer Alabaster. Unbezähmbare Leidenschaft. Ewige Freundschaft. Rot glühende Liebe. Bis dass der Tod uns scheidet.

Liss hat das jetzt lange nicht mehr erlebt, sie hat die glänzenden Lippen schon lange nicht mehr gesehen. Normalerweise hilft ihr Zauberspruch. *You can tune your own brain into any channel you want, at any time.* Gegen die zeitweise Öde des Alltags, gegen das Broteschmieren, gegen Ehemänner mit Fusseln im Nabel und Blähungen, gegen quengelige Kinder und schmuddelige Häuser hilft es immer. *You are in control.* Unfehlbar. Aber vor Mamas roten, glänzenden Lippen und ihren harten, hohen Absätzen muss es sich geschlagen geben.

Liss näht das Loch in Teddys Bauch so gut zu, wie sie nur kann, und summt dabei laut. Teddy wird neue Augen bekommen. Aber Liss, was ist denn passiert? Und ausgerechnet Teddy, den du so lieb hast. Komm, Mama tröstet dich! Komm, setz dich auf meinen Schoß! Liss setzt sich auf Mamas Schoß, Mama flüstert ihr Kosenamen in die Haare. Kleine Liss. Mama sagt, dass sie Liss helfen kann, sie kann Teddy neue Augen annähen. Mama sucht in der Schachtel im Nähkasten zwei Knöpfe aus. Teddys neue Augen starren Liss in der Dunkelheit an, das Metall leuchtet ihr entgegen. Liss wagt nicht, Teddy mit ins Bett zu nehmen. Sie legt ihn in eine Schublade, aber nach zwei Tagen tut er ihr Leid. Der arme Teddy, der ganz allein im Dunkeln liegen muss. Und Teddy ist doch nicht schuld daran, dass er jetzt solche Augen hat. Teddy darf wieder im Bett schlafen. Alles wird wie früher. Aber als Liss eines Tages aus der Schule kommt, ist Teddy verschwunden. Sie finden ihn nie wieder. Vielleicht warst du ohnehin zu groß, um ein Schmusetier mit ins Bett zu nehmen, sagt Mama tröstend. Du bist doch schon elf.

»Was ist los mit dir, Liss?«, fragt Sara mit leiser Stimme und streichelt Liss' Arm. »Du scheinst so weit weg zu sein. Stimmt irgendwas nicht?«

»Nein, nein«, sagt Liss ebenso leise. »Ich bin nur ein bisschen müde und kaputt. Ich stille ja noch. Und heute musste ich Milch abpumpen, und Maja ist zum ersten Mal nicht bei mir. Ich bin sicher nur nervös.«

Und laut fügt sie hinzu: »Kaffee und Pudding gibt's hinten auf dem Sofa, Mädels. Entschuldigt den Staub in den Ecken.«

»Hier ist doch alles tadellos«, sagt Eva.

»Das macht doch nichts«, sagt Sara gleichzeitig.

»Es ist herrlich befreiend, eine Nurhausfrau zu sehen, die es nicht so tragisch findet, wenn das Haus ein bisschen schmutzig ist«, sagt Tamara nach einer kurzen Pause. Sie erhebt sich von ihrem Esszimmerstuhl, lächelt Liss zu und wischt sich die Rückseite ihres Rockes ab.

Als die Gäste gegangen sind und Liss fast alles weggeräumt hat, setzt sie sich in ihrem leeren Haus auf das Sofa. Sie ist die Amazonenkönigin Penthesilea. Sie galoppiert auf ihrer weißen Stute durch die Ebene. Ihre langen blonden Haare flattern unter dem silbernen ziselierten Helm im Wind. Sie schwenkt über ihrem Kopf das Schwert, dreht sich um und ruft ein scharfes, kurzes Kommando. Auf jeder Seite, gleich hinter ihr, reiten ihre beiden dunkelhaarigen Mägde, die eine dunkler als die andere, und sie gehorchen ihrem leisesten Wink. Jetzt holen sie Penthesilea ein und fragen, was sie für sie tun können. Die Stimmen der dunklen Frauen triefen vor Ehrfurcht und Bewunderung. Penthesilea lächelt. Und schläft auf dem Sofa ein.

Kapitel 4

Nähkränzchen bei Sara, Dienstag, 24. Oktober

MENÜ
Kammmuscheln
Muschelcremesuppe mit Aioli
Gebackenes Lammfilet mit Balsamico- und Portweinsoße
Überbackener Ziegenkäse
Semifreddo mit Schokolade und Apfelsinen

Sara sehnt sich nach einer Tasse Tee, es wäre die zweite an diesem Tag, aber erst muss sie die Post hereinholen. Das muss sie eben. Eigentlich kann der Postbote noch gar nicht da gewesen sein, aber sie muss erst den Briefkasten überprüfen, ehe sie ihre zweite Tasse Tee trinken darf. Das sind die Regeln, und sie dulden keine Ausnahme.

Der Briefkasten ist natürlich leer. Von den grünen Briefkästen im Erdgeschoss führen sechzehn Stufen zu Saras Wohnung hinauf. Das weiß Sara gut, aber sie darf erst nach der neunten mit dem Zählen anfangen. Immer fängt sie nach der neunten mit dem Zählen an. Immer und ausnahmslos. Nur auf diese Weise kann sie in Gedanken sieben sagen, wenn ihr linker Fuß ihr Stockwerk erreicht hat und sich nur wenige Dezimeter vor der anthrazitgrauen, staubfreien Fußmatte befindet, auf dem ihr, Jakobs und Julias Namen stehen.

Saras Wohnzimmer ist immer aufgeräumt, immer sauber. Wie auch heute. Aber in der Sekunde, in der Sara ihr Wohnzimmer betritt, wo einige trotzige Staubkörner lustig und frech in dem Sonnenstreifen tanzen, der sich durch die undurchsichtigen, aber hellen elfenbeinweißen Leinenvorhänge ins Zimmer gestohlen hat, verschwindet ihre innere Ruhe, von der sie noch vor einem Augenblick erfüllt war. Sara fühlt sich nicht mehr wohl in ihrer Haut. In passend gerundeter rechter Handfläche balanciert eine zerbrechliche Wedgwood-Tasse. Sie ist gefüllt mit frisch aufgegossenem, dampfenden Earl Grey, der nie getrunken wird. Die Teeblätter werden in Mengen von hundert Gramm in einem gut sortierten Kaffee- und Teegeschäft in einer der bescheideneren Seitenstraßen des Bogstadvei gekauft. Ein Silberlöffel mit Rosenmuster, ein Erbstück von Saras unverheirateter Großtante, die vor kurzem erst ihren Wohnsitz geändert hat, sie ist vom Parkvei ins Paradies übergesiedelt (jedenfalls wenn ihre Überzeugung zugetroffen hat), steht angewärmt in der heißen, sepiabraunen Flüssigkeit. Der Löffel ist frisch geputzt und funkelt und ist bereit, in seiner aufrechten, potenten Stellung benutzt zu werden. Sara spürt nicht, dass sie zittert, sie hört es aber. Der Silberlöffel klirrt gegen das dünne Porzellan.

Hinter dem Staubgestöber in den Sonnenstrahlen sieht Sara ihren flimmernden Computerbildschirm. Der Sternenwirbel des Bildschirmschoners fliegt ihr als ununterbrochener Strom entgegen, spiegelt sich umgedreht in Saras Netzhaut, wird jedoch von Saras Gehirnzellen augenblicklich, selbstverständlich und ohne Zögern umgedreht, so, wie sie das seit mehr als dreißig Jahren mit jedem eingelaufenen Sinneseindruck gemacht haben. Der Anblick des Computers löst in ihr ziemlich bald die Gewissheit aus, dass sie etwas tun muss, etwas, was sie sofort wieder ein wenig beruhigt. Sara stellt ihre Wedgwood-Tasse mit dem heißen Tee auf die grobe Eichenplatte des Wohnzimmertischs, wo sie dann vergessen neben der Zuckerschale stehen bleiben wird, mit der sie eine schwesterliche Ähnlichkeit verbindet, und der Tee wird langsam kühler, bitterer und immer ungenießbarer. Kaum hat sie die Tasse weggestellt, untersucht Sara ihren Puls, indem sie Zeige- und Mittelfinger der rechten Hand an ihr linkes Handgelenk legt. Ihr Puls ist hoch, aber regelmäßig. Gott sei Dank. Beruhigt setzt Sara sich vor den Computer, richtet ihre ganze Aufmerksamkeit auf den Bildschirm und lässt ihre Finger rasch und sicher über Tastatur und Maus huschen. Schon fühlt sie sich um einiges wohler.

Ungefähr auf halber Strecke im siebten und damit schicksalhaftesten Versuch wird Saras kompakte Konzentration vor dem Computer vom Telefon unterbrochen, das auf dem kleinen Beistelltisch mit der facettierten Glasplatte neben dem kleinen Sofa steht. Sara schwankt. Sie schwankt zwischen dem Drang, festzustellen, ob sie es diesmal geschafft hat – denn sie *muss* es einfach schaffen, bei diesem siebten Mal – und dem Drang, den Hörer abzunehmen und zu erfahren, wer dort ist, was dieser Mensch, der sie gerade jetzt anruft, von ihr will. Die Neugier siegt. Sara steht auf und geht auf den noch immer energisch klingelnden Telefonapparat zu. Die Asse auf dem Bildschirm, in der Reihenfolge Pik, Herz, Karo, Kreuz, stehen ihr noch vor Augen. Sara fühlt, wie ihre Augenlider mit den tuscheschweren Wimpern mehrere Male rasch hintereinander über ihre glatten Augäpfel wippen. Die Kartenreihen in den schönen

Schneewittchenfarben vor dem gurkengrünen Hintergrund spiegeln sich in verschwommenen Farben, und das Bild bleibt haften, als Sara zum Telefon geht, obwohl ihre Augen jetzt offen sind. Aber als ihre Hand sich dem überraschend kalten, weißen Hörer nähert, als ein Teil von Saras Körper mit dem in Berührung kommt, was in gewisser Weise die Welt außerhalb ihres aquariumsstillen Wohnzimmers bedeutet, verschwindet dieses Bild sofort. Es ist weg. Sara begegnet nur ihren eigenen dunklen Augen im Spiegel, der schwer im Goldrahmen mit Traubendolden, molligen Cherubinen und Weinblättern hängt und noch eine Erinnerung an die Großtante darstellt, die erst kürzlich ihre geräumige, aber etwas unpraktische und altmodische Fünfzimmerwohnung im Parkvei verlassen hat. Sara drückt den kühlweißen Hörer an ihr Ohr. Ihr Ohr ist weit offen, wie ein Trichter, um die telefonische Botschaft aus der Welt dort draußen einzufangen. Die Lippen verlassen ihren zusammengeklebten Zustand mit einem leisen, fast unhörbaren Knall. Sie nennt ihren Namen und weiß sofort, dass während dieses Telefongesprächs keine andere Stimme als ihre eigene erklingen wird. Sara hat Angst. Sie beugt sich weiter zum Spiegel, ihre unteren Rippen stoßen gegen vergoldete Traubendolden, Cherubine und Weinblätter, und sie sieht, wie sich ihre Pupillen vor Angst zu entsetzten schwarzen Löchern weiten. Denn das ist nicht das erste Mal. Seit einigen Wochen führt Sara immer wieder unfreiwillig ebenso monologische und kurze Telefongespräche wie dieses. So viele, dass es sich nicht einfach um ›falsch verbunden‹ handeln kann. Wer ruft Sara an und legt dann auf, ohne etwas zu sagen?

Im Spiegel sieht ihre Nase fast so abnorm aus wie immer, groß, mit einem höchst unkleidsamen Knick gleich oberhalb der Mitte, wo das Nasenbein in weichere Knorpelsubstanz übergeht. Und der Kummer über diese missgestaltete Nase, der zwar ein chronischer, immer anwesender Kummer ist, der in diesem Moment jedoch, nach dem Blick in den Spiegel, aktualisiert und verstärkt und damit im Bewusstsein präsenter wird, mindert die Furcht. Sara hat fast keine Angst mehr. Sie dreht ihr Gesicht ein wenig weiter, die großen Pupillen richten sich auf das Gesicht im Spiegel, und während ihre Nase einen Schatten über die rechte Gesichtshälfte wirft, und während sie noch immer den stummen Telefonhörer an ihr Ohr presst, zählt Sara bis sieben und weiß mit vollkommener Sicherheit, dass auch diese Patience wieder nicht aufgehen wird.

Lisa aus der 4b findet, dass Tamara und Sara sich sehr ähnlich sehen. Tamara betrachtet nach dem Turnen Sara im Umkleideraum. Sie ist groß und dünn und sehr hübsch. Alle finden Sara hübsch. In den Stunden mustert Sara Tamara. Die braunen Haare teilen sich und legen ihren weißen Nacken frei, wenn sie sich vornüber beugt. Ihre übrige Haut ist dunkler, braungolden im Sommer und blassgolden jetzt im Winter, Tamaras Nacken aber bleibt immer weiß. Lisa sagt, dass Sara hübsch ist. Keine andere in den drei Parallelklassen hat so dunkle Haare wie Tamara und Sara. Tamara sagt, dass sie beide hübsch sind. Ich habe größere Augen und du hast weißere Zähne, sagt Tamara zu Sara. Aber deine Nase ist ziemlich groß. Du hast eine große Nase, sagt Tamara.

Natürlich. Nicht einmal beim siebten Versuch geht die Patience auf (›leider bleibt Ihnen kein Zug mehr‹). Obwohl der Triumph, Recht zu erhalten, sich wie ein dämpfendes daunenweiches Kissen über die Niederlage legt, ist es doch für Sara eine arge Belastung. Schon als kleines Kind fand

Sara es wichtig, dass alles aufging, dass alles stimmte. Als kleines Kind liebte sie Puzzlespiele und Rätsel, deren Antwort sie kannte. Später waren ihr dann Patiencen, Mathematik, Agatha Christie, die deutsche Sprache lieber. Und Menschen, die für andere unverständlich wirkten, zu denen jedoch sie, Sara, den Schlüssel besaß.

Sara muss sich bestrafen, und nach kurzer Bedenkzeit weiß sie genau, wie: Sie muss sich siebenmal die Hände waschen und darf beim Nähkränzchen abends keinen Nachtisch essen. Vor allem dieser letzte Punkt wird sie hart treffen. Sara betet ihren eigenen Semifreddo an, vor allem den mit Apfelsine und Schokolade, und gerade den soll es an diesem Abend geben, da sie weiß, dass das Nähkränzchen begeistert sein wird, und sie hat sich schon darauf gefreut, zu spüren, wie er sich oben in ihrem Magen ablagert, den sie nach und nach mit Kammmuscheln, Muschelcremesuppe, gebackenem Lammfilet mit Balsamico- und Portweinsoße und Ratatouille gefüllt hat. Ganz oben auf den anderen Gerichten, die inzwischen bis zur Unkenntlichkeit zermahlen und von Saras Magensäure halb verdaut worden sind, wird leider nicht der Semifreddo balancieren, sondern ein Toast mit Ziegenkäse, Saras letzter Gang an diesem Abend. Es ist eine harte Strafe.

Nachdem sie sich sieben Mal sorgfältig die Hände mit Seife geschrubbt und sie jedes Mal danach mit einer fetten und überaus reichhaltigen, auf der Reise zu einem Verlag in Düsseldorf am Flughafen gekauften Handcreme eingeschmiert hat, stellt Sara nach einem kurzen Blick auf die Armbanduhr fest, dass es jetzt höchste Zeit ist, um mit dem Kochen anzufangen. Sara kocht sehr gern. Sie fühlt sich schon viel besser. Ihr Puls ist nicht zu hoch.

Als sie nun in ihrer Küche aus schwarzem, weißem und

türkisfarbenem Metall steht, als sie den schwachen, aber trotzdem deutlichen Geruch des Desinfektionsmittels in sich aufgenommen hat, als ihr Blick genießerisch über die weißen, makellosen Arbeitsflächen geglitten ist, als sie einige Sekunden mit gefalteten, sauber gewaschenen Händen da gestanden hat und ihre Augen über ihr glänzendes Küchenreich geschweift sind, wird Sara von einer Woge flüchtiger Freude erfasst. Sie fängt leise an zu pfeifen. Sara holt sich ein Plastikbrett, bedeckt es mit Butterbrotpapier und beginnt, noch immer pfeifend, das Gemüse für die Ratatouille zu zerschneiden. Sie arbeitet schnell und präzise und schafft alles in überraschend kurzer Zeit, vor allem in Anbetracht der Tatsache, dass sie als tüchtige und überaus hygienische Gemüsezerschneiderin nach jeder Gemüsesorte das Butterbrotpapier auf dem Brett austauscht. Schon bald gibt es kein einziges Stück Gemüse mehr, das nicht in genau gleich große Teile zerschnitten worden wäre. Als Sara nun das Produkt ihrer Arbeit – eine Untertasse mit zerdrücktem Knoblauch, eine Schüssel mit grüngelben, die Tränendrüsen reizenden Zwiebelringen, eine weitere Schüssel mit sahnehellen Auberginenwürfeln mit glänzender lila Schale, eine mit roten Paprikastücken und eine mit grasgrünen und hellgelben Kürbisstäbchen – in den auf der vordersten Herdplatte mit aufgerissenem Schlund wartenden, fauchenden Eisentopf geben will, sieht sie, dass hinter dem alten, aber noch am Vortag gründlich desinfizierten niederländischen Krug (Sara bekommt eine Gänsehaut beim Gedanken an Küchen, in denen es von alten, getrockneten Blumen, verstaubten Seidenbändern und fettigen Nippesfiguren nur so wimmelt) eine vergessene Paprika leuchtet. Wie ein rotes, vorwurfsvolles Gefahrensignal leuchtet sie ihr entgegen. Sara ist verärgert, da sie zu diesem Zeitpunkt das Paprikazerschneiden als einwandfrei beendetes Kapitel betrachtet. Aber sie ist weder stur noch hysterisch, und deshalb streckt sie die Hand aus und lässt die Paprika auf das Brett rollen. Während sie zum endgültig letzten Mal das Butterbrotpapier wechselt, dümpelt die Paprika fröhlich wie eine tiefrote Boje auf dem weißen Küchentisch vor sich hin, und nun, als das Butterbrotpapier um das Brett gefaltet ist und Sara ihr frisch geschliffenes, für etwas weniger als einen Tausender bei Rafnes erstandenes Sabatiermesser mit dem dunklen Griff hebt, entdeckt sie auf der glänzenden Paprikahaut einen kleinen schwarzen Fleck. Einen ungewöhnlich widerlichen schwarzen Fleck, der rasch anwächst und sich ausbreitet. Nur innerhalb der wenigen Sekunden, die Sara mit hocherhobenem Messer dort gestanden hat, hat der Fleck sich vermehrt und sich über die ganze Paprika ausgebreitet, die nun gesprenkelt aussieht wie ein Marienkäfer. Sara bleibt stehen, kann sich nicht bewegen, doch als jetzt das Telefon klingelt, fasst sie einen raschen Entschluss, mit deutlich demonstriertem Ekel, als habe sie Zuschauer, spießt sie den Marienkäfer auf, der sich gerade bäuchlings über den Tisch bewegen wollte, und wirft ihn in den Mülleimer, der – was für eine göttliche Gnade! – gleich im nächsten Küchenschrank hängt, so nah, dass sie während der gesamten Zerschneiderei gerade diese Schranktür immer wieder mit der linken Kniescheibe berührt hat. Danach kratzt sie den Inhalt aus allen Schüsseln und lässt ihn stückweise in den Müll fallen, wo sie auf dem noch immer schwach zappelnden Insekt landen. Mit zusammengekniffenen Lippen betrachtet Sara den Strom der Gemüsestücke. Wie halb zerkautes Essen, wie Erbrochenes, zerstört, verdorben und verfault. In Kaskaden landet das Gemüse auf dem schwarzgefleckten Marienkäferpanzer, zerhackter, stinkender Knoblauch, Zwiebelstücke in derselben Farbe wie sonnenhungrige Pflanzenstängel unter einem Stein mit umher eilenden Käfern und sich windenden Würmern, kränklich aussehende Auberginenwürfel, (wer will schon etwas Lilafarbenes essen?), menstruationsfarbene Paprikastücke und gallegrüner Kürbis mit Schlangenhautmuster. Das Telefon klingelt noch immer, als sie den Herd ausschaltet und das Olivenöl im gusseisernen Topf zur Ruhe kommt. Zufrieden registriert Sara ihre Gelassenheit angesichts der Tatsache, dass dem Nähkränzchen keine Ratatouille aufgetischt werden wird; ebenso kümmert es sie wenig, dass sie wohl nicht mehr rechtzeitig zum Telefon gelangen wird. Sara zählt bis sieben, lässt sich auf einen Küchenstuhl sinken, fühlt sich seltsam wohl in ihrer Haut, spitzt den Mund, pfeift wieder los, ziemlich leise diesmal, und das Telefon verstummt.

In Liss' Küche und in Evas Küche wimmelt es nur so von Bildern, Bilder hängen in dichten Schwärmen an allen Wanden, große und kleine Bilder, billige Reproduktionen von IKEA in Cliprahmen, Kinderzeichnungen mit Namen und Datum (›Giraffe‹, Mona, September '94, und ›Meine Familie‹, Martin, 5 Jahre), Hochzeitsbilder, Fotos der Kinder. Sogar in Tamaras Küche gibt es Bilder, wenn auch scharf abgegrenzt und klar definiert als eine einzige, sorgfältig komponierte Bilderreihe, geschmackvoll und originell, wie Tamara selber. Tamara, meine beste Freundin, denkt Sara, die jetzt mitten in ihrer eigenen Küche steht, auf dem mit indonesischen Schachmusterfliesen zu einem unverschämten Quadratmeterpreis bedeckten Boden (Sara, hier steht sicher aus Versehen eine Null zuviel, hatte Jacob gesagt, als das Angebot des Fliesenlegers eintraf, der Sara von einer Kollegin wärmstens empfohlenen worden war).

Tamara, meine Busenfreundin, erfolgreich, schön, mit einer wunderbaren formvollendeten Nase mit schmalen Nasenlöchern, gerade groß genug. Tamara. Eine sanfte Woge der Dankbarkeit kommt auf Sara zu, und Sara streckt eine Hand aus und hält sich an der Kante ihres weißen Küchentischs fest, um nicht in den Sog gezogen zu werden, um nicht zu ertrinken. Ich kann nicht ohne Tamara leben, denkt Sara und klammert sich an den Tisch, auf Zehenspitzen und mit hoch erhobenem Kinn, um kein Wasser in den Mund zu bekommen. Tamara war immer da, hat mir immer geholfen. Die Woge legt sich, aber Sara steht noch immer am Küchentisch.

Saras Küchenwände dagegen sind nackt, sie besitzt allerdings eine ziemlich große Sammlung von Küchengeräten aus rostfreiem Stahl, zumeist italienische Produkte, ansonsten sind die Wände leer, mit Ausnahme eines einzigen, ziemlich kleinen Bildes, das genau über dem Stuhl mit der hohen Lehne und dem hellen Sitz hängt, auf dem Sara sitzt, wenn die Familie in der Woche ihre Mahlzeiten zu sich nimmt, die immer sorgfältig und liebevoll von Sara selbst zubereitet worden sind: Sonntags speist die kleine Familie, die nur aus drei Mitgliedern besteht, im Esszimmer. Obwohl Saras zwölfjährige Tochter Julia und mehrere Gäste sich überaus positiv über das ziemlich unscheinbare Aquarell ausgesprochen haben, das ungefähr einen halben Meter über Saras Stuhl an der Wand hängt, sieht Sara dieses Bild nie an. Niemals. Es kommt sogar vor, dass Sara Unbehagen verspürt, ab und zu nur ein dumpfes, vages Gefühl, aber ab und zu auch ein ziemlich starkes Unbehagen, weil das Bild dort hinter ihr an der Wand hängt, wenn sie zusammen mit ihrer kleinen Familie essen will. Dennoch lässt Sara das Bild dort hängen, denn auf diese Weise ist es für Saras Augen kaum zu sehen, wenn die Mahlzeiten zubereitet werden, und es ist nicht denkbar, geradezu unmöglich, dieses Aquarell aus Saras Küche zu entfernen.

Das kleine Bild, das eine Katze darstellt, hat Sara zu Weihnachten bekommen, vor fast drei Jahren, von Tamaras Tochter Emma. Kaum hatte Jakob, zur Feier des Tages im knallroten Nikolauskostüm, das Geschenk in seiner auserlesenen und eleganten Verpackung (winternachtsblau glänzendes Papier, bestreut mit Silbersternen und umwickelt mit einem breiten weißen Seidenband) auf Saras Schoß gelegt, da regte sich in Sara auch schon ein schwaches Unwohlsein, und zwar eins, das zweifellos nicht von einer Überdosis Schweinerippe, Frikadellen und Kümmelkohl herrühren konnte. Ein schwaches, aber nicht zu unterdrückendes Unwohlsein. Noch jetzt, nach so langer Zeit, kann Sara sich genau daran erinnern, ja, jedes Detail weiß sie noch, als sie, noch immer auf Zehenspitzen, in der Küche steht und sich mit einer Hand am Küchentisch festhält, während das Katzenbild hinter ihr hängt, sie kann sich an das leise Gefühl von Unbehagen erinnern, das sie an jenem Heiligen Abend vor fast drei Jahren überkam, als sie das ungeöffnete Paket in Händen hielt. Von wem ist das, Mama, hatte Julia gefragt. Nachdem sie den kleinen Anhänger aus dickem, cremefarbenen Papier mit den zierlich kalligraphierten Buchstaben gelesen hatte, konnte Sara ihrer Tochter mitteilen, dass dieses außergewöhnlich hübsch verpackte Geschenk von Tamaras Tochter Emma stammte, die damals genau neun Jahre alt war; sie war einige Monate, drei, um genau zu sein, nach Saras eigener Tochter Julia geboren. Julia stand dicht neben ihrer Mutter, sicher nicht aus Liebe, sondern eher auf Grund einer starken Neugier. Einer Neugier, zu der sich dann wohl auch ein

Hauch von Eifersucht gesellte. Für dich von Emma, hatte Julia wiederholt, wie nett, aber komisch. Das hat sie jedenfalls nicht selbst geschrieben, hatte sie dann hinzugefügt und den Zeigefinger über die schönen Buchstaben gleiten lassen. Das vage Gefühl von Unbehagen verfliegt, es ist doch ein Geschenk von Emma. Sara ist gerührt. Tamaras einziges Kind hat ihr immer sehr nahe gestanden, und sie weiß, dass Tamara, Saras beste Freundin, Saras Busenfreundin seit ihrer Kindheit, auch eine enge und warme Beziehung zu Saras einzigem Kind hat. Es ist nur so traurig, dass Emma und Julia sich offenbar nicht sonderlich gut verstehen. Die Töchter von Busenfreundinnen und auch selber Busenfreundinnen – das wäre so schön gewesen, so symmetrisch, so richtig, aber so ist es nun einmal nicht gekommen. Emma und Julia können einander nicht ausstehen. Zum nächsten Weihnachtsfest, oder vielleicht noch vor Neujahr, muss sie dafür sorgen, dass Tamara einen kleinen Gruß von Julia bekommt, denkt Sara dann und mustert das Geschenk auf ihrem Schoß. Sie fängt an, es zu öffnen, vorsichtig, sie will das Papier nicht zerreißen. Größe und Form des Geschenks – es ist ziemlich klein und flach – lassen Sara an ein Buch denken, eine feine kleine Gedichtsammlung oder einen von diesen dünnen, modernen Romanen. Saras Finger haben jetzt die innerste Schicht aus knisterndem Seidenpapier erreicht, aber darunter spüren sie nicht den ein wenig rauen Einband einer Gedichtsammlung oder das matte Cover eines modernen Romans, sondern etwas Glattes, Kaltes, mit hervorstehenden Kanten. Ein Bild. Saras Finger spüren ein Bild. Noch immer lächelnd, noch immer zutiefst gerührt von der kleinen Tochter ihrer besten Freundin, zieht sie das Bild aus dem Papier und hält es vor ihr Gesicht, vor ihre unvorbereiteten

Augen. Was ist das, Mama, fragt Julia, aber Sara kann ihrer fast neun Jahre alten Tochter nicht antworten. Stattdessen springt Sara auf, während Papier, Band und Geschenk auf den Boden fallen und dort als dampfender, boshaft glotzender Haufen auf dem hellblauen handgeknüpften Teppich liegen bleiben, und als der Haufen dann auch noch leise maunzt, kann Sara ihre abgehackten, lauten Schreie nicht mehr zurückhalten. Überraschend unangefochten von dem Ausbruch ihrer Mutter kniet Julia nieder und fischt das Bild aus dem knisternden Papierhaufen. »Ach, schau mal, Mama«, sagt Julia, deutlich zufrieden damit, dass das Geschenk der überlegenen, unerträglichen Emma aus irgendeinem Grund zum Fiasko geworden ist. »Schau mal, Mama, das ist eine kleine Mieze. Schnurrende Katze heißt es, Mama, und hier ist ein Zettelchen.« Auf dem Zettel steht, diesmal in ziemlich unbeholfenen Kinderbuchstaben: »Liebe ›Tante‹, das soll in deiner Küche hängen und dich anschauen, wenn du es dir gemütlich machst und wenn du kochst.«

Sara hasst Katzen. Sie hasst Katzen schon seit ihrer Kindheit. Sara hat mit elf Jahren angefangen, Katzen zu hassen. Sara bekommt eine Gänsehaut, wenn sie an Katzen denkt, Bilder von ihnen sieht, eine hört, ganz zu schweigen davon, wenn ihr eine echte, lebende Katze über den Weg läuft. Sofort spürt sie, wie der widerlich weiche Katzenkörper sich an ihre Beine schmiegt, sich geschmeidig zwischen ihre Waden schiebt, warmer Pelz an nackter Haut. Katzen haben verräterische gelbe Augen mit ellipsenförmigen Pupillen, die ihr immer ins Gesicht starren. Katzen schleichen sich lautlos an, aber hinter den weichen Pfoten mit den runden Ballen sitzen messerscharfe Krallen, die zuschlagen, die dir die Wangen aufreißen und die Augen auskratzen. Und in dem nach unten gezogenen grinsenden Maul mit der rosa Zunge, die weich und feucht und kratzig zugleich ist, sitzen nadelspitze Zähne. Katzen kneifen die Augen zusammen, spannen die Muskeln an, machen einen Buckel, peitschen mit dem Schwanz und können dir jederzeit ins ungeschützte Gesicht springen.

Ungeschützt, ohnmächtig. Kristians Augen, als sie mit ihm Schluss gemacht hat. Traurig. Sara denkt an Kristian. Das macht sie ab und zu, und sie wird immer so traurig, wenn sie an Kristian denkt. Sie kann sich gut an Kristian erinnern. Er hatte so ein feines Lächeln und so liebe, schmale Augen. Kristian hatte ein Segelboot, und er kannte die Namen von allen möglichen Wiesenblumen. Kristian liebte süße Desserts und Fische und Schalentiere. Er war perfekt. Sie passten perfekt zueinander. Es war schrecklich schade, dass Schluss sein musste. Aber es musste Schluss sein. Das war einfach notwendig.

Aber Tamara fand ihn auch reichlich eifersüchtig, besitzergreifend und dominierend. Sara kann nicht ohne Tamara sein. Sara weiß, dass sie ohne Tamara hilflos ist.

Plötzlich merkt Sara, dass sie böse auf Tamara ist. In Sara steigt ein dunkler Drang auf, Tamaras weiche Wangen zu zerkratzen, die Nägel in ihre Augäpfel zu schlagen, sie zu beißen, bis die Knochen in den schlanken, aber breiten und starken Händen zwischen Saras Zähnen zerbrechen und sie das Blut schmeckt. Einen Drang, den Sara, sobald sie ihn bemerkt hat, aus Leibeskräften zu unterdrücken versucht. Und das gelingt ihr. Sie benutzt beide Hände und presst den Drang wieder nach unten, dorthin, wo er hingehört, wo er beschämt und mit eingekniffenem Schwanz und niedergeschlagenen Blicken wieder in sein düsteres Versteck kriecht. Sara begreift nicht, wie sie solche Gedanken haben kann, sie will sie nicht, und sie hat sie auch nicht. Überhaupt nicht. Es ist unbegreiflich, es ist unerklärlich, und Tamara ist Saras beste Freundin. Ihre Stütze und ihre Hilfe. Sara braucht Tamara.

Und Emma konnte ja nicht wissen, dass ›Tante Sara‹ sich vor Katzen fürchtet.

Saras normalerweise stilles Esszimmer füllt sich mit Lachen und Frauenstimmen. Gerade jetzt macht Tamara ihr Komplimente für das Essen. Und das Essen schmeckt gut, das weiß Sara. Von Sara zubereitetes Essen schmeckt immer und ausnahmslos sehr gut. Jetzt steht bereits der zweite Gang auf dem Tisch, vor Saras engsten Freundinnen, eine fast dottergelbe Suppe mit großen Muscheln und frischem Basilikum, und in jeder Suppentasse schwimmt ein Klecks selbst gemachter Knoblauchmajonäse, so weich und geschmeidig wie die feinste Gesichtscreme von Dior. Fünf Gänge, aber mit dem Gin vorher und dem Espresso nachher sind es sieben. Ist Haarentfernung mit Laser eine gute Investition? Verglichen mit einem zeitlosen Designerkostüm? Ob ich sein letztes Buch gelesen habe? Ja, ich habe alles von ihm gelesen, von Anfang an. Er wird immer schlechter. Die Schwiegermutter? Nein, noch nicht. Nein, nein, du musst nur darauf achten, dass du anfangs das Öl tropfenweise dazugibst. Schön. Doch, doch, aber wir brauchen auch Kalorien, wenn wir uns amüsieren wollen. Emma ist Redakteurin ihrer Schülerzeitung geworden. Ach, hab ich das schon gesagt?

Sara betrachtet ihre Freundinnen. In ihren Mündern, und in Saras eigenem, zermahlen die Zähne das rosa gebratene, saftige Lammfilet, sie zerteilen die knusprige, goldbraune Butterteigkruste zu einer grauen Masse, mischen Spucke darunter, und rhythmische Muskelbewegungen führen die inzwischen pappmachéartigen Klumpen weiter abwärts in ihrem Verdauungssystem. Innerhalb weniger Stunden werden sie bei den gierigen Wellenbewegungen der Darmzotten angekommen sein.

»Köstlich«, sagt Tamara, und Sara sieht, wie die Lammstücke in Balsamico- und Portweinsoße durch Tamaras Speiseröhre gleiten und Tamaras Magen erreichen, wo sie mit Tamaras Magensäften geduscht werden. Sara schaut zu Eva und Liss hinüber, die ebenfalls kauen und verdauen. Sara ist sicher, dass Evas Magensaft milder ist, nicht so pepsinhaltig, und ohne den besonders hohen Salzsäuregehalt, der Tamaras Magensaft kennzeichnet. Jetzt ist das Lammfilet in Tamaras Magen geknetet und verteilt worden und wird nun zu ihrem Zwölffingerdarm weitertransportiert und dort mit Galle übersprüht. Tamaras Gallensaft ist sicher von intensiverem Grün als zum Beispiel der hellere und eher frühlingsgrüne von Liss. Sara erwidert Tamaras Lächeln.

»Ja, ich hoffe, es schmeckt«, sagt sie. Sie selbst legt ein Päuschen ein.

Nachdem die Mädels den letzten Gang vor dem Dessert verzehrt haben, eine dicke Scheibe Chèvre, die Sara auf einen Melbatoast (selbst gemacht) gelegt und unter dem Grill eine halbe Minute überbacken hat, um sie danach auf ihren dünnsten, zerbrechlichsten Untertassen in einem Salatbett anzurichten, steht Tamara auf. Sie lächelt wie um Entschuldigung zu bitten und verkündet, laut und deutlich und in demonstrativer Übereinstimmung mit ihrer Persönlichkeit, sie müsse jetzt zur Toilette. Und hat sie dabei nicht in Liss' Richtung genickt? Sara ist sich nicht sicher. Tamaras Schritte sind auf dem Parkett nicht zu hören, obwohl sie immer hochhackige Schuhe trägt, elegant, schlank und lautlos gleitet sie die Treppe hinauf. Ihr Schwanz gleitet fast unsichtbar über die Stufen. Nur Sara sieht ihn. Nach einer Weile erhebt auch Liss sich und geht nach oben ins Badezimmer. Sofort fängt Saras Nase an zu wachsen, und innerhalb weniger Sekunden ist sie von gigantischer zu zyklopischer Größe angeschwollen, während Sara zugleich bemerkt, wie ihr Herz wütend loshämmert, der Sinusknoten sendet wahnwitzige Signale aus, worauf ihr Herz sich benimmt wie ein rumänischer Spitzenturner, die Herzklappen flattern unkontrolliert, und ein galoppierender Infarkt ist im Anmarsch. Aber noch ehe sich in Saras Brust eine Katastrophe abspielen kann, kommt Tamara zurück, beugt sich über Sara, und für einen kurzen Moment spürt Sara Tamaras dunkle Haare wie warmen Tang an ihrer Wange:

»Was ist denn los mit dir?«

»Ach, ich«, stammelt Sara.

»Du hast doch nicht gedacht, ich ... aber Sara! Du kannst dich doch auf mich verlassen. So etwas würde ich dir niemals antun«, sagt Tamara und blickt Sara mit ernster Miene an.

Saras Blicke begegnen Tamaras. Die Gewissheit, dass beide in diesem Moment an genau dasselbe Ereignis denken, an damals, als sie das Nähkränzchen bei Eva abhielten, damals, als Tamara Sara in Evas Badezimmer gezogen hatte, ein Geheimnis fast, das nur sie beide teilen, diese Gewissheit ist eine große Erleichterung für Sara. Und beide lachen jetzt, so leise, dass Eva nicht fragen wird, was diese plötzliche Heiterkeit ausgelöst hat, laut genug aber, um ihr reichlich Möglichkeit zu geben, diese Nähe zu sehen, die nur Tamara und Sara teilen, gerade jetzt, vor den Augen von Eva und Liss, die soeben zurückgekommen ist. Damals, im Badezimmer, hatte Tamara über Evas schlechten Geschmack gelacht, und Sara hatte vor Vergnügen weiche Knie bekommen, sie war auf den Boden gesunken und hatte gesagt, es sei doch eine gewisse Erleichterung, dass die Häkelhaube für die Klopapierrollen und die Zierdecke auf dem Klodeckel verschwunden seien. Die sind sicher nur in der Wäsche, hatte Tamara vorgeschlagen und eine von Evas Schubladen geöffnet. Tamara verdreht die Augen und betrachtet Evas Schminke, du meine Güte, das ist doch bloß Billigkram, von Hennes, Cubus oder einem Versandhaus. Tamara lacht, als sie zwischen der ganzen Groschenware eine exklusive Puderdose von Versace findet. Aber natürlich in der falschen Farbe – der Puder ist fast schweinchenrosa! Sara lacht ebenfalls. Sie hält sich hellgrünen Lidschatten vor die Augen. Oh Gott! Blue Sky. Und schau! Noch einer, noch schlimmer, dieser ist sogar mit Glitzer. Frosted Clouds. Jetzt hat Tamara Evas Badezimmerschrank geöffnet. Sara betrachtet Bindenpackungen, Schachteln mit Paracetamol und Aspirin. Hustensaft. Ein Thermometer. Aber Tamara! Tamara ist in die Knie gegangen und sieht den Schrank systematisch durch. Meine Güte, sieh dir das an. Eva hat Hämorrhoiden. Und was haben wir hier? Canesten. Pilze hier und dort und überhaupt, ja, ja. Schlafprobleme hat sie auch. Imovan, das ist ein Schlafmittel. Hmm. Eva wirkt doch so gesund und munter und sieht aus, als könne sie überall schlafen. Aber stille Wasser gründen eben tief, stimmt's, Sara?

Tamara lächelt, dasselbe gute, vertrauliche, wissende Lächeln, das sie immer lächelt, wenn sie und Sara ein Geheimnis teilen, große und kleine Geheimnisse über mehr als drei Jahrzehnte, sie beugt sich noch immer über Sara, die am Esstisch sitzt. Sara schaut in Tamaras große, dunkle

Augen. In derselben Zehntelsekunde, in der Sara entscheidet, dass Tamara ihr so etwas natürlich niemals antun könnte, ihr, ihrer besten Freundin, und ein Gefühl der Erleichterung verspürt, vermischt mit einem Hauch von schlechtem Gewissen, weil sie so über Tamara denken konnte, sagt Tamara leise:

»Stimmt's, Sara?«

Tamaras Bemerkung wirft Sara vollständig aus der Bahn, sie taumelt, schwankt fast, kann sich aber noch halten und bleibt hängen und strampelt ziellos mit den Beinen in der Luft, doch ihre Fingerspitzen klammern sich an. Sie merkt, dass sie schreckliche Angst vor dem Absturz hat, und unter ihr klafft ein düsterer, unbekannter Abgrund. Hat Tamara etwas gesagt, oder war das nur ein Echo von Saras eigenen Gedanken? Konnte Tamara in Saras Kopf blicken, ihre Gedanken hören? Sara spürt, wie die Kraft aus ihren Händen verschwindet, und wie ihre Handflächen an der glatten Fläche hinuntergleiten, aber dann hört sie quer über den Tisch Evas Stimme:

»Seht ihr, dass ich abgenommen habe?«

»Ja, sicher«, antwortet Tamara.

»Ja«, antwortet auch Liss.

Alle schweigen kurz, dann kann Sara einen passenden Kommentar hervorbringen:

»Ja, du bist wirklich unglaublich schlank geworden«, sagt Sara brav, obwohl sie keine Anzeichen davon sehen kann, dass Eva abgenommen hätte. In ihrem pastellrosa Pullover sieht Eva eher noch üppiger und wohlgenährter aus als bei ihrer letzten Begegnung.

»Ja, ich habe wirklich vier Kilo abgenommen. 4,3 Kilo, um genau zu sein.«

»Viertausenddreihundert Gramm! Tatsächlich! Genau

das hat Martin bei seiner Geburt gewogen«, teilt Liss mit der intensiven Begeisterung mit, die sie sonst immer zeigt, wenn sie in weniger als drei Minuten das Sternzeichen einer neuen Bekanntschaft erraten hat.

»Ach, wirklich. Julia war nicht so schwer«, sagt Sara. »Das waren nur dreitausendfünfhundertfünfzig.«

»Emma ist ja zu früh gekommen«, sagt Tamara. »Aber es ist unglaublich gut gegangen. Klopfen wir auf Holz. Neulich ist sie Redakteurin ihrer Schülerzeitung geworden, hab ich das schon erwähnt? Emma hat ungewöhnlich früh zu sprechen angefangen, aber das wisst ihr sicher noch.«

»Ja, bei Martin war das auch so«, wirft Liss dazwischen. »Der war gerade ein Jahr alt, da konnte er schon ganz deutlich Papa, Mama und Kakao sagen.«

»Ach«, sagt Eva.

»Emma hat an ihrem ersten Geburtstag gesagt, ›Mama, gib mir Kakao‹, und sie war noch keine drei, als sie schon tadellos sprechen konnte«, verkündet Tamara stolz.

»Martin konnte schon so fantastisch früh laufen. Schon mit elf Monaten ist er durchs ganze Wohnzimmer gestapft«, sagt Liss.

»Ach«, sagt Eva.

»Julia hat schon mit weniger als neun Monaten ein paar Schritte gemacht.«

»Martin und Mona haben schon ganz früh alles verstanden. Und ich glaube nicht, dass es bei Maja länger dauern wird, auch wenn sich das ja jetzt noch nicht sagen lässt.«

»Ja, wie alt ist Maja jetzt eigentlich, Liss?«, fragt Sara.

»Am Mittwoch war sie genau dreizehn Monate alt«, antwortet Liss.

»Also, Emma …«, setzt Tamara an.

Eva unterbricht sie mit lauter Stimme:

»Gütiger Himmel! Ich habe einen Vetter zweiten Grades, und der hat eine angeheiratete Kusine mit einem Baby namens Jens. Und dieser Jens, der konnte mit nur vier Monaten schon einen Salto rückwärts schlagen, und als er zwei war, war die Familie im Restaurant, und Jens hat die Speisekarte gelesen und auf fließendem Französisch bestellt. Garçon, je voudrais bien …«

»Okay, Eva, point taken«, sagt Tamara. »Tut mir Leid. Wir müssen Rücksicht auf die Kinderlosen unter uns nehmen. Tut mir Leid, dass die Mutterliebe mit uns durchgegangen ist, aber es ist ein ungeheuer starkes Gefühl, weißt du.«

»Das war gedankenlos von uns«, sagt Liss.

Tamara legt eine kurze Pause ein, dann fügt sie hinzu: »Oder genau das kannst du eben nicht wissen. Tut mir wirklich Leid.«

Sara presst auf ihrem Schoß die Hände zusammen. Sie drückt die Handflächen so fest zusammen, wie sie nur kann, und dabei zählt sie bis siebenmal sieben. Sara horcht vorsichtig in sich hinein, als sie die gute Zahl 49 erreicht hat, und diagnostiziert, dass das, was sie jetzt ergriffen hat, eine Mischung ist aus Mitleid mit Eva (es ist sicher nicht so leicht, unter lauter Müttern die einzige Kinderlose zu sein), Besorgnis, weil Tamara vielleicht verletzt ist, weil Eva sie unterbrochen hat (niemand unterbricht Tamara, Tamara darf immer ausreden), und schlechtem Gewissen (Sara ist die Gastgeberin, sie hätte dem Gespräch ein Ende setzen müssen, statt sich begeistert daran zu beteiligen). Es ist ein Glückstreffer und eine Erleichterung für Sara, dass sie ja ohnehin bestraft werden muss. Warum denkt sie jetzt an Kristian? An seine lieben Augen. Es war traurig, dass sie mit ihm Schluss machen musste.

»Aber reden wir doch von etwas Angenehmerem. Reden wir von unserem Ausflug nach Kopenhagen. Jetzt dauert es ja nicht mehr so schrecklich lange. Ich freu mich schon«, sagt Tamara fröhlich.

»Ich auch«, sagt Eva. »So eine richtige Mädelstour. Und ich finde es super, dass wir uns für Kopenhagen entschieden haben. Keine so lange Reise. Und ziemlich billig, und das ist doch schön für dich, Liss.«

»Ja«, sagt Liss.

»Und du, Sara«, sagt Eva. »Du kannst dir endlich das Museum Louisiana ansehen, davon redest du doch schon so lange.«

»Ja, das wird spitzenmäßig«, sagt Sara, die sonst der Ansicht ist, dass ein Wort wie spitze, noch dazu in Begleitung des verstärkenden Anhängsels -mäßig, auf den begrenzten Wortschatz der Benutzerin hinweist. Sara ersinnt sofort allerlei mögliche Entschuldigungen, die sie anführen kann, wenn die Zeit erst gekommen ist. Entschuldigungen, die sie absolut an der Teilnahme hindern werden. Sara weiß nicht, warum, aber die bloße Vorstellung einer Frauenspritztour mit Eva, Liss und Tamara bringt sie bereits zum Hyperventilieren, ihr Herz hämmert los, und ihr bricht der kalte Schweiß aus, deshalb weiß Sara, dass sie nicht mitfahren kann. Tamara wird einen Ausweg für mich finden, denkt Sara, dann zählt sie bis sieben und versucht, ruhig zu atmen.

»Und jetzt hol ich das Dessert, Mädels!«

Als der Semifreddo auf dem Tisch stand, eine kühle, aber nicht eiskalte (deshalb der Name) poröse weiße Masse mit Einsprengseln aus echter Vanille, etwas größeren dunkelbraunen Schokoladestücken und großen gelben Apfelsinenscheiben, musste die Gastgeberin des Abends trotz der dringlichen Aufforderungen ihrer Freundinnen verzichten. Nein, ich kann einfach nicht mehr, Mädels, sagte Sara. Sara sei leider dermaßen satt, dass sie nicht einen einzigen Löffel hinunterbringen könne, beteuerte sie, und jedes Mal, wenn sie es sagte, kam es ihr etwas weniger wahr vor. Aber die bittere, einsame Freude darüber, dass die Strafe wirklich wehtat, dämpfte das heftige Begehren ja doch beträchtlich, weshalb Sara trotz ihres Elends das Kinn hob. Tamara kniff ihre schräg stehenden schönen Augen zusammen, die im Lampenlicht fast gelb leuchteten:

»Du hast ein beeindruckendes Profil, Sara«, sagte Tamara. »Das hattest du immer schon.«

»Unglaublich leckerer Nachtisch«, sagte Eva. »Ich freu mich so auf unsere Jubiläumsfahrt!«

»Du hast wirklich einen gesegneten Appetit«, sagte Tamara zu Eva.

Kapitel 5

Nähkränzchen bei Eva, Dienstag, 14. November

MENÜ
Blätterteigpastetchen mit Krabben
Rinderbraten mit überbackenen Kartoffeln, Brokkoli und Prinzessmöhren
Schokoladenpudding

Sie sehen sich ähnlich. Wie Schwestern. Sind gleich dunkel, gleich hübsch. Eva sitzt zurückgelehnt auf dem Sofa und hält das vergrößerte Klassenfoto in den Händen, dicht vor ihren Augen. Sie legt das Bild auf den Wohnzimmertisch und holt ein blaues Fotoalbum. Das schlägt sie ziemlich weit hinten auf und findet ein Bild von sich, ungefähr im selben Alter. Sie legt es auf das Klassenbild, so dass es das dunklere Mädchen verdeckt. Ja, da ist etwas an der Augenpartie bei beiden, und vielleicht auch etwas an der breiten offenen Stirn? Eva holt ihre Handtasche und zieht ein verblasstes Foto von zwei Kindern heraus. Einem dunkelhaarigen Jungen und einem dunkelhaarigen Mädchen. Sie betrachtet die beiden Kinder lange und steckt das Foto vorsichtig wieder in ihre Tasche. Dann knallt sie das Fotoalbum plötzlich zu und wirft es aufs Sofa. Sie leckt an ihrem Zeigefinger und reibt ihn über das Klassenfoto, versucht, das runde helle Gesicht in der Reihe hinter den beiden dunklen Mädchen auszuwischen. Sie feuchtet ihren Finger noch einmal an und reibt, bis das Papier sich unter der heißen Fingerspitze zu spitzen Würstchen auflöst. Evas Bewegungen sind nicht hart und wütend. Im Gegenteil, sie sind weich und vorsichtig. Hinter Evas Vorgehen versteckt sich keine Wut, nicht einmal Ärger. Sondern nur der Wunsch, das Uninteressante, das Störende wegzuradieren. Die beiden dunkelhaarigen Mädchen schauen zu Eva hoch. Was Eva eben getan hat, ist ihnen egal. Ihre Mienen sind unverändert, das Lächeln dasselbe. Schön und ungerührt schauen sie Eva in die Augen. Eva mustert sie lange. Dass hinter ihnen ein weißes Feld klafft, scheint sie nicht im Geringsten zu interessieren. Oder sehen sie ein wenig erleichtert aus? Fast ein bisschen hochnäsig?

Eva bleibt auf dem Sofa sitzen. Das Essen kann warten. Sie hat es sich heute einfach gemacht. Genauer gesagt: Es ist einfach ausgefallen. Eva war von der Schule nach Hause geeilt, um einen Nachtisch vorzubereiten, mit dem sie den anderen sicher imponieren würde. Eine Zabaione, die sie mit selbst gebackenen Orangenbiskuits servieren wollte. Auf dem Foto sah dieser Nachtisch so elegant aus, helle, cremige Zabaione in kleinen Gläsern und längliche, goldene Kekse. Aber die Zabaione hatte sich zersetzt und die Kekse (›ganz leicht – gelingen immer‹, hatte schräg über dem Rezept in der Illustrierten gestanden) waren unten angebrannt und oben zu weich (später hatte sie entdeckt, dass sie nur die Unterhitze eingeschaltet hatte). Und jetzt ist es zu spät. Also wird es keine komplizierten Gerichte geben. Eine Schüssel Majonäse (Light-Majonäse von Denja) mit

Fischpuddingwürfeln und gepulten Krabben steht im Kühlschrank, die Blätterteigpastetchen liegen in ihrer Schachtel mit dem Zellophanfenster auf dem Küchentisch. Sie wird sie unmittelbar vor Eintreffen der Gäste mit der Majonäsemischung füllen, damit die Pasteten nicht auch noch aufweichen. Der Braten steht im Kühlschrank, und die Schüssel mit den in Sahne überbackenen Kartoffeln (zwei Tüten von Toro, angerührt mit Sahne und Margarine) kann sie später dazu stellen. Das tiefgefrorene Gemüse wird einfach mit einem Stich Butter in Wasser warm gemacht. Den fertigen Schokoladenpudding wird sie auf eine Platte stürzen. Gott sei Dank, dass ich den noch hatte! Sie müssen mich so nehmen, wie ich bin, denkt Eva. Sie haben letztes Mal gesehen, was ich kann, die Paprikamousse muss jetzt erst mal reichen. Ich bin anders als Tamara und Sara. Ich bin nicht erfolgreich, elegant und graziös auf die Welt gekommen. Aber ich gehöre dazu, auch wenn ich ab und zu einen cremefarbenen BH zu einer weißen Unterhose anziehe oder meine Ohrringe vergesse.

Eva hebt das Album hoch, schlägt es aber nicht wieder auf, hält es nur auf ihrem Schoß. Erst eine Weile später fängt sie an zu blättern. Schwarzweißbilder von ihr als Baby. Dazwischen gibt es einige vergilbte Farbbilder mit weißem Rand. Alle Bilder zeigen entweder nur sie oder sie und ihre Mutter. Niemand anderen. Ihren dunkelblonden Kopf vor den rotblonden Dauerwellen der Mutter, ihre kleinen Finger vor denen der Mutter. Die Mutter, die mit beiden Händen einen niedrigen Kinderwagen hält und in die Kamera lächelt. Wer hat diese Fotos gemacht? Eva auf einem Kinderstuhl, mit Breiflecken an ihrem runden Kinn. Sie und ihre Mutter vor einem kleinen Steinhaus, einem Garten mit hoher Hecke. Es sieht nicht norwegisch aus, fremdartig. Eine Kindheit in einem anderen Land. Eine Kindheit anderswo, ohne die beiden.

Die Bilder von Tamara und Sara sind fast so deutlich wie die Bilder im Album, und Eva hat sie sich schon sehr oft angesehen. Anfangs hatten die Bilder keine Gesichter. Als Eva ungefähr zehn war, bekamen sie ein Gesicht – das wichtigste. Aber erst zwei Jahre darauf wurden die Bilder wirklich vollständig. Und jetzt gelangt eins nach dem anderen in Evas Kopf. Zuerst langsam, dann schneller und schneller, bis sie derart herbeiströmen, dass Eva sie gar nicht alle ansehen kann. In einer einzigen zusammenhängenden, ein wenig ruckhaften Reihe. Wie früher, als Eva und Evas Mutter Daumenkinos gebastelt haben. Ein Stapel dicke Pappbögen mit Zeichnungen in Mamas einer Hand, während die andere sie umbiegt und dann loslässt. Die Bilder fliegen Eva entgegen. Tamara und Sara, die auf einer grünen Wiese Blumen pflücken. Tamara und Sara in einem aufblasbaren Planschbecken, nackt, voller funkelnder Wassertropfen. Vorstehende Bäuche und speckige Oberschenkel. Tamara und ihr kleiner Bruder in gelben T-Shirts. Tamara, den Arm um die Schulter ihres Bruders gelegt. Tamara und ihr Bruder vor dem Weihnachtsbaum. Tamara und Sara vor einem Schneemann. Auf Skiern. Auf einem Schlitten. Am Strand im Bikini. Tamara und Sara mit neuen Fahrrädern. Jede mit einem Eis. Mit Abiturientinnenmützen. Dicht nebeneinander, lächelnd, tuschelnd. Auf den letzten Bildern: nur Tamara.

Eva ist im Garten. Es ist Sommer. Sie ist allein. Mama ist in der Küche. Das Fenster steht offen, und Eva hört, dass ihre Mutter Wasser laufen lässt, dass sie summt, während sie spült und nach dem Frühstück aufräumt. Aus dem Küchenfenster dringt noch immer der Duft von Eiern und

Speck. Im Nachbargarten hört Eva Stimmen und Lachen, und plötzlich sieht Eva Lotte hoch oben in der Luft. Hoch oben in der Luft fliegt Lotte. Lotte schwebt über der Hecke. Lotte ist genauso alt wie Eva. Im Herbst werden sie zusammen in die Schule kommen. Lotte hat eine kleine und eine große Schwester. Lotte hat einen Vater. Lotte hat einen roten Wasserball, aber einen Wasserball hat Eva auch, nur ist ihrer blau. Und Lotte hat ein gelbes Sommerkleid, und jetzt fliegt das gelbe Sommerkleid oben am blauen Himmel. Lotte lacht. Eva kommt näher, sie kriecht in die Hecke, bis sie schließlich vor dem Lattenzaun festsitzt, und jetzt sieht sie, dass es Lottes Papa ist, der Lotte hochhebt, mit ausgestreckten Armen. Ich fliege, ruft Lotte. Ja, das tust du, sagt Lottes Papa. Eva sieht zu.

Eva sitzt in der Hecke und spürt, wie es ist, Lotte zu sein. Auf Papas ausgestreckten Armen, hoch in der blauen Luft. Papas Arme wirbeln sie durch die Luft, und sie fliegt. Wie ein Vogel. Andere Vögel – alle weiß – fliegen um ihren Kopf und zwitschern und singen. Eva singt auch. Und sie saugt die weiche Luft auf, verschluckt große Happen. Ihre Arme sind Flügel, auf und ab in der warmen, weichen, hellblauen Luft. Sie fliegt zwischen kleinen weißen Wolken, leicht und süß wie Zuckerwatte. Und Papas Hände um ihre Taille sind fest und stark. Er passt auf Eva auf.

Eva liegt im Bett. Mama hat ihr eben zwei Schlaflieder vorgesungen und ihr einen Gutenachtkuss gegeben. Draußen ist Nacht, Lottes Papa, oder vielleicht auch Evas eigener Papa, trägt sie auf starken Armen, hoch durch die Luft. Eva ist ein Fisch. Ihr Rücken ist geschmeidig, die Beine sind leicht nach oben gebogen, wie eine Schwanzflosse. Sie macht mit den Armen Schwimmzüge. Beim Schwimmen gleiten schimmernde, aber spitze Sterne wie Meeresleuchten vor ihr her. Sie schwimmt in weicher, dunkler, warmer Nachtluft. Und unter sich hat sie die starken Papa-Arme. Sie spürt die Hände um ihre Taille, sie halten sie fest, und sie kann nicht fallen. Papa hält sie, Papa ist stark.

Ende August, gleich, nachdem die Schule angefangen hat, wird Lotte sieben. Und Eva ist zusammen mit allen anderen Mädchen aus Evas und Lottes neuer Klasse zum Geburtstagsfest eingeladen. Es gibt Würstchen und Sahnetorte. Nachdem sie sich ›Vater ist der Beste‹ angesehen haben, zuerst von vorn, dann von hinten, sollen die Mädchen im Garten spielen. Sie spielen Ball, sie spielen Boccia. Lottes Mutter hat ein großes weißes Blatt, auf das ein Schwein gemalt ist. Den Mädchen werden die Augen verbunden, sie werden im Sonnenschein um sich selbst gedreht und müssen der Reihe nach dem Schwein einen Schwanz malen. Eva schafft es am besten von allen. Gut gemacht, sagen Lottes Papa und Mama. Eva lächelt Lottes Papa an und ist stolz und froh.

Jetzt könnt ihr mit euren Puppen spielen, während wir Kaffee trinken, sagt Lottes Mutter. Aber Eva geht zu Lottes Papa: Ich möchte so gerne fliegen. Lottes Vater lächelt und hebt Eva hoch, so, wie sie sich das gewünscht hat. Genauso, wie sie sich das vorgestellt hat. Seine Hände schließen sich um ihre Taille. Es tut ein wenig weh. Eva fliegt hoch oben. Wie in ihrem Traum. Es gibt keine leuchtenden Sterne, zwischen denen sie umherschwimmen könnte. Aber es ist ja auch nicht Nacht. Aber um Evas Kopf herum singen auch keine weißen Vögel, und die Luft ist nicht so weich, wie sie geglaubt hat. Lottes Vater hat gerade Arme und starke Hände. Seine Hände halten Evas vom Geburtstagsschmaus überfüllten Bauch. Doch alles wird anders als im Traum, als plötzlich rote Wurststücke und saurer Kuchen in gelbem

Saft über die Haare von Lottes Vater, seine Brille und sein weißes Hemd laufen.

Eva wuchs allein auf, bei ihrer Mutter in einem Vorort von Kopenhagen. Kleine rote Steinhäuser in gepflegten Gärten mit Blumenbeeten und hohen Hecken. In einem solchen Haus wohnten Eva und ihre Mutter. Ein freundlicher Krämerladen, in dem es immer nach frisch gemahlenem Kaffee duftete. Ein Ententeich und eine große Pappel, eine Bäckerei. Radelnde Hausfrauen und Väter mit Hut und Aktentasche. Die Schlafpuppe Sofie mit Locken und aufgemalten Schuhen. Frühstück im Sonnenschein.

Das rote Steinhaus hatte Evas Mutter von ihrer jüngeren Schwester geerbt, die einen Dänen geheiratet hatte. Doch die Schwester und ihr Mann waren bei einem tragischen Autounfall auf Fünen ums Leben gekommen, ungefähr ein Jahr vor Evas Geburt. Warum wolltest du denn weg aus Norwegen, hatte Eva ihre Mutter gefragt, aber die schüttelte nur lächelnd den Kopf. Als Eva klein war, wusste sie nicht, wie ihr Vater hieß, wer er war oder wo er wohnte. Erst als Erwachsene erfuhr sie seinen Namen. Als kleines Mädchen wusste Eva nur, dass ihre Mutter ab und zu Briefe mit norwegischen Briefmarken bekam, und dass die nicht von Oma oder von Tante Beate stammten, der älteren Schwester der Mutter, und dass diese Briefe in den länglichen hellgelben Umschlägen verschwanden, sobald die Mutter sie gelesen hatte. Als Eva zum ersten Mal nach ihrem Vater fragte, gab die Mutter keine Antwort. Als Eva die Frage einige Wochen später wiederholte, schloss die Mutter die Augen, so dass Eva nur die weichen Augenlider und die gelbweißen langen Wimpern sehen konnte, und sagte noch immer kein Wort, sie lächelte nur ganz sachte.

In der Schule wurde Eva gehänselt, als die Klasse entdeckte, dass sie keinen Vater hatte, aber die Hänselei legte sich bald. Eva ließ sich nicht provozieren, außerdem erzählte sie den anderen, sie habe natürlich einen Vater, nur lebe der in Norwegen. Er sei reich und ziemlich berühmt und werde sie bald nach Norwegen zurückholen. Denn Eva sei Norwegerin, auch wenn sie in Kopenhagen geboren war, und eines Tages in nicht allzu ferner Zukunft werde sie wieder nach Hause ziehen. Als die Mutter einmal ungewöhnlich mitteilsam war, sagte sie zu Eva: Hier in diesem Haus habe ich meine glücklichste Zeit verbracht, und hier will ich bis zu meinem Tod wohnen. In Norwegen gibt es nichts mehr für mich. Aber als Eva dann auf den Schoß ihrer Mutter kroch und mehr wissen wollte, nach ihrem Vater fragte, wiegte die Mutter sie nur hin und her und sang ganz leise in ihre Haare. Eva war sicher, dass die Mutter mit geschlossenen Augen und einem Lächeln dasaß. Aber der warme Atem der Mutter an ihrer Kopfhaut war die schönste Liebkosung, und Eva wusste, dass sie und die Mutter zusammengehörten und dass sie einander unendlich liebten. Danach fragte Eva nie mehr nach ihrem Vater.

Eva war ein einsames Kind, aber das war ihre Entscheidung. Sie war am liebsten allein, oder noch lieber in der Nähe der anderen, am Rand von irgendetwas, knapp außerhalb des Spiels der Freundinnen. Sie sah meistens zu, was die anderen machten, hörte zu, was sie sagten. Eva war eine ungewöhnlich aufmerksame Betrachterin und eine begabte und gelehrige Zuhörerin. Und sie spielte mit, wenn sie wollte, denn niemand sollte sagen können, sie gehöre nicht dazu.

Eva hatte sich von Anfang an gewünscht, ins Nähkränzchen aufgenommen zu werden. Sie hatte es sich gewünscht, schon lange, ehe sie überhaupt von diesem Nähkränzchen gehört hatte. Ihr ganzes Leben lang hatte sie es sich gewünscht, hatte davon geträumt. Sie hatte es sich gewünscht, Tamara und Sara kennen zu lernen. Und Liss war ihr eine große Hilfe gewesen. Eva hatte es geschafft. Eva schafft es eben immer. Früher oder später. Oft dauert es lange. Es kann Monate dauern, es kann Jahre dauern, aber früher oder später erreicht Eva immer ihr Ziel.

Eva hat schöne dunkle Augen und aufgehellte blonde Haare. Sie hat lange schlanke Finger mit kurzen, ungepflegten Nägeln. Sie weiß, dass Tamara und Sara manchmal über sie lachen, über ihren Geschmack, über ihre Kleider, über ihre überflüssigen Pfunde. Eva hat sich nie sonderlich für Kleider oder für ihr Aussehen interessiert. Aber in den letzten Jahren hat sie sich einige wenige exklusive Kleidungsstücke angeschafft. Und dabei hat Eva festgestellt, dass sie sich gern schön macht, vor allem aber tut sie es, um sich den Nähkränzchenschwestern näher zu fühlen. Tamara und Sara, aber auch Liss. Auch Liss gehört zum Nähkränzchen. Auch Liss hat schöne Kleider. Nur werden die so schnell schmutzig, die Knöpfe gehen ab. Die Röcke werfen Falten, und die Hosen sitzen nicht so elegant auf Liss' Hüften wie sie das bei Tamara und Sara tun. Liss ist anders, aber sie gehört dazu. Eva fragt sich oft, warum.

Eva hatte nie gehört, dass sie über sie gelacht hätten, aber sie hatte es in ihren Augen gesehen. Sogar Liss lachte über Eva. Die gute, süße Liss. Aber Tamara und Sara mochten Eva. Und das hatte sie sich gewünscht. Jetzt war sie fast am Ziel.

Der Braten ist fertig und ruht unter einem karierten Geschirrtuch. Im Ofen stehen die überbackenen Kartoffeln, und auf dem Herd wird das Gemüse erwärmt. Die Pasteten sind mit der Majonäsemischung gefüllt. Jetzt kommt der

Nachtisch an die Reihe. Eva holt die Literpackung Schokoladenpudding aus dem Kühlschrank, schneidet den Karton auf und stürzt den Pudding auf eine Dessertplatte, wo er wie ein zitternder, brauner Ziegelstein liegen bleibt. Na ja, besonders beeindruckend sieht er nicht aus. Das mit der Zabaione und den Apfelsinenkeksen war wirklich ein Jammer. Damit kann ich mich nicht sehen lassen, denkt Eva und bereut, dass sie nicht irgendetwas Originelleres vorbereitet hat. Sie hätte sicher Zeit gehabt, aber jetzt ist es auf jeden Fall zu spät. Es ist schon halb sieben. Sie müssen mich so nehmen, wie ich bin, aber ganz so schrecklich wie dieser braune Kloß bin ich ja wohl nicht. Eva reckt sich und nimmt eine ziemlich kleine, runde Glasform vom Küchenschrank. In diese Form presst sie den Schokoladenpuddingziegelstein aus dem Supermarkt, dort ist aber nur Platz für die Hälfte, der Rest lagert sich in braunen Wülsten auf dem Küchentisch ab. Sie schiebt diese Wülste in den Mülleimer, auf die angebrannten Kekse, und wischt den Tisch mit einem gelblich verdreckten Küchentuch ab. Jetzt sieht es gar nicht so schlecht aus! Der Pudding könnte fast als selbst gemacht durchgehen, aber noch immer hat er oben entlarvende Risse und Scharten. Eva entfernt die oberste Schicht und fährt mit dem Küchentuch über den Pudding. Dann bleibt sie stehen und starrt ihn an. Shit! Was hat sie denn da angerichtet! Aber ab und zu muss man zu solchen Maßnahmen greifen, versucht sie sich zu trösten. Eine schön verzierte, delikat angerichtete Mahlzeit gleitet immer leichter hinunter und führt noch die verwöhntesten Gaumen in Versuchung. Wenn man eigentlich satt ist und keinen Appetit mehr hat, dann sehnt man sich nicht nach einem großen Teller voll Hausmannskost. Auch, wenn die genauso gut schmeckt, ja, vielleicht besser, philosophiert sie weiter. Die Welt will betrogen werden. Und jetzt ist das hier selbst gemachter Schokoladenpudding. Kompliziertes Rezept mit vielen Eiern und Kochen im Wasserbad und … wie macht man eigentlich Schokoladenpudding? Das muss sie noch herausfinden, ehe die Gäste kommen. Jetzt bin ich ja bald so weit, denkt Eva und legt das Küchentuch mit den Puddingresten in den Wäschekorb, dann geht sie in ihr Schlafzimmer, um sich zu schminken und das neue Oberteil anzuziehen, das lächerlich viel gekostet hat. White Diamonds auf die Handgelenke. Wimperntusche. Die Welt will betrogen werden. Verkleidete Hausmannskost.

Eva muss warten, bis die Zeit reif ist. Aber bald wird es so weit sein. Eva lächelt ihr Spiegelbild an. Eva weiß genau, wie es sein soll. Sie muss sich den Ort sorgfältig aussuchen. Ein schönes Restaurant. Gutes Essen, fröhliche Menschen. Vor dem Spiegel plant Eva, was sie sagen wird. Sie wählt ihre Worte, baut Sätze zusammen, testet die Reihenfolge. Die Stadt meiner Kindheit. Ein Mann und eine Frau. Die Beziehung blieb nicht ohne Folgen. Von ganzem Herzen geliebt. Zwei kleine Mädchen. Sehnsucht.

Die Mädels sind da. Sie reden und essen. Trinken Wein und lachen laut. Eva wird für das Essen gelobt, aber es ist deutlich zu sehen, dass zumindest Tamara und Sara nicht meinen, was sie sagen. Sie schütteln ihre schönen, dunklen Köpfe und sagen, das Essen war wunderbar, köstliche zarte Möhrchen, und gerade lange genug im Ofen, der Braten und die Kartoffeln. (Eva waren die überbackenen Kartoffeln ein ganz klein wenig angebrannt vorgekommen, aber sicher ist sie nicht.) Und jetzt steht die gläserne Form mit dem Schokoladenpudding auf dem Tisch. Die Puddingschalen sind verteilt worden, aber Tamara und Sara haben um eine Zigarettenpause gebeten.

»Und sieh dir nur den köstlichen Schokoladenpudding an«, sagt Liss. »Hast du den selbst gemacht?«

»Mmm«, antwortete Eva vage.

»Ich hab das noch nie versucht«, sagt Liss.

Ich auch nicht, denkt Eva.

Sara streckt die Hand nach ihrer Zigarettenpackung aus, doch plötzlich fährt sie zusammen und stößt etwas aus, das wie ein kleiner Schmerzensschrei klingt.

»Was ist los, Sara?«, fragt Liss.

Sara lächelt Tamara an, die ihr Feuer gegeben hat, zieht an der Zigarette, stößt Rauch aus, dann erst antwortet sie:

»Ach, ich hab mich wohl ein wenig zu schnell umgedreht. Mein Becken, du weißt schon. Meine Beckenbänder machen sich manchmal noch bemerkbar«, fügt Sara als Erklärung hinzu und schaut Eva an, als könne die ja wohl nichts über dieses Detail aus einer Zeit wissen, in der sie noch längst kein Mitglied im Nähkränzchen war.

»Aber Julias Geburt ist doch schon so lange her«, sagt Eva, in leichtem Frageton, sie achtet aber darauf, eine Spur von Mitgefühl in ihrer Stimme mitschwingen zu lassen. Ein Mitgefühl, das absolut echt ist und sich mit Erleichterung darüber vermischt, dass das Thema Schokoladenpudding nun verlassen werden kann. Außerdem will sie wirklich mehr über Tamara und Sara wissen. Sie will alles über Tamara und Sara wissen.

»Doch, und ich merke es ja auch fast gar nicht mehr. Jedenfalls nur noch sehr selten«, antwortet Sara. »Aber ab und zu tut es eben doch noch ein bisschen weh. Heute zum Beispiel habe ich mehrere Stunden vor dem Computer gesessen und …«

»Woran arbeitest du jetzt eigentlich?«, fragt Tamara.

»An einem Roman.«

»Von?«

»Ich kann mich nicht mal an den Namen erinnern. Die Autorin ist jung und unbekannt. Ich glaube, sie kommt aus Norddeutschland.«

»Ist er gut?«

»Nein, nicht besonders. Ich weiß überhaupt nicht, warum der übersetzt werden soll. Die blonde, schöne Heldin trifft schon im ersten Kapitel ihren dunklen, glutvollen Märchenprinzen, und dann ...«

»Say no more«, sagt Tamara.

»Ich finde, das klingt gut«, sagt Liss.

»Ja, das kann ich mir denken«, sagt Tamara.

»Und danach musste ich im ganzen Haus staubsaugen, denn morgen kommt meine Schwiegermutter zu Besuch«, fügt Sara hinzu. »Und Staubsaugen und Skilaufen sind einfach Gift für mein Becken.«

»Das Staubsaugen kann doch Jakob übernehmen.«

»Ja, meistens tut er das auch. Und Skilaufen ebenso. Aber gerade heute musste er weg. Er hatte ein wichtiges Geschäftsessen. In letzter Zeit benimmt er sich übrigens ein wenig seltsam.«

»Wie denn seltsam?«, fragt Liss.

»Du hättest Sara mal sehen sollen, als sie schwanger war«, sagt Tamara zu Eva. »Sie sah aus wie ein mittelgroßes Sumpfnilpferd, mit riesigem Bauch und Wasser in den Beinen. Hast du da nicht neunzehn Kilo zugenommen? Und sie hatte so schreckliche Schmerzen, die Arme. Sie konnte sich fast nicht bewegen.«

»In den letzten Monaten musste sie sogar liegen.«

»Und da hab ich erst wirklich gemerkt, was ich für gute und treue Freundinnen habe«, sagt Sara.

»Vor allem war das doch Tamara«, sagt Liss.

»Ja«, sagt Sara. »Tamara war total fantastisch. Sie hat sich ja immer schon um mich gekümmert. Aber du hast auch ungeheuer viel für mich getan, Liss.«

»Na ja«, sagt Liss.

»In der letzten Zeit war Tamara jeden Tag bei mir. Sie war selbst schwanger, aber sie kam jeden Tag nach der Arbeit zu mir, und dann hat sie gekocht und aufgeräumt und mit mir geredet. Weißt du noch, dass wir ein Schwangerschaftstagebuch geführt haben, Tamara? Mit Aufzeichnungen, wann die Babys sich bewegten und wann sie schliefen. Listen mit möglichen Namen und Gewichtstabellen.«

»Mm«, antwortet Tamara.

Tamara streichelt Sara ganz leicht den Nacken. Spielt ein wenig mit ihren schwarzen Haaren. Sara schließt die Augen und lächelt. Eva sieht zu. Sie sitzt auf einem ihrer eigenen Esszimmerstühle und spürt, wie es ist, Sara zu sein. Wie es ist, wenn ihr leichte Fingerspitzen über den Nacken streichen, wie es ist, eine so enge Freundin zu haben, der sie alles erzählen kann, eine, die auf sie aufpasst, auf die sie aufpasst, mit der sie zusammen aufgewachsen ist. Fast wie eine Schwester. So muss es sein, in Sternen zu schwimmen und jeden Tag süße Honigwolken zu essen.

»Aber was war mit Jakob? Konnte der dir nicht helfen?«, will Eva wissen.

»Jakob hat sehr viel getan, aber er hatte damals gerade seine neue Stelle angetreten und musste viel verreisen. Ich weiß nicht, wie ich das überlebt hätte, wenn Tamara nicht gewesen wäre. Und natürlich Liss. Ihr wart einfach einmalig.«

»So, wie du immer für mich da warst, Sara«, sagt Tamara. »Nach meiner Scheidung warst du für mich eine unglaubliche Hilfe. Diese Scheidung war so ungefähr das Schlimmste, was ich je mitgemacht habe. Und ohne Sara wäre ich einfach zusammengebrochen. Da bin ich mir ganz sicher.«

»Ach je«, sagt Eva. »War das so schrecklich? Und war das Emmas Vater?«

»Ja«, antwortet Tamara. »Und ja, das war Håvard, Emmas Vater.«

»Erzähl«, sagt Eva.

»Nein«, sagt Tamara.

Nach dieser Abfuhr weiß Eva nicht so recht, wie viele Fragen sie an diesem Tag noch zu stellen wagen wird. Aber nachdem sie den Schokoladenpudding aufgegessen haben, sagt sie trotzdem:

»Tamara und Sara sehen sich wirklich ziemlich ähnlich. Das ist mir komischerweise noch nie aufgefallen, aber jetzt sehe ich es, wo ihr beide die Haare aus dem Gesicht tragt.«

»Ja«, sagt Liss. »Das stimmt.«

»Habt ihr euch auch als Kinder so ähnlich gesehen?«, fragt Eva nun. »Kaffee?«

»Ja, bitte. Ja, nein, ich weiß nicht so genau«, sagt Tamara. »Ziemlich ähnlich vielleicht.«

»Sind unsere Augen sich nicht auch ein wenig ähnlich, Tamara?«, fragt Eva.

»Unsere Augen?«, fragt Tamara. »Nein, das glaube ich nicht.«

»Liss, was meinst du?«, fragt Eva und dreht sich zu Liss um.

»Na ja, ihr habt beide braune Augen, aber ich weiß nicht so recht«, antwortet Liss.

»Ich wünschte eigentlich, wir wären alle vier zusammen zur Schule gegangen«, sagt Eva und sieht die drei anderen an. »Hat das Spaß gemacht? Ich wette, du warst ungeheuer beliebt, Liss.«

»Ich nehm gern noch mehr Kaffee, wenn welcher da ist. Beliebt? Ach, da bin ich mir nicht so sicher«, sagt Liss. Ihr rundes Gesicht wendet sich fragend Tamara und Sara zu.

Eva will alles über das Nähkränzchen wissen, alles über Tamara und Sara. Und über Liss. Vielleicht sollte Liss nicht beseitigt werden, vielleicht ist es gerade das, was Tamara und Sara von Eva erwarten. Liss ist anders. Liss verschwindet so leicht zwischen den beiden anderen. Sie verschwindet, und gleichzeitig ist sie da. Tamara und Sara scheinen sich ihr Verschwinden zu wünschen und gleichzeitig Angst vor ihr zu haben.

Das allererste Nähkränzchentreffen, an dem Eva teilnehmen durfte. Zu Hause bei Liss. Eva hat Blumen mitgebracht. Sie ist glücklich. Sie hat ihr erstes Ziel erreicht. Aber sie ist auch nervös. Vor ihr liegt noch ein langer Weg. Liss ist ganz frisch schwanger, in fast einem Dreivierteljahr wird Maja geboren werden. Ihr ist ein wenig übel, sie fühlt sich nicht ganz wohl, aber die Schwangerschaft steht Liss gut. Blond und mit geröteten Wangen sitzt sie auf dem Sofa. Sie sieht schon jetzt üppig aus. Bezaubernd prall. Sie erinnert an frisch gebackene Hefebrötchen und rotkarierte Küchenvorhänge, denkt Eva. Liss strahlt. Am Vortag hat Liss in der örtlichen Bibliothek einen kleinen Vortrag gehalten. Es sollte ein alternativer Abend werden. Schwer hing der Geruch der Räucherstäbchen im Lokal. Es wimmelte von Frauen in Batikhemden und Leggins. Mit breiten Silberspangen hochgesteckte Haare. Riesige Ohrringe. Es sollte mehrere Vorträge geben. New Age. Healing. Tarotkarten. Liss war gebeten worden, über Astrologie zu sprechen. Tamara und Sara waren gekommen. Eva auch. Sie war inzwischen allen dreien schon mehrmals begegnet, und am Tag darauf war Nähkränzchen bei Liss.

Liss hielt ihren Vortrag. Sie machte es gut und wurde danach von den Veranstaltern hoch gelobt. Jetzt sitzt sie hier auf ihrem Sofa, in ihrem fast abbezahlten Reihenhaus. Sie hat den Mädels ein Essen mit drei Gängen serviert, das neue Mitglied im Nähkränzchen wird hier bei ihr debütieren, sie erwartet ihr drittes Kind und ist stolz auf den Vorabend.

»Na, Mädels, habt ihr was aus meinem Vortrag gestern gelernt?«, fragt sie mit deutlicher Erwartung in ihrer hellen, frohen Stimme.

»Absolut«, sagt Eva. »Ich weiß so wenig über Astrologie. Total spannend, wirklich.«

»Ja, wenn man an solchen Hokuspokus glaubt«, sagt Sara. »Nein, das sollte nur ein Witz sein. Es war ausnehmend interessant und lehrreich.«

»Ja, das hast du gut gemacht«, sagte Tamara. »Ich wollte nur eins sagen. Wo du schon fragst. Sara und ich haben auf dem Heimweg darüber geredet. Nur, damit du das für deinen nächsten Vortrag weißt.«

»Ja?«, fragt Liss. Noch immer lächelnd, noch immer strahlend.

»Du weißt sicher, dass du ständig ›irgendwie‹ sagst, daran solltest du denken, wenn du einen Vortrag hältst. Soviele irgendwies wirken ein bisschen dilettantisch.«

»Okay«, sagt Liss. »Das merk ich mir. Und sonst?«

»Na ja«, sagt Sara. »Du wickelst dir ein wenig zu oft die Haare um den Finger.«

»Ja, und dann trittst du von einem Fuß auf den anderen, das sieht ein bisschen so aus, als ob du aufs Klo müsstest. Wir sagen das ja nicht, um dich zu verletzten. Aber es wäre doch hilfreich, das fürs nächste Mal zu wissen.«

»Ja«, sagt Liss. »Vielen Dank.«

»Und vergiss nicht, ein gutes Deo zu benutzen. Schweißflecken unter den Armen machen sich doch wirklich nicht gut, oder?«

Beide lachen ein wenig, damit allen klar ist, dass das nett gemeint ist. Einfach ein paar Ratschläge. Liss sieht jetzt flacher und grauer aus. Eher so, wie Eva sie bei ihren früheren Begegnungen erlebt hat.

»Aber du hast das wirklich toll gemacht«, sagt Tamara.

»Ja, du warst echt gut«, sagt Sara.

»Danke«, sagt Liss und legt eine kleine Pause ein. Sie tut Eva Leid, aber Eva sagt nichts, denn für Eva sind nur Tamara und Sara wichtig. Die Angst, die beiden zu verärgern, ist größer als der Wunsch, Liss zu helfen. Und Eva ist ganz neu im Kränzchen und will niemanden verärgern, will nichts falsch machen.

»Ich hatte vorher solche Angst«, gesteht Liss jetzt. »Und es ist ja auch kein Wunder, dass ich so nervös war, dass ich geschwitzt habe und so. Ich habe in so einem Buch über Entspannungstechniken (*Lerne dein Inneres kennen. 199 Wege zur Entspannung*) gelesen, ich sollte mir das Publikum als einen freundlichen Wald voller Blumen vorstellen. Und das habe ich auch versucht, aber ich konnte mich doch nicht ganz entspannen, ich weiß doch, dass es in einem Wald nicht nur Blumen gibt.«

Liss lacht. Ein wenig unsicher. Aber Eva sieht, dass Tamara und Sara plötzlich wie verwandelt sind. Sie setzen sich gerade. Ihre Blicke verändern sich. Sie sehen fast ängstlich aus. Eva sieht es, begreift es aber nicht. Später wird sie das noch mehrmals erleben. Liss sagt etwas. Eine scheinbar harmlose Bemerkung. Scheinbar so munter und nichts sagend wie sonst auch. Eva begreift nicht, was Tamara und Sara solche Angst macht, aber plötzlich sind die beiden wie verwandelt.

Es ist offensichtlich, dass Liss Tamara und Sara langweilt, und dass sie versuchen, durch sie hindurchzusehen, zu tun, als sei sie durchsichtig, aber das gelingt ihnen nicht ganz, sie haben nicht genug Mut. Liss hat Macht, aber Eva kann nicht ergründen, warum und woher.

Liss verschwindet auch für Eva, sie wird blass neben den beiden anderen, die so prachtvoll strahlen. Eva bemerkt genau, dass Liss lieb und witzig ist, voller saftiger Geschichten und Fürsorge. Aber Tamara und Sara sehen das nicht. Sie wollen es nicht sehen. Oder vielleicht können sie es nicht sehen, weil sie zu lange die Liss ihrer Wunschvorstellungen angesehen haben. Eva will mehr wissen, sie will ein Teil von allem werden. Von Anfang an. Sie will sein wie die anderen. Denn sie gehört zu ihnen.

»Wart ihr immer schon Freundinnen, alle drei, seit ihr in die Schule gekommen seid?«, möchte Eva wissen.

»Meine Mutter war die beste Freundin von Tamaras Mutter, und deshalb haben Tamara und ich uns sozusagen schon vor unserer Geburt gekannt«, sagt Sara. »Leckerer Kaffee übrigens.«

»Und Liss?«

»Liss war mit uns in der ersten Klasse, und da haben wir sofort gewusst, dass sie richtig nett ist, und dass es sich lohnen würde, sie kennen zu lernen«, antwortet Tamara. Eva kann hören, dass Tamara genau diesen Satz schon einmal gesagt hat. Schon mehrmals. Und ohne Übergang fügt Tamara jetzt hinzu: »Du, hast du für den Pudding Kochschokolade oder Kakaopulver genommen?«

»Kakao«, antwortet Eva rasch. »Und eure Eltern, haben die sich auch alle gekannt? Waren sie miteinander befreundet?«

»Ja«, sagt Tamara. »Befreundet. Hast du ihn im Wasserbad gekocht? Das mache ich immer. Jedenfalls bei Karamellpudding und Crème brulée.«

Eva gibt keine Antwort, sie schließt nur die Augen und lächelt ausgiebig. Als sie die Augen wieder öffnet, sieht sie, dass die anderen unsicher sind. Alle drei. Eva sieht, dass sie auf ihren Stühlen hin und her rutschen. Und das will sie nicht. Sie will ihnen keine Angst machen. Sie will Tamara keine Angst einjagen. Sie will nur eine von ihnen sein. Mehr will sie nicht. Sie will ihren Kopf zwischen diese beiden dunkelhaarigen Köpfe schieben. Will spüren, wie ihre Haare sich mit den anderen vermischen. Sie will die Geheimnisse der beiden kennen, ihre Geständnisse, die Hände, die mit den Nackenhaaren spielen. Sie will Nähe und Freundinnenschaft über dampfenden Teetassen. Sie will mit auf den Bildern sein, die sie sich vorher angesehen hatte. Tamara, Sara und Eva pflücken auf einer grünen Wiese Blumen. Tamara, Eva und Sara in einem aufblasbaren Planschbecken, nackt, voll funkelnder Wassertropfen, hervorstehende Bäuche und speckige Oberschenkel. Vor einem Schneemann. Auf Skiern. Auf einem Schlitten. Mit neuen Fahrrädern. Jede mit einem Eis. Mit Abiturientinnenmützen. Dicht nebeneinander, lächelnd, tuschelnd.

Sie wissen nicht, wer ich bin, denkt Eva. Sie haben keine Ahnung, wer ich bin. Eva will ihnen keine Angst machen. Sie will Tamara keine Angst einjagen. Sie will nur, dass Tamara begreift.

In ihrer Handtasche hat Eva immer ein Bild. Ein verblasstes Farbfoto von zwei Kindern. Das größere Kind hat den Arm um die Schultern des kleineren gelegt.

Die Briefe in den hellgelben Umschlägen mit den norwegischen Briefmarken verschwanden sofort, nachdem die Mutter sie gelesen hatte. Und die Mutter schien im Voraus zu wissen, wann so ein Brief kommen würde, denn an diesen Tagen wartete sie immer schon auf der Treppe, wenn Eva die Post holen ging. Dann schloss sie sich im Schlafzimmer ein und las, und danach waren die Briefe einfach verschwunden. Doch eines Tages, als Eva ein Buch aus dem Regal im Wohnzimmer holen wollte, fiel einer der hellgelben Umschläge heraus. Eva erkannte ihn sofort, sie schob ihn unter ihren Pullover und ging auf ihr Zimmer. Dort öffnete sie ihn. Der Umschlag enthielt keinen Brief, sondern ein Foto. Eva hatte eines der Bilder gefunden, die sie in Gedanken schon so oft gesehen hatte. Sie hatte das erste gefunden. Eines der Bilder ohne Gesicht. Jetzt hatten sie eines bekommen. Eines der Gesichter war plötzlich da.

In Evas Hand lag ein Bild. Ein Foto eines Mädchens und eines Jungen. Auf der Rückseite stand ›T und F Sommer 76‹. Das Mädchen war in Evas Alter, der Junge ein wenig jünger. Das Mädchen hatte dunkle Haare und große, dunkle Augen. Sie hatte dem Jungen den Arm um die Schultern gelegt. Der Junge sah das Mädchen an, das Mädchen aber blickte Eva ins Gesicht.

Kapitel 6

Nähkränzchen bei Tamara, Dienstag, 5. Dezember

Menü
Russischer Kaviar mit Blinis
Venusmuscheln mit Feta und Dill
Seeteufel mit Orangen- und Ingwersoße, serviert mit Wurzelgemüse ›Julienne‹ und Bulgurpilaw
Rotes Tee-Eis

Als Tamara klein war, war sie anders als andere Kinder. Nicht äußerlich, sie sah schon aus wie die anderen. Ein bisschen hübscher vielleicht. Sara und Tamara waren hübscher als die anderen Mädchen. Ziemlich zart und schmal und dunkler als ihre Klassenkameradinnen waren sie beide. Aber innerlich sah Tamara anders aus als alle anderen, auch als Sara. Und Tamara wusste das genau. Schon mit sechs Jahren hatte sie Dinge begriffen, die die meisten anderen erst viel später verstehen – und manche begreifen sie nie. Tamara wusste, wenn jemand sie auf der Straße hänselte – nicht, dass es so viele gab, die das gewagt hätten –, dann musste sie einfach lächeln und weitergehen. Tamara hakte sich bei Sara ein und ging. Als Tamara ein wenig älter wurde, wusste sie sehr gut, dass Karin vor allem deshalb sagte, Lill Inger habe ein hässliches Kleid, weil Karins Mutter den ganzen Tag zu Hause saß und Portwein trank. Tamara sah anderen immer sofort ihre Schwächen an. Sie sah an der Art, wie die Lehrerin ihr Kinn hob, dass die ihr Doppelkinn hasste. Sie sah, dass Peder aus der Parallelklasse in Randi verliebt war, als Peder das selbst noch längst nicht erkannt hatte. Und seit der Mittelstufe hatte Tamara schon nach fünf Minuten mit Leichtigkeit die Handlung jedes Films vorhersagen können (jedenfalls bei Filmen aus Hollywood). Tamara hatte immer gewusst, wie sie Menschen dorthin bringen konnte, wo sie sie haben wollte. Nur bei Sara klappt das nicht. Tamara liebt Sara viel zu sehr, und Sara hat so große, hilflose Augen.

Gestern war Tamara wieder Sara. Sie lag auf den knisternden sauberen Laken, die Sara in Deutschland gekauft hatte, und hatte Saras Mann zwischen ihren Beinen. Tamara ist Sara. Ich war Sara, denkt Tamara. Ich habe meine langen dunklen Haare über dem Kissen ausgebreitet und sie wurden zu Saras. Als Jakob in meine Brustwarzen biss, meine Brüste knetete, die dünne Haut dazwischen leckte, waren es nicht mehr meine, es waren Saras kleine, spitze Brüste, die sich unter Jakobs Händen und unter Jakobs Mund und seiner Zunge knospten. Als Saras Mann ungeschickt in Tamara eindrang, war es nicht mehr Tamaras Schoß, sondern Saras. Und als Tamara in gespieltem Genuss den Hals reckte und die Nase hob, war es nicht mehr Tamaras Nase, sondern Saras große schöne krumme, die sie zur Schlafzimmerdecke hob. Sara ist wie ein Engel. Weiß und ohne Schuld.

Auch an diesem Morgen hat Tamara Sara angerufen. Tamara konnte durch die Leitung Saras Angst hören.

Tamara konnte sehen, wie die Adern in Saras Schläfen anschwollen, sie konnte sie pochen sehen. Und legte auf.

»Irgendwer ruft mich an und legt dann einfach auf«, hatte Sara vor einigen Tagen zu Tamara gesagt.

»Ach, herrje«, sagte Tamara und streichelte ihren Arm. Tamara konnte sehen, dass Sara Angst hatte. Sie schlug Sara vor, sich ein Telefon mit einem Display anzuschaffen, das die Nummer des Anrufers zeigt.

»Gute Idee«, sagte Sara.

Tamara fand die Idee auch gut. Tamara hat eine Geheimnummer.

»Tamara, ich glaube, Jakob betrügt mich«, sagte Sara dann. »Er benimmt sich in letzter Zeit so seltsam.«

»Ach, herrje«, sagte Tamara noch einmal.

Sie legte ihre eine Hand über Saras. Sara tat Tamara entsetzlich Leid. Tamara hat es nie ertragen können, wenn Sara etwas quälte. Tamara sah ihr in die Augen und spürte, wie sehr sie Sara liebte. Dann spürte Tamara, wie wütend sie auf die Person ist, die Sara jetzt quält, und da musste Tamara die Augen niederschlagen. Auf dem Tisch lagen ihre Hände. Tamaras breite, starke, aber schöne und schlanke rechte Hand umklammerte Saras zierliche, die unbeholfen die langen, eleganten Finger spreizte. An der rechten Hand trägt Tamara zwei Ringe. Einen am Ringfinger, einen am Mittelfinger. Und zwar den Goldring, den sie von Thomas bekommen hat, als sie fünf Jahre zusammen waren, und den glatten, breiten Ring aus Weißgold, den Jakob Tamara vor ein paar Monaten geschenkt hat. Seit sie nur diese beiden Ringe trägt, Finger an Finger, macht es Tamara Spaß, Ringfinger und Mittelfinger gegeneinander schlagen zu lassen, so dass Thomas' Ring an den von Jakob klirrt. Sie macht es oft. Es ist fast zur Gewohnheit geworden. Und als Tamara über Saras schmale Hand strich, berührten Tamaras zwei Finger Saras Ehering. Ob darin wohl ›dein Jakob‹ steht, fragte Tamara sich, und gleichzeitig dachte sie, dass sie das eigentlich wissen müsste, denn sie hatte damals das kleine Etui gehalten, damit Jakob Sara diesen Ring an den Finger stecken konnte. Das kleine Etui mit dem roten Samtfutter. Die beiden Goldringe. Saras kleiner und Jakobs großer. An jenem Tag in der Kirche, vor vielen Jahren. Tamara hatte geweint. Und Sara hatte auch geweint. Natürlich war Tamara Saras Trauzeugin gewesen, als Sara und Jakob geheiratet hatten, ebenso selbstverständlich, wie Sara Tamaras Trauzeugin gewesen war, als Håvard und Tamara geheiratet hatten. Sara und Tamara sind Busenfreundinnen.

»Ich weiß nicht, was ich machen soll, wenn Jakob mich betrügt«, sagte Sara. Tamara bewegte ihre Hand, sie streichelte vorsichtig Saras Hand und versuchte, sie so gut sie konnte zu trösten. Sara braucht Tamara. Sara, die so zarte Hände und so große braune, ängstliche Augen hat. Plötzlich hat Tamara Lust, Jakob in der Arbeit anzurufen. Sara nickt, und Tamara ruft Jakob an. Er ist überrascht, denn Tamara macht das sonst nie. Überrascht, aber erfreut. Ich wollte dir nur sagen, dass ich Sehnsucht nach dir habe, sagt Tamara zu Saras Mann und schaut Sara noch immer in die Augen. Und um dich an die Verabredung morgen zu erinnern. Ich kann es kaum erwarten, sagt Jakob in Tamaras Ohr. Und mit der Stimme von Saras Mann im Ohr und mit Saras Blick in den Augen fühlt Tamara sich seltsam glücklich.

Später am selben Tag schrieb Tamara in das Buch mit dem schwarzen Samtbezug. Sie saß am Küchentisch, trank eine Tasse starken schwarzen Kaffee und schrieb. Mit roter steiler Schrift schrieb Tamara, sie sei rücksichtsvoll. Ich nehme Rücksicht, schrieb Tamara. Ich schlafe nie mit Thomas und Jakob am selben Tag. Ich gehe nie aus Saras Bett direkt in mein eigenes. Niemals vermengt Jakobs und Thomas' Sperma sich in meiner Scheide. Wenn Jakob und ich zusammen gewesen sind, kann ich nicht direkt nach Hause zu Thomas fahren. Ich muss einen kleinen Spaziergang machen, mir etwas zum Anziehen kaufen, ein bisschen arbeiten, eine Runde joggen. Aber wenn Jakob und ich uns verabschiedet haben, will ich Sara sofort anrufen, will zumindest ihre Stimme hören. Ich rufe sie oft an. Ab und zu rede ich mit ihr, frage, was sie macht, ob es ihr gut geht. Ab und zu höre ich mir nur ihre Stimme an und lege dann auf. Einmal war Julia am Telefon, und ich habe lange mit ihr geredet, über Schulaufgaben und Jazzgymnastik, und die ganze Zeit spürte ich, wie die letzten Reste von Jakob aus mir hinausliefen, viele Millionen von Julias Halbgeschwistern.

Manchmal hat Tamara Lust, Sara alles zu erzählen, nein, nicht zu erzählen, sondern sie alles selbst herausfinden zu lassen. Aber die dunklen Haare auf dem Kissen sehen aus wie ihre eigenen. Tamaras Duft ist Saras Duft. Tamara könnte natürlich etwas so Banales tun, wie ihren BH unter Saras Decke zu vergessen. Tamara könnte hart in Jakobs Schulter oder Hals beißen, seinen Hintern zerkratzen. Oder ihm ein blutrotes T für Tamara in den Rücken ritzen. Doch das tut sie nicht. Tamara liebt Sara, und Tamara wird wütend, wenn jemand versucht, Sara zu quälen. Aber Sara weiß oft so genau, was sie will.

Als sie klein waren, waren Sara und Tamara immer zusammen. Tamaras früheste Erinnerungen haben alle mit Sara zu tun. Tamara hat natürlich auch viele Erinnerungen an ihre Eltern und an Filip, aber Sara ist immer dabei.

Unsere Erinnerung ähnelt einem abgegriffenen Buch. Ab und zu denkt sie an das dicke, hellbraun gestreifte Buch, das Tamara zu Hause im Bücherregal gefunden hat. Es war im Spätsommer, sie war im Frühling elf geworden. Das dicke Buch, das falsch einsortiert zwischen den Autoren mit S stand.

Manche Seiten öffnen sich automatisch. Der Buchrücken dahinter ist fast verschlissen, weil sie so oft aufgeschlagen worden sind. Das Buch öffnet sich auf diesen Seiten, wenn du es auf den Schoß legst. Aber wie war es denn, als du klein warst, fragt eine kleine Nichte, eine Tochter, der Sohn einer Freundin. Und sofort öffnet das Buch sich auf den Seiten aus deiner Kindheit, die du dir schon so oft angesehen hast. So war es, als ich klein war, sagst du, und dann fängst du an zu erzählen. Immer dasselbe. Und du lächelst ein wenig. Und es gibt immer etwas, das du nicht erzählst. Etwas, das du vor dir siehst, worüber du nicht lächelst. Du siehst die Buchseiten, das Buch öffnet sich auch auf diesen Seiten, aber du erzählst niemandem, was dort steht.

Oder vielleicht ist es keine Nichte oder Tochter, die dich fragt. Du siehst ein Foto aus jener Zeit. Hörst ein Lied. Oder hast den Geruch von Autoreifen auf heißem, sommerweichem Asphalt. Und dann strömen sie auf dich ein. Die Erinnerungen. Dieselben Erinnerungen. Eis am Stiel. Die Wachstuchdecke auf dem Küchentisch. Die Zöpfchen von Randi, die in der Schule vor dir saß. Die Choruniform. Das Muster auf dem Milchkarton. Papas Ohren. Seine Haare mit der leichten Welle. Die Windeln deines kleinen Bruders, die mit dem Plastikrand. Und du selbst. Du siehst dich selbst an einem heißen Sommertag. Du trägst ein kurzes blaues Kleid und Sandalen. Du bist unterwegs zum

Kiosk, um Wassereis zu kaufen. Oder du trägst Mütze und Handschuhe. Die deine Tante dir zu Weihnachten geschenkt hat. Rot mit gelber und schwarzer Kante, weißt du noch. Es ist kalt. Der Schnee knirscht unter den Winterstiefeln wie Paniermehl. Du bist unterwegs zur Schlittschuhbahn, du spürst das Gewicht der Schlittschuhe über deiner Schulter, sie schlagen bei jedem Schritt gegen deinen Rücken. Du hast rote Wangen und Reif in den Augenwinkeln. Du siehst es deutlich. Aber halt! Wie ist das möglich? Wie kannst du deine eigenen roten Wangen und deine eigenen Wimpern voller Schneeflocken sehen? Und deine Mama. Du erinnerst dich doch an deine Mama, als sie klein war, nicht wahr? Du hast von ihr als Kind ebenso echte und lebendige Bilder wie von dir selbst. Mach einfach die Augen zu und versuche es. Du siehst sie mit Stiefeln aus Fischhaut und Lebensmittelkarten in der Hand. Eimer mit Suppe aus Schweden, Büroklammern an der Jacke, rote Zipfelmütze. Rot? Ja, du weißt, dass sie rot war, aber die Bilder in deinem Kopf sind grau. Schwarzweiß. Wie das Bild von deiner Mama, als sie als kleines Mädchen zum ersten Mal beim Fotografen war. Nicht mit roter Zipfelmütze allerdings. Die ist offenbar später dazugekommen. Aber sonst ist alles so wie auf dem Bild. Dem Bild, das draußen im Flur hängt oder vielleicht auf dem Klavier steht.

Aber es gibt einige Seiten, die du lieber nicht sehen willst. Die Erinnerung ist wie ein Märchenbuch, das du als Kind hattest. Von einigen Seiten weißt du, dass sie da sind, aber du blätterst trotzdem schnell weiter. Wie an der Seite mit dem bösen Troll. Dem Troll, der aus dem Buch kommen und dich verschlingen könnte, wenn er dich entdeckte. Es machte dir Angst, das Buch auch nur zu berühren, aber nach und nach wurdest du mutiger. Schließlich konntest du in dem Buch blättern, aber diese Seite schlugst du um, ohne sie anzusehen.

Die Erinnerung ist wie ein Buch, dessen ganzen Inhalt wir nicht kennen. Dick wie eine Familienbibel, ein Riesenbuch mit hauchdünnen Blättern, Goldschnitt und dickem Ledereinband. Ein Buch mit rätselhaftem, mystischem Inhalt. Es gibt Seiten in dem Buch, von deren Existenz wir nicht die leiseste Ahnung haben. Sie sind noch nie geöffnet worden, nie gelesen, seit sie geschrieben wurden. Vielleicht ist das, was auf dieser Seite steht, vor langer Zeit passiert. Vielleicht war es auch gestern. Möglicherweise stehen dort gefährliche Dinge. Oder vielleicht auch Belanglosigkeiten. Dinge, die nichts bedeuten, weshalb niemand diese Seite aufschlägt. Aber sie ist da. Alle Seiten sind da und sind ein Teil unseres Lebens.

Wir erinnern uns an dieselben Dinge. Wieder und wieder. Und je häufiger wir an sie denken, umso leichter öffnet das Buch sich beim nächsten Mal an derselben Stelle. Aber die Seiten, die du nie öffnest, nie und nimmer, sind ebenfalls vorhanden. Auch, wenn du sie vielleicht vergessen hast.

Tamara wollte nach der Schule mit Sara nach Hause gehen. Die letzten drei Stunden fielen aus, da die Lehrerin krank geworden war. Sara schloss die Tür auf und ging als Erste hinein. Es war still in der Wohnung. Hallo, rief Sara trotzdem. Sara und Tamara standen in der Küche, als sie aus dem Schlafzimmer etwas hörten. Etwas, das hin und herschlug. Sara sieht Tamara an. Tamara kommt näher, und die beiden Mädchen öffnen die Tür. Als Erstes bemerkt Tamara den Geruch. Einen Geruch, den sie noch nie wahrgenommen hat. Schweißnasse, warme Körper und noch etwas anderes, etwas Unbekanntes. Dann hört sie die

Geräusche. Sie kommen tief aus der Kehle, ein Knurren. Leises Stöhnen. Feuchtes Klatschen. Tamara sieht die Körper. Nackte Körper. Der obere Körper bewegt sich rhythmisch, sie sieht, wie die Muskeln sich anspannen und erschlaffen. Das Pochen wird lauter. Und jetzt sieht sie, woher es kommt; der Wecker ist umgefallen und wird gegen die Wand geworfen, hin und her. Tamara sieht Saras Mama. Die Brüste zerfließen. Dünne Brustwarzen sehen Tamara an. Und der Mund von Saras Mama. Ihr Mund ist halb offen. Die weißen spitzen Zähne, die rote Zunge. Und obwohl Tamara ihn von hinten sieht, erkennt sie ihn sofort. Sie erkennt seinen Rücken, und sie erkennt den weißen Hintern mit dem großen Muttermal. Tamara hat dieses Muttermal schon einmal gesehen. Vor zwei Jahren hat sie einfach die Badezimmertür geöffnet. Und sie vorsichtig wieder geschlossen. Papa hatte sie nicht einmal bemerkt. Und jetzt bemerkt er sie auch nicht.

Sara und Tamara sagen nichts. Nicht ein Wort. Sie gehen. Sie gehen durch die Wohnstraßen, den Weg zum Kiosk am Waldrand entlang. Dann gehen sie in den Wald. Sie setzen sich auf einen Baumstamm. Hinter ihnen liegt die Hütte, die die großen Jungs aus der siebten Klasse gebaut haben. Auf dem Boden liegt ein Hammer. Daneben eine Schachtel mit Nägeln und eine Zange. Noch immer hat keine ein Wort gesagt. Sie haben keinen Blick gewechselt. Vor den Baumstämmen häuft sich verwelktes Laub. Braun und trocken. Tamara hebt die Laubschicht mit einem Fuß an, und darunter sind die Blätter feucht und dunkler. Eine Katze kommt maunzend auf sie zu. Tamara kennt sie. Sie hat sie schon einmal gesehen. Die Katze ist ziemlich klein und dünn, und sie hat schwarzes, leicht zerzaustes Fell, sie ist noch nicht ganz ausgewachsen. Sie scheint niemandem zu gehören. Anfang des Sommers hat Tamara ihr die Leberwurst von ihrem Pausenbrot gegeben. Die Katze schmiegt sich an die Beine der Mädchen. Und die Mädchen bücken sich und streicheln sie. Sie stößt mit dem Kopf gegen ihre Hände und reibt sich an ihren Waden. Steht auf den Hinterbeinen und presst den Kopf in ihre Hände. Miaut tief unten in der Kehle. Ein rolliges Miau. Helles, rasches Miau, gefolgt von tiefem Knurren. Sie reibt und reibt sich an ihnen. An Sara und Tamara. Warmes Fell an nackten Beinen. Der Schwanz ragt auf, zittert ein wenig. Die Afterrosette leuchtet ihnen rosa entgegen. Tamara schiebt die Katze mit einem Bein weg. Vorsichtig. Die Katze springt weg, ist aber sofort wieder da. Mit zitterndem Schwanz und den tiefen Kehllauten. Diesmal tritt Tamara etwas fester zu. Die Katze bleibt ein Stück von ihr entfernt sitzen und putzt sich. Dann legt sie sich auf den Rücken und wälzt sich, und sie miaut. Sara und Tamara sehen einander nicht an, sie haben noch immer nichts gesagt. Die Katze hat sich jetzt aufgesetzt und leckt sich zwischen den Beinen. Jetzt kommt sie wieder auf die Mädchen zu, miaut und sieht sie an.

Tamara weiß gar nicht mehr genau, wer angefangen hatte. Sie weiß nur noch, wie die Katze in ihren Händen zappelte, und wie sie ihre Beine auseinander drückten, als sie sie an die Hüttenwand nagelten. Tamara erinnert sich an Blut und lautes Geschrei. Tamara erinnert sich an ihre Hände mit den Kratzwunden, die gut taten. Es war gut, dass es wehtat. Tamara weiß nicht mehr, wer den Nagel in das rosa Loch geschlagen hat, aber noch immer sieht sie deutlich den Nagel vor sich, der sich hineinbohrt, hört die Hammerschläge. Rhythmische Hammerschläge. Das halb offene Maul der Katze. Die weißen, spitzen Zähne, die rote Zunge.

Später an diesem Tag sah Tamara Saras Mutter im Supermarkt. Saras Mama trug ein türkisblaues Kleid. Sie ist klein und dünn, und sie beugte sich mit zusammengekniffenen Lippen über die Tiefkühltruhe. Sie verglich den Preis des Walsteaks mit dem der Fischstäbchen. Und Papa beim Abendessen. Gib mir mal die Kartoffeln. Na, Frau, wie war dein Tag? Und ihr Kinder, wart ihr heute brav? Tamara? Filip? Was habt ihr für morgen auf? Im Hintergrund hörte Tamara die Hammerschläge, roch den Duft nach Geschlecht, sah den halboffenen Mund, die weißen Zähne. Aber es ist nicht passiert. Es ist nicht möglich. Nicht jetzt. Nicht, wenn Frikadellen, braune Soße und Salzstreuer auf dem Tisch stehen. Und Papa ist nicht so.

Sara und Tamara. Ihre Gesichter im Spiegel. Saras große, dunkle Augen. Tamaras braune Haare, Saras schwarze. Sie sehen sich ähnlich. Wie Schwestern? Tamara sieht beim Abendessen Papas dunkle Haare. Papa? Ja, Tamara? Papa liest die Zeitung. Seine Pantoffeln stehen auf dem Teppich. Seine Augen hinter der Zeitung sind braun. Wolltest du etwas sagen? Nein, Papa, nichts. Sind wir das? Tamara und Sara? Sara und Tamara.

Tamara schrubbt und putzt die Venusmuscheln unter kaltem, fließenden Wasser. Bald wird Sara kommen. Ihre beste Freundin. Ihre Hände werden rot, ihre Fingerkuppen eiskalt, aber das macht nichts. Tamara tut es für Sara. Tamara zerschneidet den Seeteufel in vier Teile. Sara liebt Fische und Schalentiere. Als ersten Gang wird sie russischen Kaviar bekommen. Tamara rührt den Teig an, aus dem sie Blinis backen will: Dotter, Buchweizenmehl, Hefe und Milch.

Einige Stunden später stehen Tamara, Sara und Liss in Tamaras Wohnzimmer. Die drei Frauen stehen mitten auf

Tamaras frisch gebohnertem Parkett mit dem Fischgrätmuster. Tamara wüsste gern, ob sie die Orchideen in den exklusiven Messingkolben sehen, Tamara wüsste gern, ob Sara und Liss sehen, dass die Orchideen genau den gleichen rauchblauen Farbton aufweisen wie das Ölgemälde an der Wand dahinter. Liss braucht sicher eine gewisse Anleitung, entscheidet Tamara. Also erzählt Tamara von den Orchideen und dem Bild, von der Frau im Blumenladen, die sich positiv über Tamaras guten Geschmack geäußert hat. Danach sagt sie: »Eva hat eben angerufen. Sie kommt etwas später. Sie hat noch einen Termin mit den Eltern eines Jungen aus ihrer Klasse.«

»Ja, neulich hat sie doch so ein paar kleine Rowdys erwähnt, die die Stimmung in der Klasse ruinieren«, sagt Sara.

»Oh Gott, ja, das kann ein Problem sein. In Monas Klasse ist …«

»Gestern ist mir Eva übrigens beim Einkaufen über den Weg gelaufen«, fällt Tamara ihr ins Wort. »Sie sah müde aus, fand ich. Bleich und verhärmt im Gesicht.«

»Ja, sie hat meine volle Sympathie. Lehrerin zu sein ist heute wirklich kein Zuckerschlecken«, sagt Sara.

»Sie ist auch nicht der Typ, der sonderlich jung aussieht. Ich meine, für ihr Alter hat sie sich ja nicht gerade gut gehalten«, sagt Sara.

»Nein, stimmt«, sagt Liss. »Das hat sie nicht.«

»Ich finde außerdem, dass sie in letzter Zeit noch mehr zugenommen hat«, sagt Tamara.

»Witzig, dass du das erwähnst. Das habe ich mir auch schon überlegt«, sagt Liss eifrig. »Es ist typisch für Stiere, in reifem Alter noch mal zuzulegen. Und sie isst ja auch immer enorme Mengen.«

»Was sie jetzt wohl wiegt? Sie hat einen ziemlich breiten Hintern«, sagt Tamara, und ohne weitere Hintergedanken streicht sie mit ihren Händen liebevoll über ihre eigene schlanke Hüftpartie.

»Und es macht die Sache ja auch nicht besser, dass sie kein Gespür für Kleidung hat«, bemerkt Sara.

»Habt ihr neulich dieses Oberteil gesehen?«, fragt Liss.

»Ja. Grauenhaft.«

»Habt ihr auch bemerkt, dass ihr die überbackenen Kartoffeln angebrannt waren?«, fragt Tamara.

»Ja«, sagt Sara. »Das war ziemlich deutlich zu schmecken. Aber schlimmer war noch, dass sie ihren Schokoladenpudding als selbst gemacht ausgeben wollte.«

»War er das denn nicht?«, fragt Liss.

»Nein, der war gekauft«, sagt Tamara. »Ich will keine Lügnerin als Freundin. Es ist schrecklich, wenn Freundinnen einander belügen.«

Tamara ist in der Küche. Sara, Liss und Eva warten in Tamaras großem Wohnzimmer mit den echten Perserteppichen. An den Wänden hängt eine Mischung aus moderner Kunst in schmalen Messingrahmen und alten, wertvollen Gemälden in kräftigen, vergoldeten Holzrahmen. Tamaras weiße Sofas mit den luftigen Eiderdaunenkissen, das Feuer im Kamin, der funkelnde Glastisch mit den drei rauchblauen Orchideen, alles sieht genauso einladend aus, wie es soll. Tamaras Zimmer wirken auf eine gemessene, beherrschte Art einladend. Dort, vor dem Kamin, werden Sara, Tamara, Liss und Eva nach dem Essen sitzen. Vor den Flammen, mit Kaffee und einem kleinen Likör (blauer Parfait Amour für Liss und D.O.M. für die drei anderen). Sie werden sich vertraulich und offen unterhalten. Jetzt genießt jede im Wintergarten ein Glas Champagner (Tamara hat ihnen den Unterschied zwischen Champagner und anderen moussierenden Weinen genauestens erklärt). Die doppelten Türen zum Esszimmer stehen sperrangelweit offen, und die Gäste können – hoffentlich – die weiße Damasttischdecke mit den Silberleuchtern und dem alten Meißner Porzellan sehen. Tamara hört, dass sie lachen und reden. Sie hat eben Eva herzlich begrüßt und allen Champagner in Sektkelchen serviert, die angeblich nach dem Modell der Brüste von Marie Antoinette geformt sind und die demzufolge ungefähr so ausgesehen haben müssen wie die von Sara. Vorsichtig hebt Tamara den Eischnee unter den Bliniteig und bäckt vier dicke Pfannkuchen. Sie legt sie auf grüne Glastellerchen, wo sie langsam ein wenig abkühlen sollen, während Tamara Sahne schlägt.

Sie holt sich einen Schneebesen und eine Stahlschüssel, gießt die Sahne hinein und fängt an zu rühren. Der Quirl schlägt gegen die Metallschüssel. Gleichzeitig mit dem Geräusch des Metalls hört Sara die Mädels im Wohnzimmer reden, und durch alles hindurch hört sie Saras Stimme und Saras Lachen. Tamara schlägt gern Sahne, und sie nimmt immer den Schneebesen, auch wenn es damit lange dauert und ihr nachher das Handgelenk wehtut. Tamara sieht gern zu, wie die gelbweiße Flüssigkeit eine Metamorphose durchmacht und so wird, wie sie sie haben will. Und das alles einfach durch Luft. Tamara muss lachen. Sie quirlt mehr und mehr Luft hinein, und am Ende ist die Sahne so, wie sie sein soll, dick, luftig, hell und leicht. Aber wenn sie zu lange geschlagen wird, ändert sie sich abermals und wird zu einer körnigen, fetten Masse. Es gilt, rechtzeitig aufzuhören. Es gilt, nicht zu weit zu gehen. Tamara mischt die Sahne mit Sauerrahm (sie soll die größtmögliche geschmackliche Ähnlichkeit mit russischer Smetana haben), und legt neben jeden Blini einen kleinen Kleks davon. Dann öffnet sie die Kaviardose. Echter russischer Kaviar. Eingekauft an der Place Madeleine in Paris. Fast vierhundert Franc für dreißig Gramm. Kleine, schwarzgraue salzige Eierperlen. Nur das Beste ist gut genug für Tamaras Busenfreundin. Tamara legt eine besonders großzügige Portion auf Saras Teller.

»Köstlicher Champagner, Tamara«, sagt Eva, als Tamara wieder das Wohnzimmer betritt. Eva trägt ein geschmackloses, ein wenig zu kurzes Kleid. Tamara mustert Evas Kleid von oben bis unten, findet aber keinerlei mildernde Umstände.

»Schön, dass er dir schmeckt«, sagt sie. »Tolles Kleid übrigens. Mädels, die Vorspeise ist serviert. Warme Blinis mit Kaviar, geraubt aus dem Unterleib einer Störin im Kaspischen Meer. Gekauft in Paris. Kommt und setzt euch.«

»Uih, echter russischer Kaviar. Mein Lieblingsessen!«, sagt Sara und Tamara lächelt sie an. Sara, meine beste Freundin, denkt Tamara.

»Wunderbar. Tamara, du bist fabelhaft.«

»Danke, Liss. Eva, schmeiß mir mal die Champagnerflasche rüber, ich bin vom Küchendienst sicher total dehydriert.«

Eva. Tamara wüsste ja gern, wer Eva ist. Tamara weiß, dass sie genauso alt ist wie die anderen. Dass sie in Dänemark geboren wurde, und dass sie bis zum Abitur dort gelebt hat. Tamara weiß, dass Eva ein wenig zu viel wiegt. Dass sie neun von zehn Kleidungsstücken bei Hennes oder KappAhl kauft, dass das zehnte aber von Nina Ricci oder von Versace stammt. Sie ist Lehrerin. Sie ist mit Erik verheiratet. Die beiden haben keine Kinder. Aber etwas stimmt nicht mit Eva. Natürlich, Eva ist freundlich und sympathisch. Vielleicht nicht die interessanteste Frau aller Zeiten, aber doch spannender als Liss. Aber Tamara sieht, dass Eva sie beobachtet. Und Eva stellt immer so viele Fragen.

Sie waren so lange zu dritt gewesen. Sara, Tamara und dann Liss. Seit sie elf Jahre gewesen waren. Tamara war überrascht gewesen, als Liss plötzlich gefragt hatte, ob Eva beim Nähkränzchen mitmachen wolle. Denn es ist doch streng genommen das Nähkränzchen von Sara und Tamara. Die beiden haben es schließlich gegründet. Vielleicht hat Liss Eva gefragt, weil sie Evas Mann im Fernsehen gesehen hatte. Erik ist ziemlich bekannt. Fast ein Promi, und für so was hat Liss eine Schwäche. Eva war bei Sara zum Essen eingeladen (sie hatte sich mehr oder weniger selbst eingeladen, das hat Sara später Tamara erzählt). Liss hat gesagt, es stehe in den Sternen, dass Eva perfekt ins Kränzchen passen würde. Ein Fisch, ein Widder, ein Zwilling. Wir brauchen einen Stier, das ist gerade das Sternbild, das in der Reihenfolge fehlt, hatte Liss gesagt, das Gesicht starr vor Ernst. Wasser, Feuer, Luft, Erde. Uns fehlt die Erde, sie wird uns Harmonie geben. Das Nähkränzchen braucht Eva. Tamara wollte schon lachen, ziemlich laut und spöttisch, aber dann fing Liss an, leise zu summen. Und Tamara verstummte. Eva und Tamara wissen nur zu gut, was Liss' Summen zu bedeuten hat.

Alle Mädels, das gesamte Nähkränzchen, sitzen um Tamaras Esstisch. Tamara liebt ihr Esszimmer mit den originellen Deckenornamenten, den finnischen Designermöbeln aus Buche und dem Kronleuchter. So, wie sie auch ihren Lebensgefährten Thomas liebt. Journalistinnen bei mittelgroßen Zeitungen verdienen längst nicht genug, um eine ganze Villa mit finnischen Designermöbeln, Gemälden und Perserteppichen auszustatten. Eine gelbe Villa mit Mansardendach und glasierten niederländischen Dachziegeln. Poeten können sich das auch nicht leisten. Als Tamara mit Håvard verheiratet war, wohnte sie deshalb in einem Reihenhaus. In so einem wie Liss und Pål haben. Eine Straße weiter als die beiden, übrigens. Tamara lächelt ihre Freundinnen an. Alle sitzen um den Buchentisch, essen und fühlen sich wohl. Sie sind jetzt beim zweiten Gang. Die Venusmuscheln sind perfekt, und Tamara genießt die Harmonie zwischen dem halb geschmolzenen, salzigen Feta und dem süßlichen Dill. Diese Kombination ist genauso gut gelungen, wie sie erwartet hat, und sie hofft, dass zumindest Sara das Geniale an diesem schlichten Gericht erkennt. Die Mädels plaudern über Rezepte, Orgasmen, Urlaubspläne, gute Bücher, amüsante Filme, den Traummann, ihre Männer, ihre Kinder, ihre Arbeit. Sara beugt sich zu Tamara und flüstert ihr ganz leise etwas über Liss ins Ohr. Tamara kann es nicht genau hören, denn Sara hat ein ziemliche großes Muschelstück zwischen den Zähnen, und Tamara muss einfach immer wieder hinsehen. Es hängt da wie ein feuchter Lappen und verdeckt fast einen ganzen Schneidezahn. Tamara sagt nichts. Sie betrachtet nur. Sara redet und lächelt weiter, und die ganze Zeit sieht Tamara diese gelbbraune, speichelnasse Haut über den kühlschrankweißen Zähnen.

»Aber Sara«, sagt plötzlich Liss auf der anderen Seite des Tisches. »Du hast was auf den Zähnen.«

»Wirklich?«

»Ja, so was Ekliges, Bräunliches.«

»Huch, das scheint ein Rest Muschel zu sein«, sagt Sara und lässt ihren Blick von dem hellbraunen kleinen Fetzen, der jetzt auf ihrem Zeigefinger liegt, zu Tamara hoch wandern. Aber Tamara blickt Sara voll in die Augen. In die dunklen, hilflosen Augen. Tamara hat wohl keinen Grund, sich zu schämen. Sara liebt doch Schalentiere. Aber vielleicht erinnert dieser Rest hier Sara an den Tag, an dem Tamara sie in der engen, weißen Hose mit dem langsam anwachsenden Menstruationsfleck herumlaufen ließ. Einen ganzen Vormittag hat Tamara geschwiegen, sie hat nur zugesehen, wie sich der rote Fleck langsam um Saras Schritt herum ausbreitete. Das war übrigens an dem Tag, an dem Tamara mit Lars Schluss gemacht hat.

»Habt ihr eigentlich schon den neuen Buchhändler gesehen«, fragt Liss. »Den im Buchladen hier im Einkaufszentrum.«

»Ist das der Nachfolger von dem Fettwanst mit den Affenarmen?«, fragt Eva.

»Ja, so ein ziemlich Schnuckeliger«, sagt Liss und leckt sich die Lippen.

»Mmm, gar nicht schlecht«, Tamara nickt.

»Hast du ihn auch gesehen. Sara?«, fragt Eva.

»Ja«, sagt Sara. »Wenn du den mit den langen Locken meinst.«

»Ja«, sagt Liss. »Den meine ich. Ist der etwa nicht schnuckelig?«

»Nein, Liss«, sagt Sara. »Das ist er nicht. Findest du den wirklich attraktiv, Tamara?«

»Ja, der ist schnuckelig«, sagt Tamara. »Und sehr nett und hilfsbereit. Er hat für mich etwas im Internet nachgesehen und ein Buch bestellt, das ich gern lesen möchte. Er macht einen belesenen und gebildeten Eindruck. Absolut charmant.«

»Schnuckelig? Charmant? Gebildet? Ich begreife nicht,

wie du so was sagen kannst, Tamara«, sagt Sara unbeeindruckt. »Der Mann sieht doch aus wie Ludwig XIV.«

»Jetzt hör doch auf, Sara«, sagt Tamara.

»Tut er aber«, beharrt Sara. »Lange dünne Beine in Leggins ...«

»Du!«

»Na gut, keine Leggins, aber jedenfalls enge Hosen. Und dann hat er einen Schmerbauch, ein Hohlkreuz und diese wilden Locken, die noch dazu oben dünn werden, sodass das Kompensationsverhalten deutlich zu Tage kommt. Und Cowboystiefel!«

»Hat Ludwig XIV. Cowboystiefel getragen?«, fragt Tamara, und Eva und Liss lachen. Aber Sara hört nicht einmal, was Tamara sagt, sie redet einfach weiter.

»Und selbstzufrieden und eingebildet ist er noch dazu. Ab und zu kommst du mir wirklich blind vor, was Männer angeht, Tamara.«

»Prost«, sagt Tamara lachend. »Schon gut. Bestimmt hast du Recht. Er ähnelt Ludwig XIV. wie ein Ei dem anderen. Eva, vielleicht solltest du mit deinem Geschichtskurs mal auf eine kleine Exkursion gehen?«

Alle lachen. Auch Sara. Das Thema wird beendet, und Eva erzählt von einer neuen Diskussionsreihe im Fernsehen, die Erik moderieren soll. Aber Tamara kann nicht richtig zuhören. Der Buchhändler erinnert sie an etwas. Er erinnert Tamara an etwas, woran sie keinesfalls denken darf. Er erinnert sie an die Seiten in der Erinnerung, an denen Tamara ganz schnell vorbeiblättert. Sie weiß, dass es diese Seite gibt, aber sie will nicht, wagt nicht, bringt es nicht über sich, sie anzusehen. Diese Seite passt nicht zum Rest des Buches. Denn dann wäre es nicht das Buch, das Tamara sich wünscht. Der Buchhändler hat Tamara an

Håvard erinnert. Ab und zu kommst du mir wirklich blind vor, Tamara.

Es hat Tamara wehgetan, als mit Håvard Schluss war. Sie waren erst seit drei Jahren und vier Monaten verheiratet gewesen, Emma war knapp zwei Jahre alt. Die Sache mit Håvard hatte schon ziemlich früh angefangen, schiefzugehen. Alles wurde immer nur schwieriger. Es gab Dinge, über die sie nicht sprechen konnten. Und am Ende musste Tamara Håvard sagen, dass sie sich von ihm trennen wollte, Håvard ist daran fast zerbrochen. Er war ein Jahr krankgeschrieben, und Tamara weiß, dass er noch immer keine Neue hat. Tamara hat immerhin Thomas und eine gelbe Villa mit Mansardendach und Fußbodenheizung sogar in der Garage. Und Tamara mag Thomas wirklich gern. Tamara hat Emma und ihre Arbeit. Und Sara. Sara war immer da.

Tamara hat Håvard gern gehabt. Tamara hat Håvard geliebt. Ich liebe Håvard, hat Tamara in ihr Buch geschrieben. In das dicke kleine Buch mit dem schwarzen Samteinband. Ich habe mir nichts sehnlicher gewünscht, als dass mit uns alles gut geht. Kein Mensch hat mir so viel bedeutet wie Håvard. Mit einer Ausnahme. An keinem Menschen habe ich je so sehr gehangen. Mit einer Ausnahme. Dieser einen.

Tamara hat Håvard geliebt. Aber der Verdacht und die vielen bösen Worte. Sie konnten beide nicht mehr. Es ist der letzte Abend mit Håvard. Zwischen ihnen ist schon längst Schluss. Sie streiten sich nicht einmal mehr. Sie können ihre Argumente auswendig. Es gibt nicht mehr zu sagen. Sie haben fast alles eingepackt. Die Hochzeitsgeschenke geteilt. Tamara und Håvard sitzen einander auf Holzstühlen gegenüber. Sie haben Kaffee in einer Thermoskanne und können nichts anderes ansehen als braune Pappkartons und helle viereckige Felder auf der Tapete.

Und einander. Sie sehen einander an. Håvard ist traurig. Tamara ist noch trauriger. Emma schläft oben in ihrem Zimmer in ihrem Gitterbett. Tamara und Håvard sitzen im Erdgeschoss in dem Reihenhaus, das sie gleich nach ihrer Hochzeit gekauft haben. Sie schweigen beide. Er tut Tamara entsetzlich Leid. Sie würde ihn so gern trösten. Und sie tut sich auch selbst entsetzlich Leid. Tamara weiß, was sie vielleicht trösten kann. Am Ende fasst sie einen Entschluss, geht zu ihm und legt ihre Hand auf seine. Die Trauringe, die sie noch nicht abgenommen haben, klirren leise gegeneinander. Ach Liebster, sagt Tamara.

Wie alle Paare haben auch Tamara und Håvard ihre geheime Schatulle. Eine Schatulle voller Wörter und Fantasien. Lächeln und Blicke. Jetzt holt Tamara ein Lächeln und einen Blick aus der Schatulle, die nur ihnen beiden gehört. Ein Lächeln und einen Blick, die Håvard nur auf eine einzige Weise verstehen kann. Und Tamara flüstert ihm etwas ins Ohr. Auch das kann nicht missverstanden werden. Zuerst sitzt er ganz still da, dann fängt auch er an zu lächeln, sieht sie an und lächelt noch mehr, steht auf und geht die Treppe hoch ins Schlafzimmer. Alle Paare haben solche geheimen Schatullen. Manche haben nur mentale Schatullen, aber in der Beziehung von Tamara und Håvard existierte auch eine kleine, abschließbare Metalldose. Und die soll Håvard jetzt holen. Die Dose, die sie als ihre P. E. S. bezeichnen, Håvards und Tamaras Private Erotische Schatulle. Die Dose, über die sie lachen, die ihnen ein wenig peinlich ist, und deren Inhalt im falschen Zusammenhang ungeheuer lächerlich wirkt. Aber die ihnen viele schöne und witzige Momente geschenkt hat. Die Schatulle mit der französischen Krankenschwesterntracht, dem Vibrator und den zwei Videos.

In diese Dose hat Tamara einen Zettel gelegt. Den restlichen Inhalt hat sie weggeworfen. Selbst jetzt bringt Tamara es nicht fertig, klar an das zu denken, was sie auf den Zettel geschrieben hat. Sie weiß es nicht mehr genau. Die Wörter waren zu gemein, zu verletzend. Aber die Botschaft war immerhin klar. Tamara hatte nicht vor, jemals wieder irgendeinen physischen Kontakt zu Håvard zu haben, und er sollte ja nicht glauben, das, was sie miteinander gemacht haben, habe ihr auch nur für einen Moment Freude bereitet. Dass er sich einbilden konnte, Tamara wolle jetzt mit ihm ins Bett gehen, dass er sich an der Nase herumführen ließ und nun mit einem erwartungsvollen Glied zwischen den Beinen und dem Zettel in der Hand dastand und las, war nur ein weiterer Beweis dafür, wie jämmerlich er war. Oder so. Tamara kann sich nicht mehr genau erinnern. Er sah sie nicht an, als er wieder die Treppe herunterkam. Aber Tamara sah seine Augen, seine abgewandten Augen, und manchmal sieht sie sie noch heute.

Tamara war so verzweifelt, so ohnmächtig. Und so wütend. Und auf die, die eigentlich schuld war, konnte sie nicht wütend sein. Und da musste Håvard herhalten. Noch einmal. Wie es schon viel zu oft während ihrer Ehe passiert war.

Sara hat Angst vor Katzen. Seit jenem Tag im Wald hasst Sara Katzen. Tamara weiß, dass Sara eine Sterbensangst vor ihnen hat. Vielleicht hat Sara angefangen? Tamara weiß es nicht mehr genau. Sara und Tamara haben nie richtig über jenen Tag gesprochen. Aber Tamara hat Sara zu verstehen gegeben, dass ohne Zweifel Sara angefangen hat. Dass Sara den Hammer geholt, die Schachtel mit den Nägeln gefunden hat. Und vielleicht war es ja auch so? Tamara weiß es nicht mehr. Das andere, was passiert ist, ist jedenfalls nicht Saras Schuld. Sondern Tamaras. Tamaras Vater hat oben gelegen. Er war aktiv. Er hat sich bewegt. Wiederholte, aggressive Bewegungen. Das hat Tamara gesehen. Saras Mutter war still. Saras Mutter war unter Papas großem Körper fast versteckt. Sie lag einfach nur da, oder etwa nicht? Saras Mutter hat nichts verbrochen. Und Sara auch nicht. Sara ist ohne Schuld. Sara ist zart und schmächtig. Sara braucht Tamara. Es tut gut, gebraucht zu werden.

Tamara informierte Sara über die Gerüchte, die über Saras Mutter im Umlauf waren. Tamara hielt es für richtig so. Die Mutter sei ein Flittchen, so hieß es. Das hatte Tamara von mehreren Seiten gehört. Sara kannte dieses Wort nicht, und deshalb musste Tamara es ihr erklären. Das bedeutet, dass deine Mutter eine Frau ist, die mit vielen Männern schläft, musste Tamara am Ende sagen. Obwohl sie Sara wirklich nur äußerst ungern solche Dinge über Saras Mutter erzählte. Tamara konnte sich leider nicht daran erinnern, wer das über Saras Mutter gesagt hatte. Vielleicht war es diese sommersprossige Verkäuferin aus dem Supermarkt, oder vielleicht hatte Tamara es von einem von Filips Kumpeln gehört, Tamara wusste es nicht mehr so genau. Sara sah sie aus ihren großen dunklen Augen an, und Tamara streichelte ihr die Hand.

Sara ist schön. Tamara will Sara sein. Ein Engel. Weiß und ohne Schuld. Nicht so wie er. Nicht so wie Papa. Tamara will nicht so werden wie ihr Vater.

Am Donnerstag wird Tamara Jakob wiedersehen. Dann wird sie Sara, und Jakob gehört ihr. Er wird eine Suite im Grandhotel mieten. Tamara und Jakob werden Champagner trinken, aus Gläsern, die Ähnlichkeit mit Saras spitzen kleinen Brüsten haben. Vielleicht wird Tamara ihn auch bitten, russischen Kaviar zu bestellen, obwohl sie ja eigentlich findet, dass der nur nach Salz schmeckt. Teuer ist er jedenfalls. Am Donnerstag wird Tamara sich einölen und ihren Körper polieren. Tamara wird glatt und weich wie Sara sein. Sie will Sara sein. Hilflos, rein und ganz ohne Schuld. Jakob wird dieselben Dinge in Tamaras Ohr flüstern wie sonst in Saras. Tamara wird Saras und Jakobs geheime Schatulle aufschließen und auf diese Weise zu Sara werden. Weiß und rein und ohne Schuld. Eine, der alle helfen müssen.

Jakob ist kein guter Liebhaber. Aber er ist Saras Mann.

Kapitel 7

Nähkränzchen bei Liss, Dienstag, 19. Dezember

MENÜ
Tomatensuppe mit Krabben
Rentiersteak mit Waldorfsalat und blauen Kartoffeln
Zitronenpudding

Es regnet, und im Radio kommen ununterbrochen Weihnachtslieder. Liss hat ihre Tage. Ihr Kreuz tut weh. Aber die luftige, hellgelbe Mischung, die Liss gerade mit einem Teigschaber aus der Mixschüssel in eine andere Schüssel füllt, erinnert an Bettwäsche. An hellgelbe Seidenbettwäsche in einem Himmelbett mit gedrechselten Pfosten aus Mahagoni. Das Himmelbett steht im ersten Stock eines Weinchâteaus in der Normandie. Liss legt sich ins Bett, ihr Rücken ist nach der langen, anstrengenden Reise mit Pferd und Wagen ein wenig mitgenommen. Willkommen, Mademoiselle Liss, bienvenue, hatte er gesagt und ihr kräftig die Hand gedrückt. Sie ist auf dieses Schloss gekommen, um als Gouvernante zu arbeiten. Ihre eigene Familie ist arm, aber edel, und ihre Eltern sind vor kurzer Zeit unter tragischen Umständen ums Leben gekommen. Ihr Arbeitgeber, der Schlossherr, ist ein junger, dunkelhaariger Baron. Verschlossen und bitter. Witwer. Nein, das nicht, er ist außer sich vor Kummer, da seine Frau ihn und die beiden Kinder im Stich gelassen hat und mit ihrem Liebhaber durchgebrannt ist. Die beiden kleinen Töchter, durch Vernachlässigung und mangelnde Fürsorge abgemagert, brauchen dringend Liebe und Lektionen, und beides will Liss ihnen geben. Wenn da nur nicht die böse Haushälterin wäre. Liss misst die Sahne ab (seht her, Kinder, trinkt jetzt diese frisch geseihte Milch, das wird euch gut tun) und schlägt sie steif. Es kommt so weit, dass die Haushälterin, vor Eifersucht dem Irrsinn nahe, Liss in einen Abgrund stoßen will. Und dann noch die Gelatine. Glücklicherweise kommt in diesem Moment der Baron des Weges geritten. Und wundersamerweise, in dem Augenblick, in dem der Zitronenpudding fertig ist und in den Kühlschrank gestellt werden kann, ist Mademoiselle Liss glücklich mit dem Schlossherrn verheiratet, die böse Haushälterin ist als Betrügerin entlarvt, und die Töchter sind wieder ausgeglichen, gut genährt und glücklich.

Als das Nähkränzchen sich zuletzt bei Eva getroffen hat, hat Tamara sie als Maggi-Königin bezeichnet. Das war natürlich ein Witz, und alle haben gelacht. Auch Eva. Aber Liss will kein Risiko eingehen. Sie wäre ja auch gern Königin, aber keine soll ihr nachsagen können, sie serviere Fertigprodukte. Deshalb hat Liss den Zitronenpudding ganz und gar eigenhändig zubereitet, und deshalb übergießt sie jetzt die Tomaten mit kochendem Wasser. Sie teilt sie in kleinere Stücke und entfernt die Kerne, ehe sie Fruchtfleisch, Zwiebelringe, Speckstücke und Bouillon in einen Kessel gibt. Als Vorspeise soll es Tomatensuppe mit Krabben geben. Die Heldin des Buches, das Liss gerade liest (*Heiße Nächte in den Tropen*) hat vor zwei Kapiteln so ein

Gericht zu Abend gegessen, liebevoll zubereitet von ihrem breitschultrigen, im Kochen bewanderten Offizier. Saftige, jungfräulich rosa Krabben in tiefroter Tomatensuppe, der ein lebhafter und exotisch würziger Duft entschwebt und eine weitere heiße Nacht für Offizier und Romanheldin verheißt. Genau das Richtige für das Nähkränzchen, dachte Liss, als sie diese Szene las. Aber das einzige Rezept für Tomatensuppe, das sie finden konnte, enthielt keine anderen Gewürze als Salz und Pfeffer, und auch keine Krabben. Liss hat keine Ahnung, welche Zutaten einer Suppe einen exotischen Anstrich geben, und ihr fehlt auch der Mut, von einem Rezept abzuweichen. Deshalb nimmt sie nur Salz und Pfeffer, aber sie hat immerhin doch den Mut, einige Krabben in die Suppe zu geben. Und Liss ist davon überzeugt, dass die Suppe sehr gut geraten wird, auch wenn sie vielleicht nicht ganz so exotisch und verwegen schmecken wird wie die der Tropenheldin. Liss lässt die Suppe vor sich hinköcheln, wie es im Rezept steht, und geht zu dem großen Spiegel in der Diele. In der obersten Kommodenschublade liegt der Eyeliner, und nach einigen Strichen schauen sie aus dem Spiegel zwei dunkle, schräg stehende und zusammengekniffene Augen an. Liss bleibt stehen und sieht zu, wie ihre blonden Haare sich langsam verändern und dichter und dunkler werden. Ihr rundes Gesicht wird schmaler. Sie genießt das Gefühl des goldgelben Samtes, der sich über ihren wachsenden Brüsten spannt, und sie spürt, wie ihre Ohren sich aufrichten.

Jetzt ist sie die Berühmte Leopardenfrau. Die Berühmte Leopardenfrau verfügt selbstverständlich über eine reichhaltige Garderobe, ihr Lieblingsgewand indes ist ein eng sitzender, gefleckter Samtanzug mit langem Schwanz. Der Anzug ist aus elastischem goldgelben Spiegelsamt und hat schwarze Flecken. Dazu trägt die Leopardenfrau normalerweise eine schwarze Samthaube mit Ohren und hohe, schwarze Stiefel aus weichem Handschuhleder. Das alles hat die Leopardenfrau bei einem berühmten Pariser Couturier schneidern lassen. Wenn die Leopardenfrau ihren weichen Samtschwanz in den schlanken Händen mit den langen, ovalen, lackierten Nägeln hält und mit der Quaste über ihr Gesicht streicht, verliert mehr als ein Mann vor Begierde fast den Verstand. Grafen aus aller Herren Länder, ein oder zwei Herzöge und ein gutes Dutzend Millionäre. Und Feuerwehrmänner. Ein ganzes Bataillon von todesmutigen Feuerwehrmännern.

Es klingelt an der Tür. Im Bruchteil einer Sekunde ist die Berühmte Leopardenfrau verschwunden, und Liss öffnet die Tür. Draußen steht Eva.

»Hallo, ich war mit dem Korrigieren ein bisschen früher fertig als erwartet. Die Prüfungen vor Weihnachten, weißt du. Kann ich reinkommen?«

»Ja, natürlich. Ist doch nett! Komm rein. Aber ich bin noch nicht ganz so weit.«

Sie gehen in die Küche. Liss schaltet das Radio aus. Kann Eva vielleicht irgendwie behilflich sein? Liss schüttelt den Kopf. Eva setzt sich. Liss merkt, dass sie sich darüber freut, dass gerade Eva gekommen ist. Sie mag Eva. Eva hat so schöne Lachgrübchen. Liss ist dankbar dafür, dass Eva jetzt zum Nähkränzchen gehört. Warum wollte sie Eva so gern dabei haben? Liss ist zu dem Schluss gekommen, dass es, anfangs zumindest, wohl weniger Eva war, auf die es ankam, sondern, dass Liss etwas durchsetzen wollte, was den beiden anderen eigentlich nicht recht war. Und ohne rot zu werden könnte Liss zugeben, dass sie es auch toll findet, eine Kränzchenschwester zu haben, die mit einem Promi verheiratet ist, einem Fernsehstar. Ein Dreierklub war außerdem zu klein. Und so lange nur sie und Sara und Tamara dabei waren, konnte sich auch nie etwas ändern. Sara und Tamara schaffen es einfach nicht, Liss so zu sehen, wie sie ist. Das Kind, das sie war, wirft seinen Schatten über die Frau, die sie ist. Der Klang dieses Ausdrucks, »*wirft seinen Schatten über die Frau, die sie ist*«, spricht Liss so stark an, dass sie ihn in Gedanken noch einmal wiederholt. Und er trifft ja auch zu. Sara und Tamara sehen sie nicht, und vor Evas Zeit hatte Liss nach dem Nähkränzchen oft das Zwei-gegen-eine-Gefühl aus ihrer Kindheit. Obwohl sie Sara und Tamara sehr, sehr gern hat, und obwohl die beiden mit ihr befreundet sind, seit sie elf Jahre alt waren, freut sie sich darüber, dass jetzt auch Eva zum Nähkränzchen gehört. Eva wird Liss helfen und Sara und Tamara dazu bringen, Liss zu sehen. Eva sieht sie. Denn Eva ist Miss Liss Piss nie begegnet. Liss lächelt Eva an.

»Na, wie sieht's in der Schule aus?«

»Ach, das geht gut«, antwortet Eva. »Viel zu tun, aber das gefällt mir. Und bald sind ja Weihnachtsferien. Und du fühlst dich zu Hause wohl?«

»Ja, und wie.«

»Du. Ich wollte dich etwas fragen. Wo du sie doch besser kennst als ich.«

»Ja?«

»Stimmt irgendwas nicht mit Sara, oder was ist los? Sie kommt mir so nervös vor. Und noch viel dünner«, sagt Eva.

»Sara war immer schon ein nervöser Typ, ein echter Zwilling«, antwortet Liss. »Natürlich erfolgreich und scheinbar selbstsicher, aber eigentlich ziemlich nervös. Fragil, heißt das nicht so?«

»Sie war also immer schon so?«

»Ja, würde ich schon sagen. Sara ist abhängig von zwei Dingen: von Beruhigungstabletten und von Tamara. Sie kommt ohne ziemlich hohe Dosen von beidem nicht zurecht. Zwillinge sind stark und unsicher zugleich, weißt du.«

»Hmmm«, sagt Eva. »Und was ist mit dir?«

»Ach, ich. Ich bin Fisch und stark wie ein Stier. Stier! Ja, du bist ja Stier. Du und ich, wir passen hervorragend zusammen.«

»Ach ja«, sagt Eva und lächelt.

»Hast du einen neuen Rock«, fragt Liss.

»Nein«, antwortet Eva. »Den hatte ich nur lange nicht mehr an.«

»Der ist schön. Tamara ist eigentlich zu alt für diese engen Röcke. Findest du nicht?«, fragt Liss. »Obwohl sie wirklich eine ganz tolle Figur hat.«

»Ja, vielleicht«, sagt Eva ein wenig zögernd. »Doch, die sind oft reichlich eng. Ich freue mich so auf Kopenhagen.«

»Ja, da kennst du dich sicher gut aus?«

»Ja, ich bin am Stadtrand aufgewachsen. Im Norden der Stadt. Meine Mutter wohnt immer noch da. Ach, meine Mutter fehlt mir sehr. Aber zu Weihnachten kommt sie her. Und ich werde sie besuchen, wenn wir dort sind«, sagt Eva. »Das wird eine wunderbare Reise. Ich freue mich.«

Liss hat Angst im Dunkeln. Sie liegt im Bett und hat Angst. Sie versucht, laut zu summen, aber das hilft nur für einen Moment. Etwas ist in ihrem Zimmer. Etwas kriecht herum, robbt und windet sich vorwärts, ab und zu wird es auch schneller. Es ist zottig, bedeckt mit fettigem Rattenfell, das sich in der Mitte des Rückens teilt wie ein Scheitel. Nein, du darfst nicht bei Licht schlafen, Liss. Du hast keinen Grund, dich zu fürchten. Gute Nacht! Jetzt gehe ich. Liss weint in Teddys Fell. Etwas Dunkles füllt die Türöffnung. Das ist Mama. Vielleicht wird sie es doch erlauben? Ab und zu knipst Mama das Licht wieder an, lächelt und sagt, schon gut, mein Kind. Mama in der Tür. Liss hört, dass etwas über den Boden kriecht, etwas atmet schwer, und Liss weint laut. Liss schaut zu Mama in der Türöffnung hinüber. Mama, mach Licht, dann geht es weg. Es will mir was tun. Mama gibt keine Antwort. Mama? Wenn du jetzt nicht mit diesem Unfug aufhörst, wenn ich noch einen einzigen Mucks von dir höre, dann habe ich dich nicht mehr lieb. Dann bist du nicht mehr mein Kind, Liss. Dann gehe ich einfach weg, Liss. Die Tür wird geschlossen. Liss hört Mamas Absätze über den Flur klappern. Sie hört die Mutter die Wohnzimmertür aufreißen. Niemand kann hören, wenn Liss um Hilfe ruft. Das Scharren auf dem Boden wird lauter, und Liss spürt gleich neben ihrem Gesicht einen heißen Atem.

Liss hatte mehr Kleider und ein größeres Haus als alle anderen in der Klasse. Liss' Vater war Kapitän auf einem großen Schiff. Liss sah es deutlich vor sich. Das große weiße Schiff und der Vater in Uniform, er späht über den endlosen Ozean und sehnt sich dabei nach Liss, seiner geliebten Tochter. Goldknöpfe und Goldstreifen seiner Uniform funkeln, und seine Augen sind so blau wie das Meer. Liss' Vater war nur selten zu Hause, und Liss freute sich immer sehr, wenn er auf Urlaub kam. Nicht nur, dass er dann schöne Dinge mitbrachte (sogar Tamara und Sara mussten das seidene Kopftuch bewundern, das Papa in China gekauft hatte, und die Puppe aus Amerika). Aber die Mutter war immer so lieb, wenn der Vater zu Hause war. Meine liebe, liebe Tochter, sagte Mama und drückte Liss an sich. Sie hielt sie dann ein wenig von sich weg, lächelte mit ihren glänzenden Lippen, zog sie wieder an ihre Brust und erzählte dem Vater, dass Liss ihr einziger Trost sei, wenn er auf See war. Wir helfen einander. Wir unterstützen einander, erzählte Mama. Papa streichelte Liss den Kopf und sagte, das höre er gern. Und die Wochen mit Papa dauerten gerade so lange, dass Liss jedes Mal dachte: Jetzt wird alles anders. Jetzt wird alles gut. Aber dann fuhr der Vater wieder fort. Wenn du nicht aufhörst, ins Bett zu pissen, du großes Mädchen, dann musst du eben ins Kinderheim. Dann hat Mama dich nicht mehr lieb.

Alle bewunderten Liss' Mutter. Sie war so hübsch und so tüchtig. Ihr Mann war so oft unterwegs, dass sie im Grunde allein die Verantwortung für die Tochter trug. Dazu hatte sie ihren Beruf. Aber sie war trotzdem eine tüchtige Mutter und Hausfrau. Selbst gemachte Marmelade und ein strahlend sauberes Haus. Sieben Sorten Weihnachtsplätzchen. Knuspriger Sonntagsbraten. Und höflich war sie. Und immer so gepflegt. Wirklich bewundernswert. Eine Frau, die alles schafft.

›*You may not control the external environment as much as you would like, but you are in control of the internal one.*‹ Siebenundzwanzig Jahre und eine Woche alt war sie gewesen, und das Leben war inzwischen besser geworden, viel besser. Später in der Woche, in der Liss mit diesen beiden englischen Sätzen im Kopf aufgewacht war, hatte sie beschlossen, jeglichen Kontakt zu ihrer Mutter abzubrechen. Die Mutter wohnt noch immer in dem großen Haus, in dem Liss aufgewachsen ist, und ab und zu fahren Liss und Pål vorbei und werfen einen Blick auf Haus und Garten. Liss legt ihre Hand auf die von Pål, die auf der Gangschaltung ruht. Er drosselt das Tempo, sie schaut in den großen Garten, dann fahren sie weiter. Sie hat seit mehreren Jahren nicht mit ihrer Mutter gesprochen.

Liss hat Angst. Sie will nicht nach Kopenhagen fahren. Sie hat Angst im Dunkeln und schläft nicht gern an fremden Orten. Jedenfalls nicht ohne Pål. Aber das ist noch nicht alles. Und das Problem ist nicht das Geld, denn sie hat mit Pål gesprochen, und er meint, dass sie sich das schon leisten können. Liss hat Angst, aber sie begreift nicht, wovor. Eine Reise nach Kopenhagen mit ihren allerbesten Freundinnen. Das ist doch kein Grund, sich zu fürchten.

Inzwischen ist es sieben Uhr vorbei, und wieder geht die Türklingel. Eva macht auf und kommt mit Sara zurück. Beide setzen sich an den Küchentisch.

»Eigentlich ist deine Küche total gemütlich«, sagt Sara zu Liss. »Und ziemlich geräumig für ein Reihenhaus.«

Liss fühlt sich leicht und froh, sie schaut sich um, ja, eigentlich wirklich gemütlich. Eigentlich ist ihre Küche hell und schön. Ziemlich neue weiße Kücheneinrichtung, Korkboden mit Flickenteppichen, blaue Wände und geblümte Vorhänge. Auf der Fensterbank stehen von Mads und Mona gebastelte Weihnachtswichtel. Liss setzt Kartoffelwasser auf und schaut nach dem Braten. Sie nimmt den Topf mit der Tomatensuppe und die Schale mit den Krabben aus dem Kühlschrank. Sara hat eine Flasche Wein geöffnet, und die Mädels gestikulieren und lachen. Eva, Sara und Tamara sitzen um den Küchentisch mit Wachstuchdecke. Tamara braucht immer soviel Platz. Sie redet am lautesten und lacht am meisten. Liss trinkt ihr Glas aus und bittet um mehr. Ihr Kreuz tut weh, und sie merkt, dass sie eine neue Binde braucht. Während sie ihr Glas hinhält und zuhört, wie Tamara von einem stümperhaften Innenarchitekten erzählt, mit dem sie und Thomas zu tun hatten, schaut Liss sich um. Die Küche kommt ihr klein und dunkel vor. Sie sieht, dass die Küche unordentlich und schmuddelig ist, der Küchentisch fleckig, in der Lampe über dem Tisch, an dem sie sitzen, fehlt eine Birne. An der Wand, gleich hinter Tamara, hängt der Adventskalender. Alle Türchen sind geöffnet. Sie waren so schlecht zugeklebt, hat Mads erklärt. Liss trinkt aus, dann rührt sie in der Tomatensuppe, die sie zum Erwärmen auf den Herd gesetzt hat. Ihre Bewegungen kommen ihr schwerfällig und unbeholfen vor. Sie muss quer durch die Küche gehen, um die Krabben zu holen, und sie weiß, dass sie aussieht wie ein Trampel.

Aber eigentlich ist sie gar nicht hier in der Küche. Eigentlich liegt sie auf einem niedrigen Bett. An diesem Abend ist sie die Auserwählte. Wieder einmal. Sie ist die Lieblingsfrau des Sultans. Jetzt wird sie in Eselsmilch gebadet, dann massiert und mit duftenden Ölen eingerieben. In ihre goldenen Haare werden Perlen und Edelsteine geflochten, blonde Haare sind selten und werden deshalb hier im Harem sehr bewundert. Sie richtet ihren Oberkörper auf, streckt die Hand aus und betätigt eine kleine goldene Glocke mit einem Schlegel aus Rubin. Sofort kommen ihre beiden persönlichen Sklavinnen angeeilt. Die eine ist dunkler als die andere. Sie senken ihre Köpfe und fragen demütig, womit sie zu Diensten sein können.

»Tamara, kannst du mir bitte die Pfefferdose geben? Die steht da hinten auf dem Tisch«, sagt Liss. »Und Sara, streckst du mal die Hand nach dem Salz aus: Danke. O je, ist wohl ein wenig chaotisch hier.«

»Ach was. Eigentlich ist es so wie immer, hätte ich fast gesagt«, sagt Tamara und lächelt.

»Wir hatten gestern Kindergeburtstag«, führt Liss zu

ihrer Entschuldigung an. »Zwölf Mädchen im ärgsten Kicheralter. Und das mitten im Weihnachtsstress.«

»Und ist alles gut gegangen?«, fragt Eva.

»Ja, klar«, sagt Liss. »Aber ich muss schon sagen, ich war ungeheuer froh, als die Gäste endlich gegangen sind. Nach drei Stunden mit dauerndem Geschrei, Geheule und platzenden Ballons reicht es einem.«

»Apropos platzende Ballons«, sagt Tamara. »Ich hab was erfunden.«

Sara, Eva und Liss drehen sich zu Tamara hin. »Echt?«

»Heute Nacht. Da lag ich wach und dachte über diese Vergewaltigung nach, über die letzte Woche in der Zeitung berichtet worden ist.«

»Mm, ja, das war schrecklich«, sagt Liss.

»Ja, und dann habe ich mich gefragt, wie wir Frauen uns vor Männern schützen können.«

»Ich habe Tränengasspray in der Handtasche«, sagt Eva.

»Das hilft doch nichts«, sagt Tamara.

»Echt nicht«, fragt Liss. »Und was ist mit einem Selbstverteidigungskurs?«

»Ja, schon, aber meine Erfindung ist noch viel besser. Stellt euch einen Gummipfropfen vor. Und oben auf diesen Pfropfen sitzt eine Art Rasierklinge, das heißt, sie ist nicht an den Seiten scharf, sondern nur vorn. Aber da ist sie dafür so scharf, wie das überhaupt nur möglich ist.«

»Du liebe Güte, Tamara!«, sagt Liss.

»Und dieser Schutzpfropfen wird komplett mit Einführhülse und allem verkauft. Die Frau sagt Nein, sie heult, versucht wegzulaufen, schreit. Niemand hört sie. Der Mann zwingt sie zu Boden, reißt ihr die Kleider vom Leib, öffnet seine Hose und dringt mit Gewalt in sie ein. Und wird der Länge nach aufgeschlitzt.«

»Gütiger Himmel«, sagt Eva. »Grauenhaft.«

»Tamara, du bist doch nicht ganz bei Verstand«, sagt Liss und wüsste gern, was neuerdings in Tamara gefahren ist.

»Gute Idee. Wenn auch vielleicht ein wenig männerfeindlich«, sagt Sara.

»Aber glaubt ihr, ich könnte das patentieren lassen?«

»Aber klar doch. Da wirst du bestimmt Millionärin«, sagt Eva und fügt dann in einem übertriebenen, deutlich scherzhaften Tonfall hinzu: »Hast du im Moment irgendwelche Probleme an der Männerfront oder was?«

»Nein«, sagt Tamara.

»Ein bisschen Probleme damit, sie dauerhaft zu halten, hast du ja eigentlich immer schon gehabt«, sagt Sara. Ebenfalls munter und scherzhaft.

»Ja«, sagt Tamara.

»Und kein besonders ausgeprägtes Urteilsvermögen gerade in dieser Hinsicht, vielleicht?«, fügt Sara hinzu.

Schweigen breitet sich in Liss' Küche aus. Liss merkt, dass sie wieder Angst hat. Etwas stimmt nicht im Nähkränzchen. Da ist diese Unruhe. Eva hat vorhin gefragt, was eigentlich mit Sara los ist. Und Sara wirkt vielleicht nervöser als sonst? Wenn auch nicht in diesem Moment. Jetzt sieht sie ganz ruhig aus. Und Tamara hat so aggressiv gewirkt, als sie von ihrer Erfindung erzählt hat. Ein Scherz, natürlich. Aber etwas passiert hier. Es ist ganz still, bis Eva sagt:

»Mädels, heut hab ich im Bus einen Witz gehört. Es ging um unser Thema. Männer.«

»Erzähl«, bittet Liss erleichtert.

»Männer sind wie Hundebabys. Wenn man mit ihnen spricht, sehen sie aus, als ob sie alles verstehen könnten«, sagt Eva und reißt ihre großen braunen Augen auf.

Alle lachen. Liss denkt: Gut, dass wir Eva haben, und sagt:

»Gut beobachtet. Ich sehe Pål vor mir, wenn ich versuche, mit ihm über Sternbildkonstellationen oder Schwiegermütter zu reden.«

»Mm, Jakob macht solche verständnisvollen Augen, wenn ich versuche, ihm zu erklären, dass mir wirklich daran liegt, dass die Klobrille heruntergeklappt wird. Trotzdem finde ich sie jeden Tag mehrere Male oben.«

»Thomas begreift auch nicht sonderlich viel«, sagt Tamara. »Zum Glück.«

»Ich weiß noch, als ich Studentin und Single war«, sagt Eva. »Auf der Pädagogischen Hochschule. Einige von den Männern, mit denen ich mich da getroffen habe – du meine Güte. Ich weiß noch, dass ich manchmal gedacht habe: Großer Gott, können wir nicht einfach loslegen. Halt die Fresse und fick mich hart. Wir haben uns ja doch nichts zu sagen. Gehen wir doch lieber gleich ins Bett. Um ein bisschen Nähe, etwas Gemeinsames zu finden.«

»Auf die Männer und ihre Ähnlichkeit mit unausgewachsenen Mitgliedern der Spezies Canis«, sagt Sara.

»Prost!«

»Ich dachte, es würde Punsch geben oder wenigstens Glühwein«, sagt Tamara. »Aber dieser Wein hier ist auch gut.«

»Achje, daran habe ich gar nicht gedacht«, sagt Liss. »Und jetzt setzen wir uns ins Wohnzimmer, Mädels, und dann bringe ich die Suppe.«

Etwas passiert im Nähkränzchen. Und Liss hat Angst, Sara und Tamara zu verlieren. Ihre beiden einzigen Freundinnen. Jedenfalls die einzigen Freundinnen, mit denen sie reden kann. Und Sara ist so gut. Sara mit den leuchtenden Sternenaugen. Und Eva. Liss mag Eva. Eva hat tiefe Lachgrübchen und liebe Augen. Aber mit Eva ist alles anders. Da gibt es größere Sicherheit. Aber da fehlt es an Fragen. Es ist nicht weiter rätselhaft, dass Eva mit Liss befreundet sein will. Eva ist eher wie Liss. Aber Liss muss immer wieder darüber staunen, dass Sara und Tamara mit ihr befreundet sein wollen. Sara und Tamara, die in der Klasse alles bestimmten. Sie werden immer unerreichbar sein. Wie Mädchen in Büchern. Wie die Bilder in *Filmjournal* und *Romantik*. Rabenschwarze Haare und magnolienweiße Haut. Kastanienbraune Haare und goldene Samthaut. Saras schöne Sternenaugen. Die beiden dunkelhaarigen Köpfe, dicht beieinander. Pissgöre, haben sie gerufen. Miss Liss Piss, haben sie geflüstert und sich die Nase zugehalten, wenn Liss auf dem Schulhof an ihnen vorbeiging. Aber dann, plötzlich, eines Tages, waren sie ihre Freundinnen, und das sind sie noch heute. Liss kann sich noch genau an den Tag erinnern, an dem das passiert ist.

Liss war auf dem Heimweg von ihrer Kusine Anna, die ein Stück weit entfernt wohnte. Liss spielte gern mit Anna. Liss' Mutter wollte nicht, dass Liss Anna besuchte. Aber gerade an diesem Tag hatten sie einige Stunden früher frei bekommen, weil eine Lehrerin krank geworden war, und Liss hatte die Gelegenheit genutzt, um Anna zu besuchen. Liss war schnell gegangen, um zur üblichen Zeit zu Hause zu sein, ihre Mutter sollte doch nicht merken, dass sie bei ihrer Kusine gewesen war. Und beim Kiosk, am Waldrand, war Liss Sara und Tamara begegnet. Als Liss die beiden sah, bekam sie sofort Bauchschmerzen. Aber Sara und Tamara nannten sie nicht Miss Liss Piss, wie sonst. Sie schubsten sie nicht herum. Tamara zog sie nicht an den Haaren. Sie lächelten sie an und fragten, wo sie gewesen sei. Und als sie ein wenig überrascht durch die unerwartete Freundlichkeit von Anna erzählte, kamen von Sara und Tamara keine Gemeinheiten. Im Gegenteil, sie stellten noch weitere Fragen und waren nett und interessiert. Sara und Tamara wollten wissen, wo Anna wohnte, Sara und Tamara wollten wissen, welchen Weg Liss nahm, wenn sie zu Anna wollte. Sara und Tamara wollten wissen, ob Liss durch den Wald gegangen war. Liss antwortete, so gut sie konnte. Sie war nicht durch den Wald gegangen, aber etwas an den Blicken von Sara und Tamara ließ sie trotzdem ›Ja‹ sagen. Liss wollte so gern die richtigen Antworten geben und das Richtige tun.

Am nächsten Tag waren Sara und Tamara in der großen Pause zu Liss gekommen und hatten sich bei ihr eingehakt. Jetzt sind wir Freundinnen, Liss, hatten sie geflüstert, für immer. Und so war es dann auch gekommen. Aber sie sehen sie trotzdem nicht. Sie sehen an ihr vorbei. Sie sehen sich und sonst keine. Sara und Tamara. Wir reimen uns. Trotzdem weiß Liss, dass sie ein Recht auf Saras und Tamaras Freundschaft hat. Bente hatte dieses Recht nicht, Marianne nicht und auch nicht Karin mit den langen leuchtenden Zöpfen und den Bonbons im Kaninchenfellmantel. Liss ist *unsere* Freundin, sagen Sara und Tamara. Geht weg. Was wollen wir spielen, Liss? Es gibt etwas, das Liss nicht versteht. Etwas, das ihr eine Art Macht schenkt. Für immer.

Sara hat es nie gesagt, aber sie konnte immer schon Dinge klarstellen, ohne sie aussprechen zu müssen. Und Tamara hat es gesagt. Für den Fall, dass Liss es noch nicht begriffen hatte. Für Liss gibt es jetzt Sara und Tamara und keine andere Freundin. Liss spielt nie mehr mit Bente und Therese. Sie besucht Anna nie mehr. Liss spielt nur noch mit den beiden Mädchen aus ihrer Klasse, die sie noch vor kurzer Zeit Miss Liss Piss genannt haben. Die sie herumgeschubst haben. Liss spielt mit den beiden hübschesten Mädchen aus der Klasse. Mit denen, die bestimmen. Mit denen, die etwas bedeuten. Liss ist eine Auserwählte. Bente oder Therese sind das nicht. Und auch nicht Marianne. Nicht Anna. Nicht einmal Karin mit den langen, leuchtenden Zöpfen.

Nach der Tomatensuppe (mmm, köstlich, hausgemachte Suppe, hatte Tamara lobend gesagt), gibt es Rentierbraten, Waldorfsalat und blaue Kartoffeln.

»Den Waldorfsalat habe ich nach dem Originalrezept zubereitet«, sagt Liss und denkt, dass Sara und Tamara das sicher gern hören. »Dem Waldorf-Astoria.«

»Köstlich«, sagt Eva.

»Ist das Selleriewurzel oder Stangensellerie?«, fragt Tamara.

»Selleriewurzel in dünnen Streifen, für eine Minute in kochendem Wasser blanchiert. Und dann habe ich die Walnüsse in eine Extraschale gelegt, ja, deinetwegen, Sara. Wir anderen können uns ja einfach davon nehmen.«

»Danke«, sagt Sara.

»Ich bin heute nicht ganz in Form«, sagt Tamara. »Ich glaube, ich kriege bald meine Tage.«

»Wo du schon davon redest«, sagt Eva. »Ein Mädchen aus meiner Klasse ist heute bei einem Ladendiebstahl erwischt worden.«

»Hat sie Tampons geklaut? Oder wo ist hier der Zusammenhang?«, fragt Sara.

»Quatsch, ich glaube, es waren Zigaretten. Nein, aber du weißt schon, sie hatte eine Million Entschuldigungen und Erklärungen, und eine davon war, dass sie an PMS leide.«

»Die Arme«, sagt Liss. Jetzt muss sie aber wirklich ihre Binde wechseln.

»Bist du nicht irgendwann in deiner wilden Jugend auch mal erwischt worden, Tamara?«, fragt Sara.

»Ja«, antwortet Tamara.

»Wie war das?«, fragt Eva.

»Schrecklich. Es war schrecklich. Sie haben meinen Namen in ein dickes Buch geschrieben und mir mit der Polizei gedroht. Mir wird immer noch ein bisschen schlecht, wenn ich daran denke«, sagt Tamara. Sie lacht, aber Liss hört, dass Tamara die Wahrheit sagt. Das mit dem Ladendiebstahl war sicher ein schreckliches Erlebnis.

Tamaras leuchtend roter Mund. Die Lippen bewegen sich und machen Komplimente über das Essen, lachen, erkundigen sich nach Liss' Kindern. Aber wenn die glänzenden, rot geschminkten Lippen geschlossen sind, dann sagen sie Miss Liss Piss. Sara und Tamara sehen mich an und sehen Miss Liss Piss. Sie finden mich ängstlich und langweilig. Sie glauben, dass ich noch so bin, wie ich war. Ich habe mich verändert. Ich bin anders als damals in der Grundschule. Und ich war auch nie so, wie sie glauben. Nur ihr habt mich Miss Liss Piss genannt. Bente und Therese, Karin und Anna, die waren gern mit mir zusammen. Sie spielten gern mit mir. Seht mich an. Seht ihr das nicht? In meinem Freundeskreis verkehren Grafen und Fürsten. Ich bin Prinzessin. Ich bin schön. Ich bin interessant. Ich werde begehrt und bin berühmt. Ich bin die Leopardenfrau. Seht mich an! Hört mir zu! Hilf mir, Eva!

Die Schüsseln werden herumgereicht. Sie stoßen an. Die Hitze der Kerzen färbt die Wangen der Frauen rot. Sie lachen und reden und essen. Finden den Braten wunderbar, diskutieren, ob in einen echten Waldorfsalat Trauben gehören oder nicht. Staunen über die blauen Kartoffeln. Reden über Weihnachtsessen. Schweinerippe oder geräuchertes Lammfleisch. Kümmelkohl aus Weiß- oder aus Rotkohl? Weihnachtsgeschenke. Habt ihr wirklich noch nicht alle? Ich finde, dieser Weihnachtsschmuck, den die Kinder basteln, muss wirklich nicht herumhängen. Mandelkartoffeln. Was macht man mit unzufriedenen Schwiegermüttern? Darf man die Jacke verschenken, die man voriges Jahr bekommen hat und nicht ausstehen kann? Nein, braune Soße zum geräucherten Lammfleisch ist eine vulgäre, neumodische Erfindung. Neuer Schlafanzug, vielleicht. Schlips. Die Zweige sitzen bei einer Kiefer so weit auseinander. Tanne, natürlich. Ja, wir nehmen immer eine Edeltanne.

»Ich mag Katzen so gern«, sagt Liss plötzlich.

Sara und Tamara sehen sofort anders aus. Fast ein wenig ängstlich. Liss merkt es, weiß aber nicht, warum. In letzter Zeit ist es Liss aufgefallen, dass Sara und Tamara ab und zu innehalten, ganz anders aussehen, wenn sie summt, aber sie begreift nicht, weshalb. Und es ist auch nicht immer so. Manchmal sehen sie einfach durch sie hindurch, das tun sie ja oft. Manchmal scheinen sie eine Sterbensangst zu haben. Vielleicht liegt das an den unterschiedlichen Melodien, Liss weiß es nicht. Liss summt, wenn sie Angst hat oder nervös ist. Das hat sie schon als kleines Kind gemacht. Bis sie elf war, hatte sie den Teddy und das Summen. Jetzt hat sie nur das Summen.

Sie schaut in die Gesichter von Sara und Tamara. Liss glaubt, dass sie für einen Moment in der Nähe dessen war, worauf sie schon so lange die Antwort sucht. Diese plötzliche Freundschaft. Die merkwürdige Macht, die sie über Sara und Tamara hat. Aber wie immer rutscht es ihr aus den Händen, ehe sie es richtig zu fassen bekommt. Wie ein glatter, roter Wasserball. Ein Wasserball, den sie schon seit vielen Jahren hat, nur weiß sie nicht so recht, was sie damit soll, ein Wasserball, der ihr keine besondere Freude gemacht hat. Sie sieht Sara und Tamara ins Gesicht. In ihre schönen Gesichter. Sieht die dunklen Haare. Die Augen, die sich anblicken. Sie fängt an, eine Frage zu formulieren, sie öffnet den Mund, um diese Frage zu stellen. Aber Sara und Tamara werden nicht antworten. Liss ist der rote Wasserball ins Meer gefallen. Und da kann sie auch gleich das erzählen, was sie erzählen wollte.

Keine sagt etwas. Alle drei sehen immer noch Liss an, warten darauf, wie es weitergeht.

»Ja, eigentlich keine Katzen, sondern Leoparden«, erklärt Liss. Sie freut sich darüber, dass alle, auch Sara und Tamara, ihr zuhören. Dass sie so freundlich aussehen, so interessiert. Und ein wenig ängstlich.

»Aha«, sagt Sara und trinkt einen Schluck Wein.

»Hast du ein neues Armband?«, fragt Tamara Sara.

»Nein«, sagt Sara. »Das hab ich von Jakob.«

»Ach, Jakob«, sagt Tamara.

»Manchmal stelle ich mir vor, dass ich eine Leopardenfrau bin ...«, sagt Liss zaghaft.

»Wie spannend. Erzähl!«, sagt Eva.

»Das sind aber komische Kartoffeln«, sagt Tamara. »Die sind ja blau.«

»Ihr erinnert euch doch an Sverre?«, fragt Liss.

»Das sind blaue Kongokartoffeln«, sagt Sara. »Nicht wahr, Liss?«

»Ja.«

»Kommen die aus dem Kongo?«, fragt Tamara.

»Nein. Oder ich weiß nicht. Die gab's im Supermarkt.«

»Sverre, hast du gesagt? Der aus der C? Der mit den buttergelben Haaren?«

»Ja, genau«, sagt Liss. »Weizenblonde Haare und himmelblaue Augen.«

»Ja, ihr wart doch mal zusammen«, sagt Tamara.

»Er war mein erster Liebhaber«, sagt Liss dramatisch.

»Das hast du schon erzählt«, sagt Tamara.

»Vergesst nicht, dass ich von all dem keine Ahnung habe«, sagt Eva. »Und ich möchte einfach alles über Sverre und die Leoparden wissen.«

»Ja, und was jetzt kommt, habe ich keiner Menschenseele je erzählt«, sagt Liss und fügt mit leiserer Stimme hinzu: »Sverre hat mich immer seine Leopardenfrau genannt.«

»Hmmmm«, sagt Tamara und schaut zu Sara hinüber. »Und warum hat er das getan?«

»Also«, kichert Liss. »Weil ich ganz viele rote Flecken im Gesicht kriege, wenn ich sexuell erregt bin, und die Flecken breiten sich dann immer weiter aus, bis ich am ganzen Körper gesprenkelt bin. Sverre hat mir dann ins Ohr geflüstert: Jetzt gehen wir zusammen auf die Jagd. Und wenn ich komme – und ich komme immer mit einem nicht gerade leisen Leopardengebrüll –, dann verblassen die Flecken nach und nach und verschwinden dann wieder.«

»Du liebe Zeit, das ist ja vielleicht eine Geschichte«, sagt Eva.

»Ja, und ich wollte sagen, jetzt ist es also so weit gekommen, dass ich ...«

»Ich kann mich von diesen eigenartigen Kartoffeln einfach nicht losreißen«, sagt Tamara, noch ehe Liss fertig ist. Sie hebt ihre Gabel, auf der ein kleines dunkelblaues Kartoffelstück steckt. »Überlegt doch bloß mal, manche

Kartoffeln sind aus Ringerike, andere sind aus dem Kongo. Typischer Fall von Multikulti. Wann hat Jakob dir das Armband geschenkt, hast du gesagt? Neulich erst?«

Der rote Wasserball tanzt auf den Wellen, und die Strömung treibt ihn weit hinaus aufs Meer. Liss wird ihn nie zu fassen bekommen. Sie schließt die Augen, streift die drückenden Schuhe ab, stützt die Hände ins Kreuz, legt den Kopf in den Nacken und hört in der Ferne die Stimmen der anderen. Evas Lachen. Saras klappernde Absätze. Das leise Klicken von Tamaras Feuerzeug.

Sie spazieren Hand in Hand über den Strand. Nur die beiden. Liss trägt ein bodenlanges, saphirblaues Seidenkleid und Stöckelschuhe. Neben ihr geht der Graf. Nein, Moment mal. Das ist nicht der Graf. Es ist eine Frau. Eine Frau mit aschblonden Haaren, nussbraunen Augen und tiefen Lachgrübchen in ihren Wangen. Sie trägt ein bodenlanges rubinrotes Samtkleid. Liss und sie gehen Arm und Arm und reden. Offenbar machen sie Urlaub. Ja, sie sind in den Urlaub gefahren. Fort von allem. In ein Land, wo sie Gänseleber und Daim-Schokolade bekommen. Es gibt Gin Tonic zum Müsli, und das Müsli ist knusprig und hat jede Menge Rosinen. Abends trinken sie Tee vor dem Kamin. Sie sind in ein Land gefahren, in dem Frauen keine Menstruationsbeschwerden haben. Ein Land, in dem Stöckelabsätze nicht im Sand versinken. Ihre Schuhe haben himmelhohe Absätze und sind vorne spitz wie Samojedenhundeschnauzen, aber sie sind auch bequem wie dänische Gesundheitsschuhe. Die Sonne scheint die ganze Zeit (wenn sie nicht mit malerischen Auf- und Untergängen beschäftigt ist), aber sie verursacht bei den beiden Frauen keinen Schweiß auf der Nasenspitze oder unter den Armen. Bei der Hellblonden und der Mittelblonden. Die den Strand entlangspazieren, Arm in Arm. Sie sind in ein Land gereist, wo zwischen den Palmen Sümpfe mit Moltebeeren liegen. In ein Land, wo es weite Wälder mit Walderdbeeren und Orchideen in allen Regenbogenfarben gibt. Wälder, in denen goldbraune Pfifferlinge und rosenrote, strotzende Penisse dicht an dicht aus dem dunklen Erdreich brechen. Und die beiden Frauen sind Freundinnen. Die miteinander über alles reden können. Die einander unterstützen. Liss' blaue Augen in ihren braunen.

Kapitel 8

Nähkränzchen bei Sara, Dienstag, 9. Januar

MENÜ
Makirollen mit Gurke und Lachs, Thunfisch und Avocado, Heilbutt und Chili
Rote Bete-Bouillon mit Wasserkastanien und Lauchzwiebeln
Stiltonsoufflé
Schweinefilet mit Mangosoße
Ingwerbirnen in Tamarillo-Coulis

Sara steht am Küchentisch. Nach einigen Jahren des Schwankens, aber gestützt auf Tamaras sicheren Geschmack, ist Sara zu der Erkenntnis gekommen, dass Stilton die anderen Blauschimmelkäse einwandfrei übertrifft. Stilton hat einen schärferen und strengeren Geschmack als Gorgonzola oder Roquefort. Wenn man erst einmal auf den Geschmack von Stilton gekommen ist, wirken alle anderen Käse harmlos. Und da es Sara gestern gelungen ist, unten im Feinkostladen Smør-Petersen ein ungewöhnlich ansprechendes Stück zu ergattern, steht sie jetzt am Küchentisch, ihrem leuchtend weißen Küchentisch, und zerkrümelt mit Hilfe einer Gabel den Stilton auf einer Untertasse, als erste Vorbereitung für den dritten Gang, das Soufflé, das sie nach dem gestrigen Käsefund aus einem Impuls heraus dem sorgfältig geplanten Menü hinzugefügt hat. Die meiste Arbeit muss ja bis später warten, wie es bei Soufflés immer der Fall ist, aber immerhin kann sie die Béchamelsoße schon einmal vorbereiten und Dotter und Käse hineingeben. Das Eiweiß darf natürlich erst untergehoben werden, wenn der Backofen warm genug ist, und wenn die Gäste fast mit dem Gang davor fertig sind: die Rote Bete-Bouillon, mit der Sara noch nicht angefangen hat.

Sara zerbricht das erste Ei, lässt das Eiweiß durch ihre Finger in die Porzellanschüssel laufen, die aus zwei Gründen erst eben gründlich abgespült worden ist. Der eine Grund ist Saras niemals ruhender Sinn für Hygiene, der andere Saras Wissen, dass schon ein Hauch von Fett das Eiweiß daran hindern kann, steif zu werden. Der Eidotter bleibt in Saras Hand liegen. Für einen kurzen Moment empfindet sie fast Wohlbehagen, jedenfalls kein Unbehagen, als das schleimige Gewicht auf ihrer Haut ruht, dann lässt sie den Dotter in eine weiße Plastikschüssel fallen. Sie nimmt das nächste Ei, trennt Gelb und Weiß, lässt das Weiße in die sorgfältig gesäuberte Porzellanschüssel fließen, legt den Dotter in die Plastikschüssel. Sara schreit. Ziemlich laut. Denn plötzlich starren ihr zwei gelbe Augen entgegen. Rund, blank, pupillenlos, voller Schmerz und Anklage sehen sie Sara aus der weißen Plastikschüssel an. Ohne ihren Blick auch nur eine Sekunde loszulassen, ohne auch nur einmal mit der Wimper zu zucken. Sara hält sich am Küchentisch fest, sie kann noch denken, jetzt werden die Eiweißreste an ihren Händen sich auf dem Tisch verteilen, den sie natürlich gesäubert, fast schon desinfiziert hatte, ehe sie vor wenigen Minuten mit dem Kochen begonnen hat. Sie schließt ihre Augen, zählt bis sieben, doch als sie sie wieder öffnet, starrt sie aus der Schüssel ein anderes, neues Augenpaar an. Neue gelbe Augen, leuchtend vor Begierde. Vor Triumph vielleicht? Die gelben Augen wollen Saras braune nicht loslassen, und sie tastet mit der einen Hand auf dem Tisch herum, bis sie etwas zu fassen bekommt, das sie als die Gabel erkennt, mit der sie den Käse zerkleinert hat, und damit sticht sie Löcher in die Augäpfel, punktiert die Netzhaut (Retina) und die Hornhaut (Cornea). Sie sticht und sticht voller Panik, wird etwas ruhiger und bewegt die Gabel in Kreisen durch die Schüssel, so dass sich Bosheit, Schmerz, Anklage, Begierde und Triumph in eine einzige gelbe, schäumende Masse verwandeln.

Hätte jemand sie gefragt (aber das passiert nicht, denn Sara erzählt niemandem von den gelben Augen), dann hätte Sara nicht erklären können, wie sie es geschafft hat, die Küche zu verlassen. Aber sie muss es geschafft haben, denn im Badezimmer nimmt sie sich drei hellblaue Pillen und schluckt sie hinunter, ehe sie, noch immer zitternd, vor ihrem Computer Platz nimmt und Patiencen legt. Dort bleibt sie sitzen, während Körper und Geist langsam ihren normalen Rhythmus wiederfinden. Nach sieben Patiencen, von denen die siebte glücklicherweise aufgeht, ist Sara noch nicht in der Lage, zurück in die Küche zu gehen, aber sie fühlt sich problemlos im Stande, die Datei des Romans, den sie gerade übersetzt, zu öffnen. Diese Entdeckung sorgt dafür, dass Sara leise zu pfeifen anfängt. Sie öffnet die Datei, geht auf die letzte Seite, bringt es aber nicht fertig, mit der Arbeit anzufangen. Sara bleibt sitzen und überlegt. Die beiden gelben Augenpaare leuchten ihr noch immer entgegen.

Sara stand dicht neben Tamara. Beide standen ganz still.

Beide sahen zu. Die ersten Sekunden brauchte Sara, um zu verstehen, was sie da sah. Während ihr Gehirn Sinneseindrücke aufnahm, und während die fremdartigen Bilder zwischen den Gehirnhälften hin und her geworfen wurden, bis die Zellen in einer fast unbenutzten Nische ganz unten im Parietallappen der rechten Hemisphäre endlich eine passende Kategorie fanden und der Zentrale melden konnten, was Sara in dem abgedunkelten, schwülen Schlafzimmer vor sich sah, stand sie unbeweglich da. Sie war wie betäubt, ihr war schwindlig, sie war überrumpelt. Während Sara also versuchte zu begreifen, was sie sah, und während sie nicht wahrhaben wollte, dass sie es sah, als sie dort mit ihrer besten Freundin in der Türöffnung stand und sich ansah, was sich im Ehebett ihrer Eltern abspielte, nahm Sara einen schwachen und dennoch absolut deutlichen Geruch wahr. Die Duftpartikel krochen in ihre Nase, die schon zu diesem Zeitpunkt in ihrem Leben ziemlich groß und krumm war, um danach von den wogenden Bewegungen der Flimmerhärchen weiter nach hinten in Saras Kopf befördert zu werden, bis sie das Zentrum für Nasalempfindungen erreichten, den Bulbus olfactorius, wo sie registriert, aber nicht erkannt und deshalb unter ›unbekannt‹ abgeheftet wurden. Im nächsten Moment wurde der Geruch mit den eben erst gedeuteten Sinneseindrücken in Verbindung gebracht, und das führte dazu, dass Sara für den Rest ihres Lebens den Geruch von Geschlecht mit etwas Unangenehmem und Beängstigendem assoziieren sollte.

Obwohl Sara den Muskeln ihrer rechten Hand, die bewegungslos auf der Türklinke aus gehämmertem Messing lagen, den Befehl erteilt hatte, sich sofort in Bewegung zu setzen, die Tür zu schließen und damit die Szene abzubrechen, deren Zeugin Sara hier wurde, musste sie noch lange Sekunden hindurch wider Willen in dieser Stellung verharren. Tamara hatte sich an die Tür gelehnt. Sie schien ebenso gelähmt zu sein wie Sara. Saras Hand auf der Türklinke besaß nicht die Kraft, die sie benötigt hätte, um die Tür trotz Tamaras Gewicht zu bewegen. Mit einem Gefühl der Niederlage und der Resignation spürte Sara, wie ihre Hand auf der Türklinke willenlos erschlaffte.

Als die Niederlage in ihrem Körper absinkt und sich nun als Klumpen im Magen zusammengeballt hat, sieht Sara die blauen Augen ihrer Mutter. Die Augen ihrer Mutter sind halb geschlossen, aber sie blicken in die großen, braunen der Tochter, während die Mutter weiterhin ihren Körper bewegt, während sie noch immer den behaarten Rücken des Mannes umklammert, während sie noch immer Knöchel und Waden um die breiten Oberschenkel des Mannes mit den deutlichen Muskeln schlingt, die sich abwechselnd anspannen und lockern. Die Augen der Mutter. Meistens groß und hilflos, häufig bettelnd. Jetzt glänzen sie. Vor Begehren? Vor Triumph? Die ganze Zeit sieht die Mutter sie an, und jetzt hört Sara die Geräusche, die von Anfang an im Raum waren, die ihre Ohren aber nicht erreicht haben. Um nicht hinsehen zu müssen, während weiterhin das leise, unterdrückte Stöhnen der Mutter in ihren Ohren widerhallt, lässt Sara ihren Blick nach oben wandern und an den fröhlichen Gesichtern ihrer selbst und ihrer drei Jahre jüngeren Schwester haften, die in einem schmalen, naturweißen Rahmen über dem Bett hängen. Sara und Synne lächeln neben dem Bild der Mutter in weißem Schleier und des Vaters mit Blume in Knopfloch. Ohnmächtig, in einem Versuch, nicht sehen, nicht hören, nicht riechen zu müssen, lässt Sara ihren Blick noch weiter nach oben schweifen. Sara blickt an die Decke aus vergilbtem lackierten Kiefernholz mit dunklen Astlöchern, und sie erkennt für einen kurzen glücklichen Moment, dass sie die Augen schließen kann, was sie sofort tut. Eine Formation von sieben Astlöchern steht vor ihrem inneren Auge, und sie fängt an, diese zu zählen. Eins, zwei, drei, vier, fünf, sechs, sieben. Wieder und wieder. Sie zählt noch immer, als sie spürt, wie Tamara sich bewegt, und eine tiefe Erleichterung durchströmt Sara, zusammen mit der Gewissheit, dass es jetzt gleich vorbei ist. In wenigen Augenblicken wird lautlos die Tür geschlossen, und Sara kann wieder sehen, hören und riechen. Sara kann Tamaras braune Haare sehen, kann Tamaras leisen Atem hören, kann den Duft ihrer Haare riechen. Saras Füße bewegen sich, und sie folgt dem dunklen, gesenkten Hinterkopf. Sie folgt ihm in den Wald, wo ihr die Zweige ins Gesicht schlagen. Die ganze Zeit spürt sie Tamaras Hand auf ihrem Oberarm.

Am Besten kann sie sich an die gelben Augen der Katze erinnern, die ihr die ganze Zeit ins Gesicht blicken. Halb geschlossen vor Schmerz blicken sie sie an. Die ganze Zeit. Sara hat Angst. Und die Augen der Mutter. Die schwarze Katze vor dem hellen Birkenstamm. Wie ein schwarzes Kreuz auf weißem Grund.

Aber Tamara hält sie fest und stützt sie, so energisch, dass Sara noch Tage später blaue Flecken auf den Armen hat, aber sie stützt sie auch so sicher, dass Sara weiß, ohne diese Hand hätte sie nicht durchgehalten. Tamaras Griff um Saras Oberarm war so hart und dermaßen stützend, dass Sara und Tamara fast drei Jahrzehnte brauchen würden, um sich daraus zu lösen.

Sara erhebt sich ein wenig steif von ihrem Stuhl vor dem Computer. Ihre Hand stößt an den Duden, der über die blanke Schreibtischplatte geschoben wird und die Maus berührt, weshalb der Bildschirmschoner sofort vom Monitor verschwindet und eine Seite des Buches erscheint, an dem Sara gerade arbeitet. Sara betrachtet die schwarzen Buchstaben auf dem weißen, leicht flimmernden Hintergrund und erkennt die kompakten Adverbialverschlingungen, die daran schuld sind, dass sie am Vormittag lange den Bildschirm angestarrt hat, als die Sterne des Bildschirmschoners schon längst auf sie zuflogen. Und die Uhr ganz unten auf dem Bildschirm zeigt, dass die scheinbar unüberwindlichen, aber gerade deshalb potenziell ansprechenden Verschlingungen der langen Adverbien, abgerundet durch die Perfektform ›hinübergegangen‹, jetzt ohne Zweifel den weiteren Vorbereitungen für das Nähkränzchen weichen müssen.

Die Hühnerbrühe für die Rote Bete-Suppe brodelt auf dem Herd, und Sara schält die bereits gekochten Roten Beten mit einem kurzschäftigen Knollenmesser. Als sie den letzten Rest der dünnen braunen Schale entfernen will, die sich nach dem Kochen fast von selbst ablöst, rutscht das Messer ab und schneidet ihr tief in die weiche Haut zwischen Zeigefinger und Daumen. Das Messer fällt auf den Küchentisch. Dort bleibt es zitternd liegen, um dann neben dem Rosenthalteller zur Ruhe zu kommen, auf dem die fertig geschälten Roten Beten ein regelmäßiges, hübsches Kleeblatt bilden. Während sie die blutende linke Hand wie Zaumzeug in ihren Mund presst, wobei der Daumen am unteren Bogen des Wangenknochens und der Zeigefinger am anderen Wangenknochen ruht, betrachtet sie das Blut ihrer Hand, das sich auf dem weißen Tisch mit dem Saft der Roten Beten vermischt, und denkt dabei an Tamara.

Als Sara vor einiger Zeit bei Tamara Trost suchte, weil

sie glaubte, dass Jakob sie betrügt, hatte Tamara irgendwie falsch geantwortet, und etwas – Sara kann nicht sagen, was – an der Art, in der sie geantwortet hat, steckt noch immer in Sara, wie eine schwellende Unsicherheit. Sara starrt die beiden roten Flüssigkeiten auf dem Küchentisch an, aber das, was sie fast zu wissen glaubt, entgleitet ihr, fällt vielleicht in eine der vielen kleinen Gehirnfurchen oder landet ganz unten in der Sylvischen Spalte und verschwindet dort im Gewirr der intuitiven Ahnungen und anderen Gedankenbrocken. Saras Konzentration richtet sich jetzt wieder auf die Roten Beten. Erst auf die drei perfekt geschälten, nackten Roten Beten, die auf dem weißen Teller mit dem dünnen Goldstreifen am Rand ruhen. Danach schaut sie die vierte an, die fast fertig geschält auf dem Tisch liegt. Der Fall aus Saras Hand auf die Arbeitsplatte hat dort einen roten Abdruck hinterlassen, und ein Streifen zeigt, wo die Rote Bete weitergerollt ist, noch immer sickert rotlila Saft aus ihr heraus, und neben den runden, roten Abdruck ist Blut aus Saras Wunde getropft. Die Spuren der beiden Rottöne auf dem Tisch wollen Sara etwas sagen. Sie sind ein Zeichen. Wie ein Echo hört sie ihre scharfe, helle Kinderstimme. Sie beugt sich tiefer über die Flecken auf dem Tisch, noch immer mit der linken Hand im Mund, und sie sieht eine Schar fliegender Vögel, einen Mann im Hintergrund. Oder irrt sie sich, sieht sie Frauen, keine Vögel? Dann sieht Sara einen Greis, der sich dahinschleppt, schwarze Weste und weißes Hemd, mit krummem Rücken und sabbernd, er streckt die Arme zu Sara hoch, und seine Fingernägel sind gerillt und gelblich vom Alter, er lächelt ihr zu mit verkrusteten Mundwinkeln. Sara legt den Kopf ein wenig in den Nacken, aber sobald der alte Mann in den roten Flecken verschwindet, beugt sie sich wieder vor und hört die Zeichen flüstern. Sie kann nicht hören, was sie sagen. Vielleicht kann Tamara helfen, denkt Sara. Tamara hat mir doch immer geholfen.

Tamara war immer da. Tamara hat sie immer gestützt. Sara kann sich nicht vorstellen, wie ihr Leben ohne Tamara aussehen würde. Ohne die goldbraune, schlanke und schöne Tamara. Sara und Tamara haben einander immer nahegestanden, fast wie Schwestern. Tamara hat ihr immer geholfen. Als Sara eine Bänderdehnung im Becken hatte und sich fast nicht bewegen konnte. Als Sara nach dem Tod ihres Vaters niedergeschlagen war. Tamara hat damals die ganze Beerdigung organisiert. Tamara hat sie beschützt, als sie per Interrail in Paris waren und dort von verrückten Amerikanern überfallen wurden. Tamara hat ihr geholfen, als Sara ganz unerwartet ihren Job als Dolmetscherin verloren hatte. Tamara war immer da. Tamara, die ihr widerwillig die Gerüchte über ihre Mutter erzählt und ihr die Wahrheit nahe gebracht hat. Tamara, die so gelassen und selbstsicher ist. Tamara, die immer aufpasst.

Sara betrachtet die Roten Beten auf dem Tisch. Sie verspürt fast immer eine stille, ruhige Freude, wenn Eva in der Nähe ist. Eva ist munter und lieb. Und schlicht. Isst ein bisschen zu gerne. Ist ziemlich übergewichtig. Eva nimmt nicht alles so ernst. Tamara wollte Eva nicht ins Nähkränzchen aufnehmen. Auch Sara hatte protestiert, aus alter Gewohnheit, und um Tamara zu unterstützen, die das mit Eva für eine alberne Idee hielt. Aber jetzt freut Sara sich darüber, dass Eva bei ihnen ist. Sie ist ein stabilisierendes Element, sie wird ihnen helfen, zusammenzubleiben. Denn sie müssen zusammenbleiben. Sara braucht Tamara, und vielleicht braucht sie auch Liss und Eva. Eigentlich ist es paradox, dass die zuletzt Dazugekommene dazu beitragen wird, dass das Nähkränzchen in alle Ewigkeit überlebt, aber so ist es nun einmal. Sie werden immer Nähkränzchenschwestern sein, alle vier, und Eva wird ihnen dabei helfen. Ein ewiges vierblättriges Kleeblatt. Sara braucht Tamara.

Liss war von Anfang an dabei. Nein, nicht ganz von Anfang an, denn Sara und Tamara hatten das Nähkränzchen gegründet. Ihre Mamas hatten auch eins und schlugen vor, Sara und Tamara könnten es ihnen nachmachen. Tamara und Sara waren nur zwei, die Mamas waren sieben gewesen. Sieben Mütter, die einander schon in der Volksschule kennen gelernt hatten. Im Krieg. Tamara und Sara waren aufgewachsen mit Geschichten über die Nähkränzchenschwestern, die hinter Verdunklungsrollos beim Geruch von Lebertran und Kohlrabischnitzeln alte Kleider umgenäht hatten. In ihrem eigenen Nähkränzchen gab es nur Sara und Tamara. Nur uns beide, Sara, hatte Tamara gesagt. Die anderen sind so blöd. Oder vielleicht hatte Sara sich das so gewünscht. Ja, natürlich war es Sara gewesen, die keine andere dabei haben wollte. Das behauptet jedenfalls Tamara, und auf Tamara ist Verlass. Tamara und Sara. Aber dann war Liss dazugekommen. Liss musste mitmachen. Sie hatten keine Wahl. Sara sah, dass Liss es wusste. Dass sie gesehen haben musste, was im Wald bei der Hütte passiert war. Bist du durch den Wald gegangen, hatte Tamara gefragt. Liss hatte sie auf die Antwort warten lassen. Sie hatte sie lange angesehen und dann am Ende geantwortet. Ja, hatte Liss geantwortet. Und ihr rundes, helles Gesicht war voller Wissen und unausgesprochenen Warnungen.

Ein schwaches Gefühl von Müdigkeit läuft langsam über Saras Rücken und sickert ins Becken, während Sara sich noch immer über die rätselhaften Zeichen und die Roten Beten auf dem Küchentisch beugt. Aber ehe Sara es sich gestatten darf, ihren Rücken zu richten und damit ihrem Becken Linderung zu verschaffen, muss sie bis sieben zählen. Danach streckt sie den Rücken, und leicht beschämt lacht sie über die Bedeutung, die sie in den Rorschachbildern auf dem Tisch lesen wollte, die sie jetzt aber mit dem schneeweißen, nach Chlor duftenden Spüllappen weggewischt. Sie hebt die vierte Rote Bete hoch, die an allem schuld ist. Der dringende Wunsch, alle wegzuwerfen, neue zu kaufen, oder eine andere Suppe zu kochen, ringt mit der Vernunft, die sagt, dass keine der Roten Beten direkt mit dem Blut in Berührung gekommen ist. Sara schließt die Augen. Sie spürt, wie in ihr die beiden Gefühle aufeinander prallen wie bei einer Seeschlacht. Davon wird ihr schlecht, sie wird seekrank, ihr wird schwindlig. Aber als sie die Augen wieder öffnet, geschieht das mit dem festen Vorsatz, die vierte Rote Bete gründlich zu waschen und alle vier in den Topf zu legen, um sie zu pürieren, sie durch ein Sieb zu geben und sie schließlich mit der Hühnerbrühe zu verrühren. Das Glücksgefühl darüber, dass ihre rationale Seite einen so souveränen und raschen Sieg über ihren irrationalen Drang errungen hat, die Roten Bete wegzuwerfen, von denen Sara ja die ganze Zeit wusste, dass sie unbefleckt waren, lässt sie munter vor sich hinpfeifen. Das ist eine Gewohnheit. Sara pfeift, wenn sie sich selbst bezwungen hat, und an diesem Tag hat sie zwei Eidotter in einer weißen Plastikschüssel und eine widerspenstige Rote Beete bezwungen und deshalb allen Grund zum Pfeifen. Aber um nicht ganz in ein leichtes, lächerliches Schlaraffenlandgefühl mit sich drehenden Karussells, Zuckerwatte, Kinderlachen und Leierkastenmusik umzukippen, lässt

Sara ihren rechten Zeigefinger an ihrem Nasenbein entlangwandern. Die Berührung des Fingers mit ihrer deformierten, hässlichen Nase reißt sie erwartungsgemäß aus ihrer Kirmesstimmung und zieht sie auf nüchternen Boden, der ausgezeichnet zur Zubereitung von Schweinefilet in Mangosoße passt.

Als alles fertig ist – die Makis sind gerollt und zerschnitten, Wasabi, Sojasauce und eingelegter Ingwer sind in drei Porzellanschüsseln untergebracht, die Rote Bete-Suppe ist durchgesiebt, das Schweinefilet steht im Ofen, die Mangos sind püriert, die Soße mit Maisstärke gebunden, die Ingwerbirnen sind weich gekocht und der Tamarillo-Coulis kühlt in einer Kristallkaraffe ab – sind es nur noch zehn Minuten, bis die Gäste eintreffen werden. Trotz der ziemlich begrenzten Zeit fasst Sara den heroischen Beschluss, die verflochtenen Adverbien in ihrer deutschen Übersetzung zu entwirren, denn die Zeit drängt, der Verlag hat sie in den letzten Tagen schon mehrmals daran erinnert. Heute jedoch nicht. Heute hat Sara sich so ein Telefon zugelegt, wie Tamara vorgeschlagen hat, eins, das in einem grauen Display mit klaren schwarzen Ziffern die Nummern der Anrufenden mitteilt (genauer gesagt, sie hat Jakob gebeten, ihr eins zu kaufen, und das hat er sofort getan). An diesem Tag ist Sara nur einmal ans Telefon gegangen. Es klingelte gegen Mittag. Keine Ziffer tauchte in dem granitgrauen Feld auf, dort war nur zu lesen, dass der Anrufer eine Geheimnummer besaß. Aber als Sara den Hörer abnahm und ›hallo‹ sagte, meldete sich niemand. Im Laufe dieses Tages hat das Telefon mindestens noch ein Dutzend mal geklingelt, und jedes Mal war es entweder eine Geheimnummer oder die inzwischen vertraute Zahlenkombination des Verlages.

Auf dem Weg zum Computer, den Sara, wie sie zugeben muss, im Moment nicht gerade einladend findet, wie er da auf dem antiken Schreibtisch steht und ziemlich komplizierte, ungelöste linguistische Probleme enthält, geht Sara am Spiegel zwischen den Fenstern vorbei. Das Erbstück der Großtante, der schwere Spiegel im Goldrahmen mit Traubendolden, molligen Cherubinen und Weinranken. Sara will sich nur rasch davon überzeugen, dass es nur das Übliche an ihrem Aussehen auszusetzen gibt. Sie will sich nur vergewissern, dass ihre Haare so liegen, wie sie sollen, dass sie keinen Rote Bete-Saft auf der Stirn oder Mangoflecken auf der Wange hat. Aber in der blanken, kühlen Oberfläche des Spiegels sieht Sara etwas Kolossales, bedeckt von winterbleicher, poriger Haut, wie eine Pyramide erhebt es sich mitten in ihrem Gesicht. Erst nach einigen Zehntelsekunden begreift Sara, was sie da im Spiegel sieht, aber dann fallen ihr die dunklen Augen zu beiden Seiten dieses grotesk großen Körperteils auf. Sie erkennt außerdem ihren Mund, auch wenn der nur ein zusammengekniffener dunkler Strich unter dem mächtigen Koloss ist. Wie kann das passiert sein, ohne dass sie es bemerkt hat, während sie nichts ahnend und pfeifend ein sorgfältig komponiertes Menü zubereitet hat, ein fünfgängiges Menü für ihre Nähkränzchenschwestern.

Ihr Herz schlägt wie wild, ihr Puls steigt. Fast augenblicklich wird Sara von Zweifeln überwältigt. Es ist ein Zweifel, der sie schon oft beschlichen hat, der Zweifel, ob ein Muskel sich, ohne sich jemals auch nur die kleinste Pause zu gönnen, wirklich in jeder Sekunde an die fünfundsiebzig Mal zusammenziehen kann, tagein, tagaus, Jahr für Jahr. Sara hält das nicht für möglich, sie hat den Verdacht, dass ihre quer gestreifte Herzmuskulatur langsam erschöpft ist, ausgebrannt. Sie spürt deutlich, dass ihr Herz eine Pause braucht, ein wenig Ruhe, einen Moment zum Verschnaufen, und sie weiß genau, was passieren wird, in dem Moment, in dem ihr Herz aufgibt. Das Handtuch wirft, wie Tamara es vielleicht ausdrücken würde in ihrer deftigen Journalistinnensprache. Tamara hat gesagt, dass man Herzprobleme ernst nehmen muss. Vielleicht solltest du dich an einen Herzspezialisten wenden, Sara? Sara spürt, dass ihr Herzmuskel gerade in diesem Moment Ruhe braucht, in genau dieser Sekunde, dass ihr Herz nach vielen Jahren, nach etlichen Jahren, mehr als dreißig, nach langer treuer Arbeit nun endlich den Urlaub machen will, den es zweifellos verdient. Die Kranzarterien, die Saras Herz umgeben, verdichten sich sofort wieder, und wenn sie aufgeben, bekommt das Herz kein neues Blut, und dann ist unwiderruflich Schluss. Wie als Antwort auf diese Erkenntnis wird Saras Herzschlag immer schneller, jetzt ist ihr Puls sicher über 200. Das ist wohl das, was als die letzten Zuckungen bezeichnet wird, denkt sie, und sie spürt deutlich, wie die obere Vorkammer der linken Herzhälfte überfüllt ist und kein Blut mehr aufnehmen kann, während die linke Ventrikel im Leerlauf pumpt, die Herzklappen ziellos im unkontrollierten Blutstrom flattern, ihr Herz gegen die Rippen schlägt, sie hört, dass sie bald nachgeben werden, unter dem Druck zerbrechen, und sie weiß, dass dann alles aus sein wird. Und als ihr klar wird, dass alles vorbei ist, dass sie nicht mehr länger leben wird, beginnt der Goldrahmen des Spiegels ihrer Großtante sich auszustülpen, Beulen zu bekommen. Unter der Goldfarbe entstehen Geschwulste, die größer und größer werden und schließlich platzen, und durch die Farbschicht drängt etwas sich hoch, erst an einer, dann an mehreren Stellen, der ganze Rahmen ist bedeckt von berstenden Geschwüren. Sara sieht voller Abscheu, wie aus der Goldfarbe etwas Behaartes entweicht, das sich bald als Köpfe mit wirrem Fell entpuppt, immer mehr, Ohren entfalten sich und werden dreieckig und spitz, und die Augen, halb geschlossen, gelb und boshaft, starren Sara an. Die Münder öffnen sich, aber kein Geräusch ist zu hören. Das Wohnzimmer ist so still wie schon den ganzen Tag. Das Einzige, was Sara hört, ist das leise Rauschen des Computers, ansonsten ist alles totenstill. Und dann geht die Türklingel.

»Gott sei Dank, ich hatte so gehofft, dass du das bist«, sagt Sara und fällt Tamara fast um den Hals, zitternd und in kalten Schweiß gebadet, aber ihr Herz schlägt immerhin noch. Tamara hat sie gerettet. Wieder einmal. Sara kommt ohne Tamara nicht zurecht.

»Aber Liebes«, sagt Tamara. »Was ist denn los mit dir? Riecht gut hier. Nicht weinen, Sara, ich passe auf dich auf. Ich werde immer auf dich aufpassen. Was sagst du? Katzen, wo denn? Nein, jetzt musst du dich aber zusammenreißen. Ich bin doch hier. Jetzt wird alles gut, Sara. Wo hast du übrigens den ganzen Tag gesteckt? Ich hab so oft versucht, anzurufen, weil ich fragen wollte, ob ich Rotwein oder Weißwein mitbringen sollte, aber ich hab dich nicht erreicht.«

Lange, bevor die übrigen Gäste eintreffen, hat Sara sich wieder unter Kontrolle. Das leise, vertrauliche Gespräch, das sie und Tamara noch führen konnten, ehe die beiden anderen kamen, eine hellblaue Pille und ein großes Glas Wein haben ihre Wirkung getan. Tamara hat ihr geholfen. Tamara hat sie gerettet. Und es gibt viele, die eine Geheimnummer haben. Sara will jetzt nicht daran denken. Und Emma konnte doch nicht wissen, dass Sara Angst vor

Katzen hat. Sie hat es sicher gut gemeint, damals, als sie ihr das Katzenbild geschenkt hat. Und das mit Jakob und Tamara ist sicher ein Hirngespenst. Sara hat sich immer schon alles Mögliche eingebildet. Sara will jetzt nicht an Jakob und Tamara denken.

Die drei Sushivarianten haben gut geschmeckt. Tamara machte Sara deshalb Komplimente und fragte, warum Sara den Ingwer nicht selbst eingelegt habe. Das sei doch ziemlich einfach, erläuterte Tamara, und hilfsbereit erklärte sie Sara die Grundprinzipien japanischen Ingwer-Einlegens. Sara lauschte, nickte und lächelte. Dann erzählte Tamara von einem Artikel, den sie soeben für die Samstagszeitung geschrieben hatte. Über Zen-Architektur. Liss, Eva und Sara lauschten, nickten und lächelten. Tamara erzählte von Emma, die so gute Aufsätze schreibt. Das liegt in der Familie, sagte Tamara. Emma ist ungeheuer begabt. Sie ist jetzt Redakteurin der Schülerzeitung. Liss, Eva und Sara lauschen, nicken und lächeln. Sara sieht sehr wohl, dass Tamara ein wenig dominierend sein kann, dass sie zu viel Platz einnimmt, zu viel redet, andere zu oft unterbricht. Jedenfalls, wenn außer Sara und Tamara noch andere dabei sind. Aber Tamara ist eigentlich nicht so. Tamara ist lieb und sanft und fügsam, und Sara braucht sie. Sara muss lauschen und lächeln. Und im Laufe der Jahre hat Sara einiges dafür tun müssen, um Tamara zu behalten.

Liss hilft Sara beim Abräumen der Essstäbchen, der kleinen Schüsseln und der japanischen Brettchen. Liss holt die Suppenteller, Sara trägt die große Suppenschüssel. Sara serviert die Rote Bete-Suppe in einer weißen Suppenschüssel, die sie von ihrer Mutter geerbt hat. Sara besucht ihre Mutter jeden Donnerstag. Sie tut das aus Pflichtgefühl.

»Bitte, esst, meine Damen«, sagt Sara, nachdem alle ihre Teller gefüllt haben.

»Was für ein schönes Rot«, sagt Tamara. Sara weiß, dass Tamara Rot liebt.

Als Sara die Türklinke berührt, geht die Tür von selber auf. Hinter der Tür steht die Mutter. Die Mutter breitet die Arme aus, sie sieht vor der Türöffnung zum hellen Wohnzimmer aus wie ein dunkles Kreuz. Ein dunkles Kreuz auf hellem Grund. Sara, wo warst du denn so lange? Es ist schon nach acht. Die Stimme der Mutter ist leise, aber sie zittert ein wenig. Mutter, sagt Sara, es ist erst zwei Minuten nach acht. Und jetzt bin ich doch hier, sagt Sara und lässt sich von ihrer Mutter umarmen. Sara kann sehen, dass ihre Mutter geweint hat. Ihre Augen sind rot und feucht. Mutter hat so hilflose Augen. Sie sind groß und blau. Saras Mutter ist klein und zart. Sie hat weißrosa Haut wie eine Porzellanpuppe. Nächstes Mal komme ich ganz pünktlich, verspricht Sara und umarmt ihre Mutter.

Keine muss abends so früh zu Hause sein wie Sara und Synne. Sie sind immer die Letzten in der Klasse, die im Frühling Halbschuhe tragen, und die Ersten, die im Herbst Strumpfhosen anziehen. Sara und ihre kleine Schwester bekommen jeden Abend Lebertran, und sie dürfen nicht Slalom fahren, das ist zu gefährlich.

Gleich nach den Weihnachtsferien in der dritten Klasse werden Sara, Tamara und die übrige Klasse in ein Schullandheim fahren. Zu dem Heim gehört ein Bauernhof, und alle freuen sich. Sara liebt Tiere so sehr, alle Tiere, und sie glaubt nicht, dass die anderen sich so freuen wie sie. Sie freut sich aufs Melken, sie freut sich aufs Reiten. Sie wird Eier einsammeln und mit Katzen und Kaninchen schmusen. Aber mitten in den Weihnachtsferien sagt Mutter, dass

Sara nicht mitfahren darf. Es ist zu gefährlich. Ich hab Angst vor allem, was dir da passieren kann, Sara. Du kannst vom Heuboden fallen. Du kannst gebissen oder von Kuhhörnern aufgespießt werden. Du darfst nicht fahren, Sara, sagt Mutter. Die großen blauen Augen von Saras Mutter füllen sich mit Tränen, und bald laufen sie lautlos über. Ich werde keine ruhige Minute haben, Sara. Sara streichelt die Mutter. Vorsichtig wischt sie ihr mit der Hand die Tränen ab. Bitte, Mutter, lass mich fahren. Aber Mutter weint nur. Ich werde solche Angst haben, Sara. Sara möchte so gern fahren, aber sie kann ihre Mutter doch nicht so schrecklich leiden lassen. Sie sitzen dicht nebeneinander auf dem Sofa und umarmen sich. Am Ende beschließen sie, dass die Mutter mitkommen soll. Wäre das keine gute Lösung, Sara? Mutter ruft die Lehrerin an, und Sara fährt zusammen mit ihrer Mutter ins Schullandheim. Mutter ist mitgekommen, um der Lehrerin zu helfen, sagt Sara. Es wagt ohnehin niemand, Sara aufzuziehen, aber Mutter und sie haben beschlossen, die Sache so darzustellen. Mutter und Sara haben ein Geheimnis. Die Woche auf dem Hof vergeht viel zu schnell.

Aber in dem Herbst, in dem Sara elf war, hörte Sara plötzlich auf, ihrer Mutter zu gehorchen. Die großen blauen Puppenaugen sahen Sara ohne Erfolg flehend an, und die Tränen liefen vergeblich über die weißrosa Porzellanwangen. Saras Mutter breitete die Arme aus und stand wie ein schwarzes Kreuz in der hellen Türöffnung, aber Sara ließ sich nicht mehr in die Arme schließen. Sara liebte auch Tiere nicht mehr. Nur gut, dass Sara Tamara hatte. Jetzt braucht Sara Tamara noch mehr als früher.

»Ich habe gestern neue Skier gekauft«, sagt Liss. »Was für eine fantastische Suppe, Sara!«

»Ich wusste gar nicht, dass du ein Sportfan bist, Liss«, sagt Tamara sofort.

»Bin ich auch nicht. Aber Mona und Martin wollen so gern, dass ich mit ihnen Skilaufen gehen. Und aus irgendeinem Grund fragte der Verkäufer …«

»War der jung und hübsch?«, will Tamara wissen.

»Natürlich«, sagt Liss. »Blond und rotwangig und höchstens zwanzig. Egal. Er hat nach meinem Gewicht gefragt.«

»Wieso das denn?« Eva ruft fast. »In dem Laden werd ich niemals Skier kaufen.«

»Das hat offenbar irgendwas mit der Bindung zu tun«, antwortet Liss. »Wegen der Platzierung und so. Leicht beschämt hab ich es ihm zugeflüstert.«

»Und er hat das dann ganz laut wiederholt«, sagt Tamara.

»Nein, nein. Er war ein höflicher junger Mann«, widerspricht Liss. »Aber ich bin mir trotzdem ziemlich dumm vorgekommen. Und um mich besser zu fühlen, hab ich ihn im Spaß gefragt, ob er jetzt auch noch mein Alter wissen wollte.«

»Und was hat er gesagt?«, fragt Sara.

»Er hat gelacht und Nein gesagt. Und dann hat er – ebenfalls scherzhaft – hinzugefügt, ich sei sicher neunundzwanzig, das sagt man dann doch, nicht wahr. Zuerst hab ich gelächelt, aber dann fand ich es schrecklich. Es ist doch gar nicht witzig, dass er mich für bedeutend älter als neunundzwanzig hielt. So viel älter, dass es witzig ist, neunundzwanzig zu sagen.«

»Du hast mein volles Mitleid«, sagt Eva. »Wunderbare Rote Bete-Suppe, Sara. Was sind das für kleine runde Dinger?«

»Wasserkastanien«, sagt Tamara.

»Mädels! Wir altern. Wir verfallen. Wir müssen einfach akzeptieren, dass wir alt geworden sind«, sagt Sara.

»Ja«, sagt Tamara. »Wir sind jetzt in einem Alter, in dem sich die Komplimente verändern. Früher hieß es, du bist hübsch. Heute heißt es, du bist hübsch für dein Alter. Oder was im Stil von ›du hältst dich aber gut‹. Oder ›für soundso viele Kinder muss ich ja sagen, dass du noch einen tollen Körper hast‹. Oder so.«

»Und dann muss man erleben, dass Männer, die mit uns zur Schule gegangen sind, sich nach unseren Töchtern umdrehen und uns keines Blickes würdigen«, sagt Sara.

»O je«, sagt Liss.

»Ja, und dann ist man nicht mehr ›jung‹, sondern ›jugendlich‹, ist euch das auch schon aufgefallen«, fragt Eva.

»Ach ja«, seufzt Tamara. »Das passiert ungefähr dann, wenn das Alter der Körpertemperatur entspricht.«

Sara liegt auf dem Bauch neben Jakob im Doppelbett, auf weißen Laken, die sie aus einem für seine hochwertige Bettwäsche bekannten Nobelkaufhaus in Dresden mitgebracht hat. Sie sucht in ihrem ganzen Körper nach der überwältigenden Müdigkeit, die sie verspürt hat, als morgens der Wecker klingelte, als sie sich halbtot im Bett aufsetzte. Sie versucht vergeblich, den Wunsch zurückzurufen, den sie hatte, als sie zuletzt in diesem Bett lag, den Wunsch, eine Ewigkeit lang zu schlafen, aber noch während sie in ihrem ganzen Körper sucht, während sie in allen Winkeln und Nischen wühlt, findet sie keine Müdigkeit und weiß, dass sie liegen bleiben wird. Jakob hat ihr den Rücken zugekehrt. Sein Atem verrät, dass auch er nicht schläft, obwohl er sich schlafend stellt. Sara zählt bis sieben, dann streckt sie den Arm aus, der unter ihrem Körper eingeklemmt war, streckt ihn nach ihm aus, nach Jakob, doch ehe der Arm seinen Rücken erreicht, weiß sie plötzlich, dass er an seine Geliebte denkt. Jakob denkt an Tamara. Denn so ist es. Tamara ist Jakobs Geliebte. Eine Welle der Trauer und der Ohnmacht schwemmt Sara weg aus dem Doppelbett und von Jakob, sie schließt die Augen, rudert mit den Armen, vorsichtig, um Jakob nicht durch das Platschen zu stören, Sara spürt, wie das Wasser über ihre Wange läuft und hat plötzlich einen salzigen Geschmack im Mund. So bleibt sie lange liegen und denkt nach, während ihr Gesicht immer nässer wird. Sara denkt an viele Dinge. Wer ruft Sara an und legt dann auf? Sara denkt an Tamara. Sie denkt an Kristian. Sie wird immer so traurig, wenn sie an Kristian denkt. Sie kann sich gut an Kristian erinnern. Er hatte ein warmes Lächeln, fast ein wenig treuherzig. Sara erinnert sich daran, wie Kristians Mund weiterlächelte, obwohl seine Augen wehrlos traurig wurden, als sie ihm gesagt hatte, dass jetzt Schluss sein müsse. Kristian hatte ein Segelboot, und er fuhr gern mit seinen Freundinnen – nicht, dass er vor ihr so viele gehabt hätte – hinaus auf den Fjord. Er liebte Wiesenblumen und hatte ihr einmal einen großen Strauß gekauft, die Namen aller Blumen auf kleine Kartonstücke geschrieben und sie an den dazugehörigen Stängeln befestigt. Kristian war ein echtes Leckermaul gewesen, genau wie Sara. Er hatte süße Nachtische, Schokolade und Sahnetorten geliebt. Weißbrot mit Honig. Ihr Marzipanschweine, reißt euch zusammen, sonst seht ihr so aus, hatte Tamara zu Sara und Kristian gesagt. Kristian hatte Weißwein und Schalentiere geliebt. So wie Sara. Es war traurig, dass Schluss sein musste. Sie hatten so viel Spaß zusammen gehabt, alle drei. Tamara, meine beste Freundin, denkt Sara. Ich brauche Tamara.

Mit einem Zipfel des Lakens, von dem sie weiß, dass Tamara sich wollüstig darauf gewunden hat, wischt Sara ihr Gesicht ab. Sie will nicht mehr weinen. Das mit Kristian ist lange her. Und das mit Jakob und Tamara bildet sie sich sicher nur ein. Sara weiß, dass sie dazu neigt, sich Dinge einzubilden, Dinge zu sehen, die es gar nicht gibt. Tamara hat gesagt, das sei nicht normal. Sara wischt sich die Tränen ab. Sie beschließt, sich nichts mehr einzubilden. Natürlich läuft nichts zwischen Jakob und Tamara.

In Saras Nachttischschublade, ganz hinten, liegt eine halbleere Tüte Erdnüsse. Sara liebt Nüsse. Sie isst oft Nüsse. Aber immer nur heimlich.

Sara tut viel, um Tamara zu behalten.

Kapitel 9

Ausflug nach Kopenhagen, Freitag, 9. Februar

Eben hat der Oberkellner die vier Damen zu ihrem Tisch geführt, und jetzt nähert sich diesem Tisch ein schwarzweiß gekleideter Kellner. Es sind wirklich elegante Damen, alle vier. Zwei sind sogar bildschön, so weit er das beurteilen kann, aber er sieht ja doch nicht mehr so scharf wie früher. Gut angezogen. Vermutlich Mitte 30. Klangvolle Stimmen. Offensichtlich gebildete Menschen. Eine hoch gewachsene Blondine zieht als Erste seinen Blick auf sich. Ihre stolze Haltung ist ihm schon aufgefallen, als sie zum Tisch gegangen ist. Hübsche Brüste hat sie auch, wie ihm scheint, und solche Dinge weiß er noch immer zu schätzen. Und dann sind da die beiden Dunkelhaarigen und eine üppige Mittelblonde. Was sie wohl für eine Sprache sprechen, Schwedisch vielleicht?

»Guten Abend, meine Damen«, sagt er mit einer leichten Verbeugung, und als die Damen seinen Gruß lächelnd erwidern und etwas zu trinken bestellen, hört er, dass er es mit Norwegerinnen zu tun hat. Die Mittelblonde spricht ihn auf Dänisch an, redet mit ihren Tischgenossinnen jedoch Norwegisch. Er reicht jeder eine große Ledermappe mit der Speisekarte und schaut die Hellblonde an, als er dann sagt:

»Sie können à la Carte speisen oder unser dreigängiges Menü wählen. Aber ich erlaube mir, unser Menü mit acht Gängen zu empfehlen.«

Die Damen diskutieren ein wenig über diese Frage. Der Kellner nennt alle Bestandteile des Menüs mit den acht Gängen, serviert die von den Damen bestellten Aperitifs, gibt der einen Dunklen Feuer. Wunderschöne Augen, aber viel zu dünn für seinen Geschmack. Er lässt die Speisekarten liegen und entfernt sich, damit die Damen sich in aller Ruhe entscheiden können. Als er sich wieder nähert, scheinen sie sich geeinigt zu haben.

»Ich finde, dieses Menü mit den acht Gängen klingt verlockend«, sagt die ganz Dunkle, die mit den fast schwarzen Haaren und den großen Augen.

»Wird das nicht viel zu teuer?«, fragt die Hellblonde.

»Wir sind doch hier, um uns etwas Gutes zu tun«, sagt die ein wenig mollige Mittelblonde.

»Wir nehmen alle das Menü mit den acht Gängen«, sagt die andere Dunkle und nickt dem Kellner zu.

»Gut«, sagt der. »Und wie sieht es mit den Getränken aus? Soll ich die aussuchen, die meiner Ansicht nach am besten dazu passen? Etwas aus der mittleren Preisklasse?«

»Ja, bitte«, sagt die Schwarzhaarige.

»Danke«, sagt der Kellner. »Und darf ich zum Heilbutt einen Champagner empfehlen?«

»Ja. Champagner hört sich gut an, oder was meint ihr?«

»Aber sicher! Champagner muss sein. Wir haben ja schließlich was zu feiern!«

»Die Damen feiern?«, fragt der Kellner. »Darf man fragen, was?«

»Freundschaft. Freundinnenschaft!«, sagt die Mittelblonde, die, die Dänisch spricht.

»Wir feiern uns selbst«, sagt die eine Dunkelhaarige.

»Unser Nähkränzchen besteht seit fünfundzwanzig Jahren«, sagt die hübsche Blondine. »Ich hätte gern noch einen Gin-Tonic, bitte.«

Das Restaurant ist geschmackvoll eingerichtet, nougatbraune Wände, cremeweiße Tischdecken und jede Menge kleiner Strahler an der Decke. Und als sie sich auf dem Stuhl umdreht und sich umschaut, sieht Liss überall lächelnde Gesichter und elegant frisierte Köpfe. Sie hört ein gleichmäßiges, leises Summen der Lockerheit und Munterkeit. An allen Tischen wird gesprochen, gelacht, gegessen und angestoßen. Aber Liss braucht noch einen Gin-Tonic.

Erster Gang: Wachteleier in Portweingelee

Vor Liss steht ein winziger weißer Teller. Auf diesem Teller liegen zwei kleine Eier, wie zwei fein gerundete adlige Hoden. Sie sind umkränzt von zerhacktem braunen Portweingelee. Liss muss lächeln:

»Was für niedliche Teller, Mädels. Sieht aus wie das Puppengeschirr, das ich als Kind hatte«, sagt sie. »Und diese wunderschönen kleinen Eier. Gut schmecken tun sie auch. Ich habe noch nie Wachteleier gegessen.«

»Wirklich nicht?«, fragt Tamara.

»Ja, ich komm mir hier fast vor wie bei einer Puppengesellschaft«, sagt Sara. »Das hab ich lange nicht mehr erlebt.«

»Ich weiß noch, dass ich eine ganz tolle Schlafpuppe mit Locken und aufgemalten Schuhen hatte«, erzählt Eva.

»Ich hatte einen Teddy, den ich heiß geliebt habe. Einen graublauen Teddy«, sagt Liss und steckt sich ein Eistück in den Mund.

»Ach, wirklich?«, fragt Tamara mit freundlicher Stimme.

»Mm«, antwortet Liss. »Einen fast haarlosen Teddybären. Ich hab ihn total verschlissen. Er musste überall hin mit.«

»Großartiger Wein«, sagt Tamara. »Fruchtig.«

»Und jetzt hast du ihn an deine Kinder vererbt?«, fragt Eva. »Köstlich, dieses Sherrygelee.«

»Portwein«, korrigiert Tamara.

»Nein, leider war er eines Tages verschwunden«, sagt Liss. »Ich kam aus der Schule nach Hause, und da war er einfach weg.«

»Wie traurig«, sagt Sara.

Liss hatten die Wachteleier sehr gut geschmeckt, auch wenn sie nur ein Appetithäppchen sein sollten, eine Amuse-gueule, hatte der Kellner gesagt, und der Wein war köstlich. Liss saß neben Eva, und Liss konnte sich nicht daran erinnern, Eva jemals so gesehen zu haben. Eva saß ganz gerade auf ihrem Stuhl, ohne den Rücken anzulehnen, und sie hatte Heimvorteil und strahlte. Sie erzählte und lachte, zeigte auf alles Mögliche und gestikulierte. Eva hat so schöne Grübchen. Sie erzählte über Kopenhagen, originelle und witzige Anekdoten, über Boutiquen, Sehenswürdigkeiten und die Geschichte der Stadt. Alles kullerte nur so aus ihr heraus, ab und zu wechselte sie sogar ins Dänische über, um irgendeinen Ausspruch wiederzugeben. Sara und Tamara saßen wie immer nebeneinander. Selbstsicher, schön, nebeneinander, und meistens hörten sie Eva zu. Sara beugt sich zu Tamara hinüber, eine weiße Zigarette zwischen den Lippen. Sara mit den Sternenaugen. Tamara, die sofort Saras elegantes silbernes Feuerzeug vom Tisch nimmt und Sara damit Feuer gibt. Sara und Tamara, die lächeln. Dieses Lächeln, das alle anderen ausschließt, dieses Lächeln, das Liss jetzt seit mehr als fünfundzwanzig Jahren von Sara und Tamara kennt. Tausende von wissenden, ausschließenden Lächeln, einander vorbehalten. Den Eingeweihten vorbehalten, die anders sind als alle anderen. Dunkler und schöner.

Liss sah sich im Restaurant um. Überall saßen elegante Menschen in schöner Kleidung, an einem Tisch glitzerte und funkelte eine Halskette, am Ecktisch dort hinten leuchtete ein teures Armband. Die Hemdbrüste der Herren waren blendend weiß, die Damen trugen bunte Oberteile aus Seide oder Samt. Es gab Kerzen und verlockende, farbenfrohe Gerichte, es gab rot lackierte Nägel und riesige Zigarren. Blanke Weingläser, grüne Flaschen. Geschäftige Kellner, die die duftenden Teller auf ausgestreckten Armen servierten, hoch in der Luft. Das Restaurant war erfüllt von Geräuschen und Gerüchen, von Farben und Bewegungen. Es war erfüllt von Erwartung und Freude, von Behagen und Genuss. Das hier müsste mir vorkommen wie ein romantischer Roman, oder wie ein Traum, denkt Liss. Und Liss liebt Bücher und Träume, doch hier findet sie keinen Zugang. Sie hört Saras Lachen, doch sie begreift nicht, worüber die Mädels lachen. Ist Liss die Einzige, die sich ein wenig nervös fühlt, etwas ängstlich? Sie schaut den winzigen Teller an, der jetzt leer ist. Fast wie das Puppengeschirr, das sie als kleines Mädchen hatte, denkt sie noch einmal. Sie sitzt zu Hause im Wohnzimmer. Es ist Sommer. Liss sitzt auf Mamas Schoß auf dem grünen Samtsofa. Aus der Küche schwebt der Duft von frisch gebackenem Brot ins Wohnzimmer. Gute Mutter, gute Hausfrau. Alle bewunderten Liss' Mutter. Liss spürt ihre Lippen an ihrer Stirn, sie bewegen sich, flüstern Kosenamen. Kleine Liss, mein Schatz. Mamas kleines Mädchen. Aber Liss weiß trotzdem, dass es passieren wird. Sie bekommt Angst. Die Sonne scheint durch frisch geputzte Fenster und malt Vierecke auf das Parkett. Liss hat Angst. Liss wagt nicht, sich umzudrehen und Mama anzusehen. Denn was, wenn das nicht Mama ist. Was, wenn das die Frau mit dem roten wütenden Mund und den schwarzen Schuhen ist. Teddy sitzt in ihrem Zimmer. Liss summt in Gedanken vor sich hin. Kleine Liss, Mamas kleines Mädchen. Du und ich, Liss. Du und ich. Liss summt, und sie traut sich nicht, sie kann sich nicht umdrehen.

Und dann kam der Tag, an dem Teddy nicht auf sie wartete, als sie aus der Schule nach Hause kam. Mamas großer roter Mund, der sie tröstet, der sagt, du findest ihn sicher wieder, und vielleicht sei Liss ohnehin zu groß, um einen Kuschelteddy mit ins Bett zu nehmen.

»Auf unser Nähkränzchen«, sagt Eva. »Und auf wonderful Copenhagen!«

»Prost!«, antwortet Sara und hebt ihr Glas.

»Prost«, sagen Tamara und Liss gleichzeitig. Keine sieht Liss an.

Tamara hört Liss' und ihre eigene Stimme gleichzeitig ›Prost‹, sagen, und sie denkt an Liss' graublauen Kuschelteddy. Aus irgendeinem Grund verspürt Tamara ein leichtes Ziehen, eine leichte Reizung im Zwerchfell. Die legt sich wieder, ehe sie weiß, was das für ein Gefühl war. Tut Liss ihr Leid? Eva erzählt eine komische Geschichte über jemanden, der in der Schule eine Klasse über ihr war und jetzt in Christiania lebt. Alles lacht. Liss' Teddy verschwindet wieder aus Tamaras Kopf.

Zweiter Gang: Consommé mit thailändischen Gewürzen und Kamchatkakrebsen

Tamara nippt am Wein. Sara sitzt neben ihr, so, wie Sara ihr Leben lang neben Tamara gesessen hat. Sara trägt einen weißen Pullover. Der hat sicher viel gekostet. Sie sieht aus wie ein Engel. Ein weißer Engel in einem tief ausgeschnittenen, engen Designerpullover. Die schwarzen Haare liegen auf dem weißen Pulloverrücken. Tamara sieht sie an. Sara mit einem anderen weißen Pullover. Sara mit dunklen Rattenschwänzen mit Kugelgummis. Tamara ist in ihrem Zimmer. Sie sitzt auf dem Schreibtisch und schaut aus dem Fenster. Auf dem Boden liegt ihre Puppe Anne. Daneben steht der Koffer mit den Puppenkleidern. Der Deckel ist offen, die Kleider sind auf dem Boden verteilt. Vorhin haben Sara und Tamara Mutter, Vater und Kind gespielt. Sara will immer die Mutter sein, und dann muss Tamara der Vater sein. Sara hat so große dunkle Augen. Ich will nicht der Vater sein, sagt Sara. Jedes Mal. Sara weiß genau, was sie will.

Tamara sitzt auf ihrem Schreibtisch und schaut hinunter in den Garten. Sie darf dort nicht sitzen, tut es aber trotzdem. Ab und zu tut Tamara gern Dinge, die sie nicht darf. Filip ist im Garten. Er liegt in seinem Wagen. Der ist aus dunkelrotem Cord, und Tamara hat früher auch darin gelegen. Vor langer Zeit. Der Wagen steht im Schatten, und ein Netz liegt darüber, Mama hat erklärt, dass sonst eine Wespe kommen und Filip stechen kann. Ganz hinten im Garten, unter dem Baum mit den sauren Kirschen, von denen Papa behauptet, dass nicht einmal die Amseln sie haben wollen, sitzt ein Mädchen. Sie sieht von hier oben aus klein aus, aber sie ist groß. Es ist Sara, und Tamara und Sara sind gleich alt. Sie sind sechseinhalb. Sara hat schwarze Rattenschwänze mit neuen Kugelgummis. Tamara hat braune Zöpfe mit normalen roten Gummis. Sara sitzt leicht zusammengekrümmt in der Hocke. Ein schmaler weißer Pulloverrücken. Der zittert ein wenig. Tamara weiß, dass das daran liegt, dass Sara weint. Tamara weiß, dass Sara wegen Tamara weint. Ich habe Sara zum Weinen gebracht, denkt Tamara. Sie versteckt sich hinter den mit Schmetterlingen bedruckten Vorhängen.

Tamara? Sara berührt Tamaras Schulter, legt ihre Hand darauf. Tamara schüttelt den Kopf, für einen kurzen Moment presst sie die Wange gegen Saras schmale Hand. Sara und Tamara stehen auf, und Tamara folgt Saras schwarzem Hinterkopf die Treppe zur Toilette hinunter. Das ist ein schöner Raum mit grauen Fliesen und weißen Callas in schlanken Vasen. Sie verschwinden jede in einer Zelle. Tamara kann hören, dass sie genau im selben Moment anfangen zu pinkeln. Sara wird ein wenig später als sie fertig, aber Tamara öffnet die Tür erst, als Sara gespült hat. Tamara empfindet eine plötzliche und tiefe Zuneigung zu Sara. Das Plätschern aus dem Nachbarklo hat sich so unschuldig und kindlich angehört, fast ein wenig jämmerlich. Wie Emma, als sie klein war, denkt Tamara. Das Plätschern des dünnen Strahls, die ersten Male, als Emma feierlich auf dem großen, kalten Erwachsenenklo saß und das Töpfchen für immer in den Keller gebracht worden war. Sara, meine beste Freundin. Sara hat kleine Füße mit hohem Spann. Sie hat einen schmalen Rücken und große Augen. Ihre Schläfenhaut ist zart und durchsichtig, die Adern bilden ein zierliches Muster, fast wie eine verblichene Tätowierung. Wenn sie Angst hat oder sich aufregt, dann schwillt eine Ader an ihrer linken Schläfe an. Tamara sieht es gern, wenn Saras Adern vor Angst anschwellen.

Sie stehen nebeneinander und waschen sich die Hände. Der Wasserhahn hat keinen Griff, das Wasser kommt von selbst, wenn man die Hände darunter hält. Lavendelseife. Keine Papierrolle, natürlich, sondern weiche, zusammengefaltete Frotteehandtücher. Die Beleuchtung ist rücksichtsvoll gedämpft. Das hier ist kein Ort für Jugendliche. Das ist ein Restaurant für Menschen, die im Laufe der Jahre viel Geld verdient haben. Tamara schminkt sich die Lippen. Sie mustert die Gesichter im Spiegel. Wir sind hübsch. Wir sehen uns ähnlich. Saras Haare kräuseln sich hinter den Ohren ein wenig. Sara kramt ihren Eyeliner hervor und zieht einen neuen dünnen, schwarzen Lidstrich. Tamara wartet. Wir haben Ähnlichkeit miteinander, denkt sie. Wie zwei Schwestern. Wir sind mehr als Freundinnen, Sara und ich.

Sara beugt sich zum Spiegel und zeichnet ihren Amorbogen mit einem Konturenstift nach, bevor sie ihren Lippenstift nimmt und sich die Lippen dunkelrot malt. Sie hat den dunkelroten Lippenstift am Vormittag auf dem Flughafen gekauft. Die Parfümflasche aber hat sie nicht bezahlt. Tamara hat gesehen, wie sie die in ihre Tasche geschmuggelt hat. Tamara weiß noch, als sie sechzehn waren und drei ernste Männer in Anzügen auf sie zukamen. Als sie in Saras Tasche den Lidschatten fanden, sah Sara Tamara an und brachte sie dazu zu sagen, dass Tamara die Diebin sei. Dabei hatte Tamara gar nichts von dem Lidschatten gewusst. Danach musste Tamara wehrlos die Verachtung der drei Männer über sich ergehen lassen, weil sie die Schuld ihrer Freundin zugeschoben und das Diebesgut in deren Tasche gesteckt hatte. Tamara sagte nichts. Wenn Sara Tamara ansieht, kann Tamara nie Nein sagen. Und die Männer glaubten nicht eine Sekunde lang, dass Sara mit den großen Augen und der weißen Haut die Diebin sein könnte. Natürlich glaubten sie das nicht. Sara sieht so weiß und unschuldig aus. Wie ein Engel. Und später verschlang Tamara gierig Saras Bewunderung und Saras Dank. Einen großen Mund voll nach dem anderen. Dann schluckte sie Saras Gewissheit, dass Tamara ihr helfen könnte. Aber auf Saras Laken schluckt Tamara andere Dinge. Gierig, einen großen Mund voll nach dem anderen.

Sara ist mit ihren Lippen noch nicht fertig, jetzt trägt sie mit einem Pinselchen Lipgloss auf. Tamara wartet. Tamara sieht Saras Ohr an. Das linke, das Tamara zugekehrt ist. Am Ohrläppchen sitzt ein geflochtener goldener Ohrring. Er hat Ähnlichkeit mit den Ohrringen, die Tamara von Håvard bekommen hat, kurz, bevor dann Schluss war. Kurz vor der Scheidung. Tamara hat Håvard geliebt.

Sara pudert sich die Nase. Die schöne gerade Nase mit den fein geschwungenen Nasenflügeln. Saras eines Ohr ist noch immer Tamara zugekehrt. Der Ohrring. Den hat sie von Jakob bekommen. Plötzlich hat Tamara Lust, ihn ihr vom Ohr zu reißen, so fest, dass die Haut zerfetzt wird. So fest, dass die Reste des Ohrläppchens sich auseinanderspreizen, so, wie Tamara für Jakob die Beine spreizt. Tamara lächelt. Wenn du wüsstest, Sara, aber du hast ja keine Ahnung. Jetzt führe ich dich an der Nase herum. Sara. Ich bin schlauer als du. Jakob liegt zwischen meinen Schenkeln. Sara. Auf deinen Laken spritzt dein ungeschickter Mann seinen Samen in meine Scheide. In meinen Mund. Lächerlich wollüstig stöhnt er mir Albernheiten ins Ohr. Albernheiten, die ich gierig schlucke. Und du hast keine Ahnung. Tamara lächelt ihre beste Freundin an. Sie gehen die Treppe hoch. Schulter an Schulter. Tamaras braune Haare an Saras schwarzen. Jetzt bestimme ich, was Sache ist, Sara.

»Sie kommen gerade im richtigen Moment, meine Damen. Denn ich habe eine wunderbare Überraschung für Sie«, sagt der Kellner, als Sara und Tamara an den Tisch zurückkehren. Er lächelt freundlich und zeigt auf die dampfenden, duftenden Fayence-Schüsseln.

»Krebsconsommé. Gewürzt mit rotem und grünem Chili, frischem Ingwer und einem Hauch Knoblauch. Ich hoffe, es schmeckt Ihnen.«

Sie essen die Suppe. Tamara schnell und gierig. Sie liebt stark gewürztes Essen. Tamara ist guter Laune. Und in ihrer Handtasche liegt das kleine dicke Buch mit dem schwarzen Samteinband.

Sara isst eigentlich gern thailändisch, und ihr gefallen die großen weißroten Krebsstücke und der goldene Glanz der Suppe. Aber diese Suppe ist zu stark gewürzt. Das sieht sie. Ist ihre Schüssel die einzige mit zu viel Chili? In Saras Brühe schwimmen große Stücke roter und grüner Chili und ziemlich viele Chilisamen. Sara zählt. Eins, zwei, drei, vier. Neun Samenkörner schwimmen an der Oberfläche. Neun. Das ist kein gutes Omen. Sie schiebt vorsichtig den Löffel in den Mund. Die Suppe fließt wie ätzende Säure durch ihre Speiseröhre. Sie hat es ja gewusst. Die Suppe ist viel zu stark. Sara fühlt sich nicht wohl. Sie ertastet am Handgelenk ihren Puls. Der ist bedrohlich hoch.

Thymiansorbet

Nein, Sara fühlt sich nicht wohl. Seit sie unter dem Baldachin durch die doppelte Edelholztür des Restaurants *Chez Jean Pierre* an einem von Fredriksbergs breiten Boulevards gegangen ist, hat sie dieses beunruhigende Gefühl. Der Raum, in dem sie sitzen, ist groß und sieht fast vornehm aus, aber auf abweisende, überlegene Art, findet Sara. Die Wände sind schmutzigbraun und bedeckt mit nichts sagenden, abstrakten schwarzweißen Lithografien. Immer wieder kommt der Kellner angeschlichen, an ihren mit einer hellen Damastdecke, gläsernen Platztellern und Besteck aus schwerem Neusilber gedeckten Tisch. Er ist ein kleiner Mann mit unverhältnismäßig großem Oberkörper, X-Beinen in schwarzer Hose mit deutlicher Bügelfalte und Lackschuhen mit Sohlen, die auf Grund seines lautlosen Auftretens aus Gummi sein müssen, denkt Sara. Bestimmt wird er das Alter, in dem dänische Kellner in Rente gehen, bald erreicht haben. Er hat seine schütteren Haare über seinen altersgefleckten Schädel gekämmt und schaut hinter den dicken, konkaven Brillengläsern, die seine Augen unnatürlich groß machen, mit durchdringendem Blick hervor. Sara mag ihn nicht.

Sara mochte auch die beiden Wachteleier nicht, die als erster Gang serviert wurden. Sie kann Eier einfach nicht mehr ertragen. Sie weiß, dass alle Eier gelbe Augen verstecken. Aber Sara kaute und schluckte tapfer, und die gelben Augen glitten durch ihr Verdauungssystem. Während Sara mit Eva sprach, die an diesem Abend ungewöhnlich mitteilsam war, während die Wachtelaugen die knetenden Muskeln ihres Magens erreichten, und während Sara mit beiden Händen versuchte, das Gefühl, hier die bizarre Version einer gastroskopischen Untersuchung über sich ergehen lassen zu müssen, wegzuschieben, fing Liss auf der anderen Tischseite an zu summen. Liss summte. Das tut Liss ab und zu, und Sara findet es immer schrecklich. Der alte Mann mit dem krummen Rücken, die gelben Augen, die durch ihren Körper wandern, Evas unaufhörliches Gerede, Tamaras ungewohntes Schweigen und jetzt auch noch Liss' Summen. Das ist fast unerträglich. Aber Sara sagt nichts.

Die Frauen verzehren als Zwischengericht eine kleine Kugel kühlendes Thymiansorbet, serviert in einem hohen Metallbecher, mit einem Thymianzweig als Krönung. Um ihre Gaumen zu reinigen und ihre Geschmacksnerven nach dem stark gewürzten Thaigericht mit den zwei Sorten Chili zur Ruhe kommen zu lassen, hatte der Kellner erklärt. Jetzt können Sie sich ein wenig ausruhen, meine Damen, hatte er gesagt und den Tisch mit etwas verlassen, das vermutlich ein lustiges und scherzhaftes Lächeln um seinen schmallippigen, trockenen Greisenmund abgeben sollte.

Neben Sara sitzt wie immer Tamara. Sara spürt die Wärme von Tamaras Körper, sie nimmt den Lavendelduft ihrer frisch gewaschenen Haare wahr, sie spürt den Luftzug, wenn Tamara ihre glänzenden braunen Haare schüttelt. Sara spürt, wie das Polster nachgibt, wenn Tamara sich anders hinsetzt, wenn sie ein Bein über das andere legt.

Plötzlich durchdringt Liss' Stimme den dichten Lärm, der das Restaurant erfüllt, den Lärm von fremden Stimmen, von Evas lauten Erzählungen, dem schrillen Lachen und dem Klirren des Bestecks auf dem Porzellan. Obwohl Sara ziemlich sicher ist, dass Liss einen grammatikalisch korrekten norwegischen Satz geäußert hat, kann sie die Wörter aus Liss' Mund nicht zu einem sinnvollen Ganzen zusammensetzen. Sara hat sich die Substantive Astrologie und Persönlichkeit, beides häufig auftauchende Wörter in Liss' Vokabular, gemerkt, aber das Verb und der restliche Satz sind offenbar verschwunden. Vielleicht schwirren die fehlenden Wörter noch immer um den Amboss, haben sich am Steigbügel festgesetzt oder schlagen weiter gegen Saras eines Trommelfell.

Sara sieht, dass Tamara ganz kurz zu Sara hinüberschaut und ihr zuzwinkert, sie spürt Tamaras heißen Atem an ihrer Wange und hört, dass sie etwas flüstert. Sara hört nichts. Aber diesmal, trotz des totalen Mangels an empfangenen Wörtern, kann Sara die Botschaft doch deuten. Mehr als dreißig Jahre Erfahrung mit Verleumdungen und Sticheleien unter Freundinnen machen es Sara leicht, Tamaras giftigen Satz über Liss' kindisches Verhalten zu rekonstruieren. Aber Sara gibt Tamara keine Antwort. Sara will in Ruhe am Restauranttisch sitzen und einfach nur schlucken. Sara will ihr Zwischengericht in Ruhe aufessen.

Sara denkt an Tamara. Sara denkt an Kristian. Wie schon so oft. Und in letzter Zeit häufiger als früher. Wenn Sara an Kristian denkt, wird sie traurig. Sara rutscht auf der Polsterbank weiter, nur zwei Zentimeter nach links. Weg von Tamara. Kristian mit dem Segelboot und den Wiesenblumen. Kristian, der Süßigkeiten, Desserts und Kuchen so geliebt hat. Sara kann sich gut an Kristian erinnern. Er hatte so ein wunderbares Lächeln, fast ein wenig treuherzig. Sara weiß noch, wie Kristian weitergelächelt hat, sogar, als seine Augen wehrlos traurig wurden, nachdem sie ihm mitgeteilt hatte, dass jetzt Schluss sein müsse. Sie hatten heiraten wollen. Es war schade, dass Schluss sein musste. Sie hatten soviel Spaß zusammen gehabt, alle drei. Tamara, meine beste Freundin, denkt Sara. Ich brauche Tamara.

Kristian hatte viele gute Seiten, das war allen klar, aber vielleicht war Sara die Einzige, die auch die weniger guten sah. Kristian war besitzergreifend, er war eifersüchtig, und er konnte ziemlich dominierend sein. Und von der ganz treuen Sorte war er auch nicht.

Am Ende fühlte Sara sich verpflichtet, Tamara auch von diesen Seiten an Kristian zu erzählen. Ich weiß, dass du Kristian für perfekt hältst, aber niemand ist mir so wichtig wie du, Tamara, sagte Sara. Und ich muss dir etwas sagen, sagte Sara.

Das war nur wenige Monate vor der geplanten Hochzeit, und Sara war bei Tamara zu Hause, um ihr bei der Aufstellung der Gästeliste zu helfen. Natürlich sollte Sara Trauzeugin sein. Er hat es doch wirklich ein paar Mal bei mir probiert, sagte Sara. Sie versuchte, Tamara das so schonend beizubringen wie überhaupt nur möglich. Ich habe lange hin und her überlegt, aber ich finde, du musst es erfahren, ehe es zu spät ist. Bevor ihr heiratet. Sara hatte angeboten, Kristian Bescheid zu sagen, falls Tamara es nicht fertig brächte. Tamara brachte es nicht fertig, mit Kristian zu sprechen. Sara musste ihm mitteilen, dass er und Tamara nun doch nicht heiraten würden.

Tamara war total zusammengebrochen. Ist er denn wirklich so, weinte sie. Du Liebes, hatte Sara gesagt und sie an sich gedrückt.

Sara denkt an Carlos. An Carlos, den Tamara bei ihrem Journalistikstudium kennen gelernt hat. Carlos war klug und immer galant und höflich zu Sara. Ein Traummann. Er lud sie beide gern zum Essen ein. Carlos hatte ein altes schwarzes Fahrrad, und wenn sie gegessen, eine Bar oder ein Kino oder vielleicht eine Ausstellung besucht hatten, küsste Carlos Sara die Hand. Tamara umarmte sie, und dann blieb Sara auf der Straße stehen, während Carlos mit Tamara auf dem Gepäckträger davonradelte. Tamaras Beine sind nach beiden Seiten ausgestreckt, sie dehnt den Spann wie eine Balletttänzerin, ihre dunklen Haare fliegen hinter ihr her. Sie sahen so glücklich aus. Schade, dass zwischen Carlos und Tamara Schluss sein musste. Auch Carlos hatte seine Fehler. Schade, dass Tamara immer so blind ist, wenn es um Männer geht. Tamara war nach der Trennung von Carlos sehr traurig gewesen. So, wie Tamara auch sehr traurig gewesen war, als Schluss war zwischen Tamara und Lars, und zwischen Tamara und Henrik. Und damals bei Harald. Vor langer Zeit. Tamara war jedes Mal am Boden zerstört. Wie gut war es doch, dass Sara da war und sie trösten konnte. Tamara hat es nie geschafft, ihre Männer zu halten. Nach einigen Monaten war Schluss. Jedes Mal. Es wurde zu nah, zu eng, es gab keinen Platz mehr für andere. Sara musste eingreifen. Ihr die Wahrheit sagen, sie auf die schlechten Eigenschaften ihres Geliebten aufmerksam machen. Immer wieder musste Sara das tun. Schade, dass Tamara immer so blind ist. Gut, dass Sara ihr immer helfen konnte.

Tamara und Håvard. Tamara hatte schwer unter der Scheidung gelitten. Sara reibt ihre Nase, die große Nase, an der Haut ihres Oberarms und denkt an Håvard. Tamaras Exmann. Emmas Vater. Tamara und Håvard führten eine gute Ehe, anfangs zumindest. Sie sah, dass sie sich nahe kamen. Viel zu nahe. Es war fast kein Platz mehr für andere. Fast kein Platz für Sara. Und da war es nur gut, dass Sara erzählen konnte, wie Håvard wirklich war. Es ist gut, dass Sara sich auch manchmal nützlich machen kann. Denn Tamara ist so blind, wenn es um Männer geht. Es war schrecklich, dass es mit Trennung und Scheidung enden musste. Sara hatte versucht, schon früher einzugreifen. Ehe es überhaupt zur Hochzeit kommen konnte. Aber Tamara hatte nicht hören wollen. Zum ersten Mal hatte Tamara nicht auf Sara gehört. Und danach hatte Tamara zugegeben, dass sie auf Sara hätte hören sollen. Sara hatte getröstet und verziehen.

Sara weiß, dass sie ohne Tamara nicht zurechtkommt. Tamara war immer da. Sie hat sich immer um Sara gekümmert. Sara kommt ohne Tamara nicht zurecht. Tamara muss immer dasein.

In all den Jahren musste Sara ziemlich viel dafür tun, um Tamara zu behalten.

Sara senkt die Augen. Jetzt ist das Zwischengericht verzehrt. Im Metallbecher gibt es nur noch einen starren kleinen Thymianzweig. Trocken und ungenießbar.

Im selben Moment schaut auf der anderen Tischseite auch Eva in ihren Dessertbecher. Fast leer. Sie lässt den Löffel am Rand entlangwandern und leckt die allerletzten Eisreste ab. Es hat toll geschmeckt. Was für eine Idee, aus einem Gewürz Eis herzustellen, denkt sie begeistert. Eva schaut sich um. Die anderen scheinen ebenfalls fertig zu sein, und aus allen Bechern ragt ein Thymianzweiglein heraus. Ein niedlicher Stängel mit kleinen grünen, runden Blättern. Vielleicht sollte sie diese Zweige einsammeln, einen kleinen Strauß daraus binden und ihn in ihre Handtasche legen. Als Erinnerung an diesen Abend. Sie sollte einen Kranz aus Thymianzweigen winden. Wie einen Lorbeerkranz. Den wird sie um den Hals tragen, die Arme über den Kopf heben und eine Runde nach der anderen drehen, während im Hintergrund der Applaus aufbraust.

Der Kellner räumt Eisbecher und Löffel ab. Eva lächelt ihn an. Sie braucht die Thymianzweige nicht. Die sind außerdem zu klein.

Dritter Gang: Millefeuille mit Tomaten, Kräutern und zwei Sorten Käse

Eva ist glücklich. Sie ist zufrieden mit ihrer Restaurantwahl. Das *Chez Pierre* ist genauso, wie sie sich das vorgestellt hat. Und Eva hat sich diesen Abend sehr oft vorgestellt. Das Lokal ist hell, die Wände sind in schönem warmem Braun gestrichen. Elegant und raffiniert, aber trotzdem nicht minimalistisch trostlos. Helle Tischdecken, zufriedene Menschen. Eva möchte sie alle umarmen. An den Wänden hängen große, stilvolle Schwarzweißbilder.

Kleine Strahler sind in die Decke eingelassen. Jede Menge kleine Leuchtpunkte. Sie sehen aus wie Sterne, denkt Eva. Ich will in den Sternen schwimmen. Ich will süße Luft essen. Eva will zwischen kleinen weißen Wolken fliegen, leicht und süß wie Zuckerwatte. Sie will in weicher, dunkler, warmer Nachtluft schwimmen, während funkelnde Sterne wie helles Meeresleuchten beiseite huschen.

Eva sieht Tamara an. Tamara ist so hübsch wie immer. Nein, noch hübscher. Eva hat den Eindruck, dass Tamara sie die ganze Zeit ansieht. Dass sie darauf wartet, dass sie, Eva, etwas sagt. Alle Freundinnen wirken froh und zufrieden. Das hier ist der Anfang eines gelungenen Abends. Und der Abend ist der Anfang von Eva und Tamara.

»Bitte sehr, die Damen«, sagt der Kellner. Dieser reizende alte Kellner. »Der dritte Gang. Das hier ist ein Millefeuille mit Tomaten, Kräutern und zwei Sorten Käse. Mozzarella und Ziegenkäse. Ich hoffe, das wird Ihnen zusagen. Guten Appetit.« Sagt er, und Eva hat das Gefühl, dass er ihr zuzwinkert, als er ihr den Teller hinstellt.

Vor Eva ragt ein hohes, kunstvolles Bauwerk empor. Es ist ein wunderschöner Anblick. Es hat drei Etagen aus knusprigem, mürben Blätterteig. Auf der untersten Teigplatte liegen winzige Tomatenstücke und Kräuter, auf der zweiten ein weißer, cremiger Käse, den Eva für den weißen Ziegenkäse hält, und die kleinen Würfel ganz oben sind vermutlich der Mozzarella. Darüber balanciert eine dünne, fast durchsichtige Platte des gleichen knusprigen, goldgelb gebackenen Blätterteigs. Der ganze Turm ist mit Kräutern bestreut.

Eva freut sich über diesen Anblick. Es sieht bezaubernd aus, doch in dem Moment, in dem sie mit der Gabel hineinsticht, um mit Essen anzufangen, stürzt der Turm ein und wird zu einem Haufen aus Käsestücken und Blätterteigkrümeln.

Eva lässt die Mädels einige Minuten lang essen, dann kann sie einfach nicht mehr warten. Sie klopft an ihr Glas, erhebt sich etwas, setzt sich dann aber wieder hin.

»Ja, wo wir nun in Kopenhagen sind, der Stadt meiner Kindheit, möchte ich euch etwas erzählen.«

»Was denn?«, fragt Sara.

»Ich wollte nämlich aus einem ganz besonderen Grund mit euch herkommen.«

»Du wolltest das? Das haben wir doch alle zusammen beschlossen«, sagt Sara.

»Hier, in der königlichen Stadt Kopenhagen, hat nämlich alles angefangen. Ein Mann und eine Frau lernten sich kennen. Es war Mitte der Sechzigerjahre. Beide kamen aus Norwegen. Sie besuchte ihre in Dänemark verheiratete Schwester, und er war für sechs Wochen beruflich hier. Diese beiden verliebten sich sehr ineinander.«

»Wie romantisch«, seufzt Liss.

»Tollen scharfen Geschmack hat dieser Ziegenkäse«, sagt Tamara.

»Und unmittelbar, ehe der Mann nach Norwegen zurückkehren musste, stellten sie fest, dass ihre Beziehung nicht ›ohne Folgen‹ geblieben war, wie man sagt. Das Problem war nur, dass der Mann in Norwegen bereits verheiratet war. Er liebte die Frau, die er in Kopenhagen kennengelernt hatte, von ganzem Herzen, und er war bereit, seine Ehefrau zu verlassen und mit der anderen und dem Kind, das sie erwarteten, ein neues Leben anzufangen.«

»Ach, wie schön! Wenn zwei sich lieben, müssen sie sich am Ende doch kriegen«, sagt Liss. »Hatte er mit der Frau in Norwegen auch Kinder?«

»Nein. Der Mann fuhr also nach Norwegen, um seiner Frau zu sagen, dass sie sich trennen müssten. Dass es zwischen ihnen immer nur Vernunft und Alltag gegeben habe, wie er es ausdrückte. Aber als er nach Hause kam, eröffnete ihm seine Frau, dass sie schwanger war. Aus Pflichtgefühl entschied der Mann sich für die Frau, mit der er verheiratet war. Und innerhalb weniger Monate wurde er der Vater von zwei kleinen Mädchen. Eines wurde in Kopenhagen von der Frau geboren, die er liebte, und eines in Oslo von der Frau, mit der er verheiratet war. Zwei kleine Mädchen, die in getrennten Städten aufwuchsen, die aber denselben Vater hatten. Die eine sah ihren Vater nie. Damit musste sie warten, bis sie erwachsen war. Aber die ganze Zeit sehnte sie sich nach ihm. Und nach ihrer Schwester, als sie erfuhr, dass sie eine Schwester hatte, die so alt war wie sie. Nein, sogar schon, ehe sie das erfahren hatte, sehnte sie sich nach dieser Schwester. Immer. Sie hatte sich immer nach dieser Schwester gesehnt.«

»Ja«, sagt Liss. »Ich weiß, wie es ist, Einzelkind zu sein.«

»Aber jetzt habe ich meinen Vater und meine Schwester kennen gelernt«, sagt Eva.

»Ging es wirklich um dich in dieser Geschichte, Eva?«, fragt Liss überrascht.

»Tamara, seit wir uns kennen, habe ich dich sehr lieb gewonnen, und ich fühle mich eng mit dir verbunden. Ich weiß, dass du genauso empfindest. Uns verbindet nicht nur die Freundschaft, sondern auch das Blut. Du bist meine Schwester, Tamara. Ich bin das Mädchen, das in Kopenhagen geboren wurde. Du bist das Mädchen, das in Oslo geboren wurde. Wir sind Schwestern, du und ich.«

Eva ist ungeheuer glücklich, als sie diesen Satz, den sie in Gedanken so oft gesagt hat, endlich laut aussprechen darf.

Wir sind Schwestern, du und ich. Du und ich, wir sind Schwestern.

»Hat es geschmeckt?«, fragt der Kellner. Er ist unbemerkt an den Tisch getreten und räumt die leeren Teller ab.

»Ja, ausgezeichnet«, antwortet Eva und lächelt ihn an.

Während der Kellner den Tisch abräumt, fliegen Eva die Bilder entgegen. Tamara und Eva, die auf einer grünen Wiese Blumen pflücken. Tamara und Eva in einem aufblasbaren Planschbecken, nackt, von glitzernden Wassertropfen bedeckt, hervorstehende Bäuche und speckige Oberschenkel. Tamara und Eva vor einem Schneemann. Auf Skiern. Auf einem Schlitten. Am Strand im Bikini. Tamara und Eva mit ihren Fahrrädern. Jede mit einem Eis in der Hand. Mit Abiturientinnenmützen. Dicht nebeneinander, lächelnd, tuschelnd.

Später an diesem Abend in der Hotelbar. Tamara beugt sich vor, um etwas zu Eva zu sagen. Eva spürt Tamaras dunkle Haare an ihrer Wange. So wird es sein. Eva sieht es deutlich vor sich.

Jetzt ist sie angekommen. Jetzt ist sie am Ziel. Eva schwimmt in den Sternen. Sie isst süße Luft. Jetzt sind sie Schwestern, Tamara und Eva. Am Tisch ist es ganz still. Eine gute Stille. Der Kellner räumt ab und lächelt.

Sara sieht zu, wie der Kellner mit dem Geschirr hantiert, wie er die benutzten, fettigen Teller entfernt, die schmutzigen Gläser, das Besteck mit den bleichen Käseresten. Es ist ihr nicht anzusehen, aber die Überraschung, die Evas Worte in Sara ausgelöst haben, ist gewaltig. Die Überraschung hat sie kalt erwischt. Sie hat sich Evas Geschichte angehört, war mit ihr im Kopenhagen der Sechzigerjahre, hat mit dem verzweifelten Mann gelitten, und plötzlich, ganz ohne Vorwarnung, wie es die Art solcher Überraschungen ist, hat sie ihr in den Rücken geschlagen, ziemlich hart, denn es war eine gewaltige Überraschung, und Sara ist bei diesem unerwarteten Schmerz zusammengezuckt. Eva ist Tamaras Schwester. Sara verabscheut Überraschungen. Sara will wissen, was passiert. Sara hat gern die Kontrolle. Tamara hat nicht auf Sara gehört, damals, als sie Håvard geheiratet hat. Das war das erste Mal. Das hat Sara ihr verziehen. Und jetzt hat Tamara es wieder getan. Aber Tamara muss sich um Sara kümmern. Ohne Tamara kommt Sara nicht zurecht. Deshalb muss Tamara Saras Schwester sein, nicht Evas.

Das ist ja wie im Roman, denkt Liss. Zwei Schwestern, von Geburt an getrennt, die jetzt zueinander gefunden haben. Und das gönnt sie Eva. Obwohl Eva das nie direkt gesagt hat, hat Liss erkannt, dass Eva sich nach Geschwistern sehnt. Eva hat sich immer so für Synne interessiert, für Saras Schwester, und sie hat sich oft nach Tamaras Bruder erkundigt. Aber für Tamara muss das doch ein Schock sein. Dass ihr Vater ihre Mutter betrogen hat. Liss lächelt Tamara zaghaft zu. Aber Tamara lächelt nicht. Sie sieht weder das interessierte Wohlwollen in Liss' Gesicht noch die blinde Erwartung in Evas. Sie sieht Saras weißes Gesicht.

Das ist absurd. Natürlich ist Eva nicht Tamaras Schwester. Tamara hat eine Schwester. Noch eine will sie nicht.

Vierter Gang: Carpaccio von der Entenbrust mit Kräutersalat, Gewürzvinaigrette und warmer Foie gras

Eva hat den Kopf ein wenig schräg gelegt und schaut Tamara vertrauensvoll an. Endlich hat der Kellner den Tisch abgeräumt. Tamara wartet, bis er sich einige Meter entfernt hat, dann beugt sie sich vor und sagt, ihre Augen auf Sara gerichtet:

»Eva ist nicht meine Schwester. Sara, du weißt, wer meine Schwester ist.«

»Was in aller Welt sagst du da?«, fragt Eva. Ungläubig. Noch immer lächelnd.

»Ich sage, dass du nicht meine Schwester bist.«

»Doch«, sagt Eva. Sie hört, dass ihre Stimme zu laut und munter klingt. Sie merkt, dass ihre Gesichtsmuskulatur sich verkrampft hat, und dass sie noch immer lächelt.

»Nein«, Tamara spricht noch lauter. »Sara ist meine Schwester. Das ist ja wohl kein Geheimnis, oder doch, Sara, dass mein Vater auch Saras Vater ist? Saras Mutter und mein Vater hatten ein Verhältnis.«

»Was?«, fragt Liss.

»Wie bitte?«, fragt Eva.

»Wir haben es selbst gesehen«, sagt Tamara jetzt. Ruhiger. Hat sich eben einer der Männer im Nachbartisch zu ihr umgedreht? »Wir haben es seit dem Tag gewusst, an dem wir sie zusammen gesehen haben. Wir sind Schwestern, Sara und ich.«

»Ich bin deine Schwester«, sagt Eva noch einmal. Diesmal leiser und müder.

»Nein«, sagt Tamara. »Sara ist meine Schwester.«

»Aber ich habe …«, beginnt Eva.

»Sara und ich sind mehr als Freundinnen«, erklärt Tamara. Ihre Stimme ist nicht laut, aber eindringlich, so, als spreche sie in kursiver Schrift. »Wir sind zusammen aufgewachsen. Wir sind zusammen zur Schule gegangen. Wir haben das Nähkränzchen gegründet. Wir waren gegenseitig Trauzeuginnen. Wir sind die besten Freundinnen. Und wir sind Schwestern. Wir haben sie zusammen gesehen. Damals, vor fünfundzwanzig Jahren. Und begriffen, dass das schon lange so gegangen war. Und damit erklärte sich alles.«

Evas Hände liegen in ihrem Schoß. Sie fühlen sich schwer und fremd an. Sie versucht, sie zu bewegen, aber es gelingt ihr nicht. Sie schafft es nicht, kann es nicht, bringt kein Wort mehr über die Lippen. Aber Tamara ist ihre Schwester. Eva weiß das. Wir sind Schwestern. Sie hat es ihr ganzes Leben lang gewusst. Eva hat sich ihr ganzes Leben lang nach Tamara gesehnt. Diesen Abend hat sie sich ihr ganzes Leben lang vorgestellt. Aber hier gibt es keine Sterne, keine süße Luft, und Eva hat niemals damit gerechnet, dass dieser Abend so verlaufen könnte.

Liss sieht die anderen an. Sie betrachtet die beiden dunkelhaarigen, schönen Frauen, die sie immer bewundert hat, die sie immer ein wenig eingeschüchtert haben. Sind die beiden wirklich Schwestern? Und sie sieht Eva an. Die braunen, lieben Augen unter dem blonden Pony. Eva, die ihr inzwischen so wichtig geworden ist. Liss würde ihr gern helfen, aber sie hat keine Ahnung, was sie tun soll. In wohlwollender Ohnmacht streckt sie unter dem Tisch ihre Hand aus und legt sie auf Evas, die in Evas Schoß liegt. Evas Hand ist eiskalt, und Liss weiß nicht einmal, ob Eva spürt, wie Liss behutsam ihre Hand streichelt.

Wer hier etwas sagen muss, ist Sara. Wer hier bestätigen muss, dass sie Schwestern sind, ist Sara. Denn jetzt hat Tamara Angst. Vielleicht hat sie sich gewünscht, Sara eins auszuwischen. Sich zu rächen, vielleicht. Tamara gibt es zu. Tamara und Jakob. Jakobs schweißnasses, rotes Gesicht und seine glänzenden, breiten Lippen. Aber Tamara will Sara trotzdem nicht verlieren. Tamara kann nicht ohne ihre kleine Schwester sein. Sara, sag etwas! Sag, dass du meine Schwester bist, Sara. Aber Sara sagt nichts. Sara denkt nach.

Tamara wird Sara helfen. Das hat sie immer getan. Tamara wird alles tun, was Sara will, denn Tamara braucht Sara. Und Tamara hat nicht auf Sara gehört; sie hat Håvard geheiratet. Das war das erste Mal. Aber als Tamara dann weinte und sagte, sie hätte auf sie hören sollen, da hatte Sara ihr verziehen. Hatte ihr verziehen und sie getröstet. Aber jetzt hat Tamara es wieder getan. Tamara hat es zum zweiten Mal getan. Sie hat Sara getrotzt. Sie hintergeht Sara. Jakob und Tamara. Sara hat Tamara mit ihren großen braunen, hilflosen Augen angesehen, und Tamara hat ihr jedes Mal geholfen. So soll es schließlich sein. Aber jetzt ist alles kaputt. Zerstört. Vernichtet. Denn Sara weiß Bescheid über Jakob. Sara sieht, auch wenn sie es überhaupt nicht will, auch wenn sie jetzt schon seit längerem versucht, die Augen zu verschließen, weiß sie, dass die Dinge um sie herum, die Dinge, die immer dieselben waren, und die sie deshalb für unveränderlich gehalten hat, für ewig, dass diese Dinge nun in Auflösung begriffen sind. Alles zersetzt sich. Muster zerspringen, Wörter haben keine Wirkung mehr, vertraute Gesten verlieren plötzlich ihren Inhalt. Sara kann sich nicht mehr auf Tamara verlassen. Sara muss ohne Tamara zurechtkommen. Kann sie das schaffen?

»Ich war niemals deine Schwester«, sagt Sara und stürzt sich in einen düsteren Abgrund. Kühle Luft pfeift an ihren Ohren vorbei.

»Was? Doch, Sara«, sagt Tamara. »Wir haben sie doch gesehen.«

»Ja«, sagt Sara. »Aber wir sind keine Schwestern.«

Liss mustert ihre Freundinnen, die einzigen beiden Freundinnen aus ihrer Kindheit. Sie sehen beide gleichermaßen verzweifelt aus. Und beide gleich wütend. Der Kellner hat die Entenbrust gebracht. Sie liegt in rosa Scheiben zwischen Basilikum, Petersilie und anderen Kräutern, deren Namen Liss nicht kennt. Dann bringt er eine neue Flasche Wein. Ein leichter Rhônewein, wie er bemerkt. Er schenkt ein wenig in Liss' Glas ein und bittet sie zu kosten. »Ja, der ist gut«, Liss lächelt. Eva, Sara und Tamara haben sich bereits über ihre Teller gebeugt, schneiden die Entenbrust in Streifen, spießen sie auf die Gabel und führen sie zum Mund. Köstlich. Herrlich. Wie würzig und mürbe. Sie nicken dem Kellner zu, der jetzt ihre Wassergläser neu füllt. Danke. Sie nippen am Wein. Der Kellner verbeugt sich und verlässt den Tisch.

»Ich bin nicht deine Schwester, und ich *will* auch nicht deine Schwester sein«, sagt Sara und starrt dem schwarzweißen Rücken des Kellners nach. »Du hast Recht, wir haben das eine Zeit lang geglaubt. Aber da waren wir noch sehr jung. Und ich weiß seit mehreren Jahren, dass es ein Irrtum war.«

»Sag das nicht, Sara«, sagt Tamara.

»Wir sind Schwestern«, sagt Eva.

Niemand gibt Eva eine Antwort. Sara gibt Tamara keine Antwort, stellt aber ihre Handtasche auf ihren Schoß, zieht die Brieftasche heraus und sucht darin, bis sie ein Bild gefunden hat. Liss kann nicht sehen, wen es zeigt, aber sie sieht, dass es ziemlich klein ist, wie ein Passbild, schwarzweiß. Sara reicht Tamara das Bild, und die betrachtet es einen Moment lang, dann gibt sie es Sara zurück.

»Siehst du das nicht«, fragt Sara. »Das ist mein Vater. Der Mann meiner Mutter. Mein Vater. Ich habe dich als Schwester betrachtet, Tamara. Als geliebte Schwester, aber jetzt ist mir klar geworden, wie du bist. Ich weiß, dass du mich anrufst und dann einfach auflegst.«

»Sara«, sagt Tamara.

»Ich habe nichts gesagt, als ich herausgefunden habe,

dass wir keine Schwestern sind, ich wollte dich nicht verletzen«, sagt Sara. »Aber jetzt weiß ich, was du mir antust.«

»Sara, darf ich mal sehen«, fragt Liss, ohne besonders große Hoffnung darauf, dass Sara ihre Frage überhaupt registrieren wird. Sara und Tamara hören Liss nicht immer. Sara sieht Tamara die ganze Zeit an, als sie Liss über den Tisch hinweg das Bild reicht. Liss hat Saras Vater gekannt, als sie noch klein war, und jetzt erkennt sie ihn sofort. Aber das hier ist ein Jugendbild von ihm, vielleicht ein Konfirmationsbild. Er hat glatt gekämmte Haare, ein weißes Hemd und eine Fliege mit Punkten. Er ist so jung, dass er fast feminin wirkt, und die Ähnlichkeit zwischen ihm und Sara ist nicht zu übersehen. Die gleichen schwarzen Haare und die helle Haut. Die großen, etwas traurigen Augen und die Nase. Die gleiche krumme, überaus aparte Nase.

»Hast du es gesehen?«, fragt Sara nun wieder.

»Nein«, antwortet Tamara.

Aber auch Tamara hat es gesehen. Sie hat gesehen, dass der Mann auf dem Bild Sara ähnelt, und sie hat gesehen, dass es der Mann ist, mit dem Saras Mutter verheiratet ist. Saras Vater? Aber Sara und sie hatten die beiden doch ertappt! Damals, als sie plötzlich alles durchschauten. Sie sind einander so ähnlich. Sie sind beide so hübsch. Keine andere hat so dunkle Haare wie sie.

»Und du glaubst, ich wüsste nicht, dass du ein Verhältnis mit meinem Mann hast?«, fragt Sara. »Glaubst du wirklich, ich wüsste nicht, dass ihr beide mich betrügt, du und Jakob?«

»Wir sind Schwestern«, sagt Eva.

Liss' Augen sind auf Sara gerichtet. Sie sieht nur Saras Profil. Die schwarzen Haare, die sich im Nacken kräuseln.

Die langen Wimpern. Die schöne Nase, exakt wie die des Vaters auf dem Bild. Sara schaut Tamara direkt ins Gesicht. Tamara schlägt erst die Augen nieder, dann hebt sie den Kopf.

Sara hat viele Seiten in Tamaras Erinnerungsbuch geschrieben, und allzu viele davon wagt Tamara nicht aufzuschlagen. Lars, Kristian, Carlos. Håvard. Tamara hat Håvard wirklich geliebt. Tamara hebt ihr Kinn noch höher und schaut Sara in die Augen. Ein Arm ruht locker in ihrem Schoß. Der andere liegt auf dem Sofarücken, goldbraun, schlank, elegant und völlig unbeweglich.

»Ich habe dich gesehen«, sagt Sara. Ihre Stimme klingt monoton, als läse sie etwas vor. »Ich habe dich gesehen, Tamara. Mehrmals. Ich habe dich letzten Montag gesehen. Du kamst aus meinem Haus, aus Jakobs und meinem Haus. Du kamst meine Treppe herunter, mit der Hand auf meinem Geländer. Es war greller Sonnenschein. Deine Haare glänzten in dem gleißenden Licht. Deine Augen funkelten wie Bernstein. Und du hast den Kopf in den Nacken gelegt. Du hast den Kopf in den Nacken gelegt und dir das Sperma meines Mannes von den Lippen geleckt. Wie eine Katze, die gerade die Sahneschüssel ausgeleckt hat und jetzt noch die letzten Tropfen genießt. Deine Zunge war leuchtendrot, langsam und genießerisch kreiste sie in deinem Mund. Immer wieder. Dann hast du die Augen geschlossen und gelächelt. Die Arme ausgestreckt und gereckt. Wie eine Katze, die gerade aufgestanden ist, nachdem sie sich auf den weichsten Samtkissen gewälzt hat. Widerlich zufrieden mit dir selbst.«

»Und dann habe ich den Schwanz gehisst wie eine Flagge und bin auf weichen Pfoten nach Hause geschlichen?«, fragt Tamara. Ihre Stimme ist leise und höhnisch. »Oder vielleicht habe ich auf dem Heimweg eine Maus gefangen und die dann mariniert und zu Abend gegessen?«

»Ich weiß, dass du ein Verhältnis mit Jakob hast. Ich habe dich am Montag gesehen«, sagt Sara noch einmal.

Tamara lacht leise und sagt:

»Am vergangenen Montag, liebe Sara, hatte ich einen Job in Bergen. Da habe ich diesen Dramatiker aus Hordaland interviewt. Du hast das Interview doch selbst heute im Flugzeug gelesen. Das weißt du genau, wenn du mal nachdenkst. Meine Haare, die in der Sonne glänzten, und meine Augen, die wie Bernstein funkelten. Lyrisch, Sara, überaus lyrisch. Es erinnert mich an das Hohelied der Liebe. Wenn ich mal kurz zitieren darf: Deine Nase gleicht der Zinne des Libanon, die gen Damaskus späht.«

Sara fasst sich an die Nase.

»In Oslo hat es am Montag geregnet«, sagt Eva.

»Genau. Ergo war da nichts mit Glänzen und Funkeln. Es hat geregnet, Sara«, sagt Tamara. »Nicht wahr, Liss?«

»Stimmt«, sagt Liss. Es war immer schon schwer, Tamara nicht beizupflichten.

»Hörst du, Sara? Und inzwischen wissen es wohl alle, denn es lässt sich nicht mehr verhehlen, Sara: Du siehst Dinge, die andere nicht sehen«, sagt Tamara. Sie spricht langsam und deutlich, als spreche sie zu jemandem, der schwer von Begriff ist. »Du bist einfach nicht ganz klar im Kopf«, sagt Tamara und lächelt Sara an.

»Aber«, sagt Eva und holt Luft, um etwas zu sagen. Sie weiß nicht so recht, was sie sagen will, und ehe sie weitersprechen kann, fährt Tamara herum und schaut sie an.

»Und du«, sagt Tamara zu Eva, und ihre Stimme zittert. Nur Sara hat je gehört, dass Tamaras Stimme gezittert hätte. »Du begreifst ja wohl, dass das nicht stimmt, was du da behauptest. Das sieht doch ein Blinder, dass es Unsinn ist. Dass mein Vater ein Verhältnis mit deiner Mutter gehabt haben soll! Dass mein Vater deine Mutter geliebt haben soll! Ich habe deine Mutter ja noch nie gesehen, aber ich kann mir nur zu gut vorstellen, was sie für eine ist.«

»Aber es stimmt, Tamara«, sagt Eva. »Mama hat mir alles erzählt!«

»Mama«, äfft Tamara sie spöttisch nach. »Deine Mama ist genauso verlogen wie ihre Tochter. Ich weiß, dass mein Vater nur meine Mutter geliebt hat. Saras Mutter war ein Flittchen, und deiner Mutter ist er nie begegnet.«

»Es ist ja wohl ganz offenbar, wer von unseren Eltern hier der Betrüger ist«, sagt Sara ruhig. »Dein Vater hat ja wohl jede Menge Seitensprünge auf dem Konto. Und du bist wahrlich die Tochter deines Vaters. Meine arme Mutter ist von deinem Vater verführt und betrogen worden. So ist das.«

»Blöde Kuh«, fauchte Tamara.

»Nicht so laut«, sagt Sara freundlich. »Denk an die anderen Gäste.«

Tamara hebt ihr Rotweinglas, und für einen Moment glaubt Eva, sie wolle den Inhalt ihr oder Sara ins Gesicht schütten. Aber Tamara trinkt zwei Schlucke und stellt das Glas vorsichtig wieder hin.

»Tamara«, sagt Eva. »Ich habe unseren Vater mehrfach besucht und mit ihm geredet. Ich habe ihn in den letzten Jahren regelmäßig im Heim besucht, und er …«

»Ich weiß nichts über *deinen* Vater, Eva«, sagt Tamara. »Aber sollte dir *mein* Vater begegnet sein, dann solltest du wissen, dass er ein liebenswürdiger, aber hochgradig seniler Mann ist. Alzheimer. Er redet wirres Zeug. Er weiß nicht, was er sagt.«

»Und schau mal«, sagt Eva und zieht ein verblichenes Farbfoto aus ihrer Handtasche. T und F Sommer 76. »Schau, das habe ich gefunden, als ich dreizehn war. Dieses Bild hat so viel für mich bedeutet. Nachdem ich es gefunden hatte …«

»Ein Bild von mir und Filip! Was zum Teufel beweist das schon? Herrgott, rennt ihr denn alle mit alten Fotos in der Handtasche durch die Gegend oder was?«

»Pst«, mahnt Sara mit sanfter Stimme.

»… nachdem ich dieses Bild gefunden hatte, habe ich nach dir gesucht, denn nun wusste ich, wen ich suchen sollte«, sagt Eva unverdrossen.

»Verflucht noch mal, Eva. Gar nichts hast du gewusst«, sagt Tamara.

»Ich habe nicht nur mit unserem Vater gesprochen, Tamara«, erklärt Eva. »Ich habe auch die Briefe gelesen, die er an Mama geschrieben hat, ich habe Bilder gesehen. Ich habe meine Geburtsurkunde gesehen, Tamara. Er war auch mein Vater. Wir sind Schwestern. Ich …«

»Er redet wirres Zeug«, wiederholt Tamara. »Alzheimer. Und eine seiner Töchter hat offenbar seine Gene geerbt. Und wenn ich von einer seiner Töchter spreche, dann meine ich dich, Sara. Es ist tragisch, mit Mitte dreißig schon zerfressene Gehirnzellen zu haben. Du Arme, Sara.«

»Tamara, meine Liebe«, sagt Sara. »Ich habe weder mit dir noch mit deinem Vater irgendwelche Gene gemeinsam.«

»Ich habe unseren Vater kennen gelernt, ehe er an Alzheimer litt. Und so weggetreten, wie du es darstellst, ist er nun auch nicht«, sagt Eva. »Er und ich haben viel miteinander geredet. Es tut ihm Leid, dass er mich erst kennen gelernt hat, als ich erwachsen war und er schon ein Greis.

Aber der größte Kummer in seinem Leben ist, dass er seine andere Tochter niemals richtig kennen lernen konnte. Dich nämlich, Tamara. Papa …«

»Nenn ihn nicht Papa!«

»Papa sagt, dass du nie richtig mit ihm reden wolltest, dass du ihn schon als kleines Mädchen abgewiesen hast.«

»Nun, meine Damen, sind Sie zufrieden?«, fragt der Kellner hinter den Rücken von Eva und Liss.

»Was? Zufrieden? Ja, ich glaube, jetzt haben wir es bald satt«, sagt Tamara.

»Wunderbare Ente«, sagt Sara im gleichen Moment.

»Ach, zwei oder drei Gänge schaffen Sie sicher noch«, sagt der Kellner lächelnd und zwinkert Liss zu.

Eva und Liss nicken und lächeln. Eva schafft es nicht, etwas zu sagen. Das, was sie über den Vater gesagt hat, hätte sie niemals verraten dürfen. Das über seinen größten Kummer. Es ist zwar die Wahrheit, aber sie hätte es Tamara nicht sagen dürfen. Der Vater und Eva haben über Tamara gesprochen, und der Vater hat mehrmals erwähnt, dass Tamara ihn anders behandelt, fast feindselig, seit sie elf oder zwölf war. Pubertät, dachte der Vater, aber es hatte sich nie mehr gelegt. Und er begreift es einfach nicht. Eva hätte das alles niemals Tamara weitersagen dürfen. Eva bereut es. Sie will Tamara doch wohl nicht verletzen? Eva ist es fast schlecht.

Und der Kellner sagt:

»Für manche wird es jetzt sicher ein wenig viel. Das war ja auch schon der Gang Nummer 4. Ich werde jetzt nur kurz abräumen, dann bringe ich gleich den Heilbutt. Und der Champagner wird auch sofort serviert.«

»Danke«, sagt Tamara.

Alle schweigen, bis der Kellner einen Sektkühler und

eine dunkle Champagnerflasche bringt. Er lächelt sie alle an, mustert Sara und fragt munter:

»Die schöne brünette Dame möchte vielleicht, dass ich die Flasche mit einem Säbel köpfe?«

»Na ja«, sagt Sara. »Da bin ich mir nicht so sicher.«

»Haben Sie keine Angst, gnädige Frau. Wenn man die Kunst beherrscht, eine Champagnerflasche mit einem Säbel zu köpfen, dann spült der Schaum eventuelle Splitter weg, es ist also nicht gefährlich. Und ich beherrsche dieses Kunst«, sagt der Kellner.

»Aha«, sagt Sara.

»Aber ich habe keinen Säbel.«

»Nein«, sagt Sara.

»Und wie sieht es mit Ihrer Feier aus, meine Damen?«, fragt der Kellner. »Jubiläumsstimmung?«

»Ja, danke«, sagt Tamara.

»Ja«, sagt Liss.

»Wissen Sie, dass es sich bei den meisten Verletzungen, die zu Silvester in Frankreich passieren, um Augenverletzungen durch Champagnerflaschen handelt? In dieser Nacht müssen die Augenärzte in Paris immer Überstunden machen. Aber wir wollen Sie doch alle unversehrt nach Oslo zurückschaffen, nicht?«

»Ja«, sagt Tamara müde.

Aber der Kellner lächelt, und als er einige Sekunden später mit dem Korken in der Hand dasteht, hat die Flasche nur einen korrekten kleinen Seufzer von sich gegeben.

»Und jetzt müssen Sie richtig feiern, meine Damen«, sagt er und füllt schmale hohe Gläser mit Champagner. Liss wird als Erste bedient.

»Entschuldigt mich für einen Moment«, sagt Tamara und nickt Liss, Eva und dem Kellner zu. Sara trägt einen weißen, tief ausgeschnittenen Pullover. Weiß wie ein Engel. Die Goldohrringe, die an die erinnern, die Tamara von Håvard bekommen hat, leuchten Tamara entgegen. Sie wachsen. Sie funkeln und knistern. Blenden sie. Tamara kneift im grellen Licht die Augen zusammen, beugt sich über Saras Ohr:

»Schlampe«, faucht sie.

Dann verlässt sie das Restaurant. Ihre Faust ist um einen geflochtenen Goldohrring geballt.

Fünfter Gang: Heilbutt auf Trüffelrisotto

Draußen ist es kalt, viel zu kalt, um ohne Mantel unterwegs zu sein. Tamara steckt Saras Ohrring in den Mund. Er schmeckt nach Blut. Widerlich süß. Saras Blut. Tamara lutscht an dem Ohrring, sie presst ihn mit der Zunge so fest an ihren Gaumen, dass es wehtut. Tamara braucht keine Schwester. Sara will ja nicht ihre Schwester sein. Dann eben nicht, denkt Tamara. Und Tamaras Vater findet, dass Tamara ihn im Stich gelassen hat. Na und, denkt Tamara und versetzt einem schmutzigen Schneeklumpen einen Tritt. Er hat kein Recht, ihr Vorwürfe zu machen. Der Leberfleck auf dem weißen Hintern. Der halb offene Mund. Die spitzen Zähne und die rote Zunge.

Und Sara weiß, dass Tamara ein Verhältnis mit Jakob hat. Na und, denkt sie noch einmal. Ich musste mich Gott weiß nicht sehr und nicht lange anzustrengen, um ihn dahin zu bringen, wo ich ihn haben wollte. Sara sieht sicher ein, dass es ihre eigene Schuld ist. Sie ist eine intelligente und begabte Frau, die begreifen müsste, dass es keinen anderen Grund gibt, um sich Jakob als Geliebten zu nehmen. Und wenn sie das nicht begreift, kann Tamara es ihr ja erklären. Jakob ist ein schlechter Liebhaber. Das Buch mit dem Samtbezug liegt noch immer in Tamaras Handtasche, drinnen, am Tisch. Es gibt vieles, was Sara wissen müsste. Es gibt vieles, was Sara nicht versteht.

Lars, Kristian, Carlos. Und dann Håvard. Tamara musste Sara doch glauben, als die ihr erzählte, was Sache war. Harald, Henrik. Tamara musste doch glauben, dass Sara ihr Bestes wollte. Dass Sara ihr helfen wollte. So, wie Tamara ihr auch immer geholfen hat. Tamara läuft auf dem Bürgersteig hin und her, saugt heftig am Ohrring, spürt, wie die scharfe Kante in ihren Gaumen schneidet und wie der Blutgeschmack intensiver wird. Saras Blut. Tamaras Blut. Tamara verschränkt im Gehen ihre Arme. Sie geht bis zur Ecke und macht kehrt, wieder und wieder. Sie läuft. Sie waren schon vor ihrer Geburt Freundinnen, und Schwestern wurden sie in dem Herbst, als sie elf waren. In diesem Herbst bekam sie eine Schwester und verlor einen Vater. Und Filip. Tamara denkt fast nie an Filip. Sie blättert rasch weiter. Der Blutgeschmack ist jetzt stärker, schwarz und bitter.

Tamara sitzt an ihrem Schreibtisch, hinter den Schmetterlingsvorhängen, und schaut hinunter in den Garten. Filip schläft im Wagen. Unter dem Kirschbaum sitzt Sara. Sara weint, und Tamara hat sie zum Weinen gebracht. Hast du deinen Bruder wirklich lieb, hatte Sara gefragt. Ja, sagte Tamara. Aber mich hast du lieber, sagt Sara und schaute Tamara aus großen dunklen Augen an. Ja, sagte Tamara. Wollen wir, sagt Sara und zieht das Mückennetz vom Wagen. Filip schläft. Nein, sagt Tamara. Dann kann eine Wespe kommen und ihn stechen. Dann gehe ich, sagt Sara. Sara geht. Tamara läuft ihr nicht hinterher, so wie sonst. Filip hat so helle, feine Augenbrauen und so weiche, glatte Haut. Tamara streicht mit dem Zeigefinger über seine Wange. Dann legt sie das Netz wieder hin und vergewissert sich, dass es am Rand fest sitzt. Als sie fertig ist und sich umdreht, steht Sara wieder da. Sie hält ein Stöckchen in der Hand. Tamara weiß, wo sie gewesen ist. Sara war bei den Nachbarn. Die haben einen großen Garten mit hohem Gras und Tannen. Den Dschungel, so nennen es Sara und Tamara. Hinter dem Komposthaufen gibt es einen kleinen Ameisenhügel. Saras Stöckchen ist übersät mit Ameisen. Es sind kleine, rote Ameisen. Eine kriecht über ihren Arm, und Tamara weiß, dass solche Ameisen gemein beißen können, und deshalb schnippt sie sie von Saras dünnem weißen Arm. Tamara kümmert sich um Sara. Sara darf nichts passieren. Sara sieht Tamara an, zieht das Netz vom Kinderwagen und schiebt das Stöckchen hinein. Nein, sagt Tamara. Sara hält das Stöckchen über Filips Kopf. Nein!, sagt Tamara. Zwei Ameisen fallen herunter, die eine läuft über seine Wange und verschwindet unter Filips Ohr. Sara lächelt.

Tamara schlug Sara mitten in ihr Lächeln, und Sara brach in Tränen aus. Sara lief weg, und Tamara lief nicht hinterher. Tamara fand die beiden kleinen Ameisen unter Filips Kopfkissen. Sie ließ sie auf die Steinplatten fallen und zertrat sie mit ihrem Absatz. Zuerst die eine, dann die andere. Danach legte sie das Mückennetz wieder zurecht und ging ins Haus. Zuerst stand Tamara hinter den Schmetterlingsvorhängen und bewachte Filip. Jetzt tut ihr Sara Leid. Tamara springt vom Schreibtisch. Sie geht wieder in den Garten hinunter, vorbei am Kinderwagen und weiter zu Sara. Tamara legt den Arm um Sara. Sara ist Tamaras allerbeste Freundin. Tamara kümmert sich um Sara. Sara braucht Tamara. Sara ist so dünn und weiß, und sie hat so große Augen.

Filip schläft die ganze Nacht hindurch unruhig. Auch

Tamara findet keine Ruhe. Sie wird mehrmals von Filips Weinen geweckt. Am nächsten Morgen ruft Papa den Arzt an. Mama sitzt daneben und hält Filip in den Armen, Tamara streichelt Filips Rücken und Nacken. Der arme Filip. Seine Haut ist von roten, wunden Stellen übersät. Einige nässen schon.

Tamara nimmt den Ohrring aus dem Mund und steckt ihn in die Tasche, öffnet die Tür zum Restaurant und geht hinein. Alle am Tisch verstummen, als Tamara hereinkommt. Das Essen steht unberührt vor ihnen. Die Gläser sind voll. Es ist so still, dass Tamara sich einbildet, den Champagner in den Gläser sprudeln zu hören. Tamara setzt sich, greift zum Fischbesteck und fängt an zu essen. Nach und nach folgen Eva, dann Liss und schließlich Sara ihrem Beispiel. Tamara sieht Sara an. Auf ihrem Ohrläppchen klebt ein kleines weißes Pflaster. Sara will Tamara nicht ansehen.

Warum will Sara Tamara nicht ansehen? Tamara war doch immer für sie da. Sie hat Sara doch immer geholfen. Stumm und ohne Widerspruch hat sie Sara geholfen. Meine Busenfreundin, meine Schwester. Sara hat Tamara aus ihren großen dunklen Augen angesehen, und Tamara hat getan, was Sara wollte. Tamaras ganzes Leben lang war das so. Schon lange, ehe sie zur Schule gekommen sind. Filip hat mehr als nur ein paar Ameisenstiche aushalten müssen. Tamara musste Andrea und Liv Torunn mit dem Spaten schlagen, weil Sara sie nicht ausstehen konnte. Das schwarze Fell und die Nägel durch die rosa Pfoten, das rosa Loch. Tamara musste den Männern im Anzug sagen, sie selbst habe den Lidschatten gestohlen. Tamara musste lügen. Für andere und für sich selbst. Sara sagte, Tamara solle ihn nehmen. Tamara nahm ihn und warf ihn bei den

Nachbarn in die Mülltonne. Graublau und fast haarlos war er, und er hatte liebe Knopfaugen. Lars. Henrik und Harald. Sara hat viele Seiten in Tamaras Erinnerungsbuch geschrieben, und viel zu viele davon wagt Tamara nicht zu öffnen. Kristian, Carlos, Håvard. Tamara hat Håvard wirklich geliebt.

Tamara schaut den weißen Heilbutt an. Zahm und farblos. Weißer Fisch auf weißem Reis mit kleinen dunklen Trüffelstücken. Tamara bereut, dass sie vom vorigen Gang nicht mehr gegessen hat. Von der blutigen, saftigen Entenbrust. Sie hat immer noch den Blutgeschmack im Mund. In ihrer Handtasche liegt das Tagebuch. Tamaras Hand umschließt den Samteinband. Soll sie es herausholen? Soll sie es Sara geben? Es gibt vieles, was Sara wissen müsste. Jakob ist im Bett unbrauchbar. Tamara und Kristian wären miteinander glücklich geworden. Tamara und Håvard waren zusammen glücklich. Tamara hat Håvard geliebt. Tamara hat begriffen, was Sara ihr in all diesen Jahren angetan hat. Und darüber kann Sara in dem Buch lesen. In dem dicken kleinen Buch mit dem Samteinband. Tamara lässt das Buch in Saras geräumige Handtasche gleiten. Tamara will nicht Saras Schwester sein. Sie will nicht Saras Freundin sein.

Plötzlich ist Tamara froh. Seltsam froh und leicht und frei. Sie sind ja trotz allem zum Feiern hier in Kopenhagen.

»Prost«, sagt Tamara, schaut Sara an und hebt das Champagnerglas.

»Prost«, antwortet Eva.

Warum hat nur Eva geantwortet? Sie sieht Eva nicht an. Mollig und nichts sagend. Rasch lässt Tamara deshalb ihren Blick zu Liss' rundem Gesicht weiterwandern. Eigentlich hat sie sich inzwischen fast schon an sie gewöhnt. Aber

Tamara muss sie schließlich seit fünfundzwanzig Jahren mit sich herumschleppen, und da ist das vielleicht kein Wunder. Sie sieht wieder Sara an.

Sara spürt sehr wohl, dass Tamara sie ansieht, aber Sara will Tamara nicht ansehen. Saras Ohr tut weh. Das Tamara zugewandte Ohr.

Dann redet Sara plötzlich. Sie wiederholt, dass sie gesehen hat, wie Tamara ihr und Jakobs Haus verlassen hat, verstohlen wie eine Katze. Dieselben Wörter wie vorhin. Dieselben wohlformulierten Sätze. Dieselbe monotone Stimme, derselbe abwesende Blick. Alle lauschen Saras Wortstrom. Keine versucht, ihn einzudämmen. Er ist leise und beherrscht.

»Denn so ist sie nun einmal«, endet Sara. »Verschlagen wie eine Katze. Falsch. Eine Katze, die im einen Moment schnurrt und dich im nächsten zerkratzt.«

»Alles in Ordnung? Schmeckt es?«, fragt der Kellner. Als sie seine Stimme hören, setzen alle sich ganz gerade, wie kleine Mädchen, wenn der Oberlehrer das Klassenzimmer betritt.

»Ja, danke. Ganz wunderbar«, sagt eine.

»Mm, köstlich«, antwortet eine andere und lächelt.

»Großartiger Fisch.«

»Und fantastisches Risotto«, fügt die Letzte hinzu.

»Mehr Champagner? Und läuft die Feier gut?«

»Ja, danke.«

»Mir auch noch einen Schluck, bitte.«

»Hier auch.«

»Vielen Dank.«

»Prost, Mädels«, sagt eine und hebt ihr Glas.

»Prost«, antworten die drei anderen.

»Prima«, sagt der Kellner.

»Wenn du heute über Katzen reden willst, Sara«, sagt Tamara, als der Kellner wieder verschwunden ist, »dann von mir aus. Dann erzähl ich den anderen mal von der Katze im Wald.«

Sara erschrickt bei Tamaras unerwarteter Drohung heftig. Das kann Tamara doch nicht ernst meinen. Das nicht! Sara fährt zusammen, und Tamaras Ellbogen streift Saras Oberarm. Einen Moment lang spürt Tamara Saras Oberarm. Wie weich und hilflos der sich anfühlt. Wie weiß er neben ihrem Ellbogen aussieht. Tamara richtet ihren Blick auf Saras Nase, denn sie kann ihr nicht in die Augen schauen, wenn sie jetzt sagt, was sie sagen will. Das, was noch nie ausgesprochen wurde.

»Ich kann mich nämlich an eine andere Katze erinnern«, sagt Tamara leise. Dann fährt sie mit etwas lauterer Stimme fort: »An eine schwarze Katze. Eine ziemlich junge Katze. Kannst du dich auch daran erinnern, Sara? Kannst du den Mädels nicht erzählen, warum du so eine hysterische Angst vor Katzen hast? Willst du etwa nicht? Du hast doch wohl nicht vergessen, wer den ersten Nagel eingeschlagen hat? Und den zweiten? Und dann auch noch den dritten?«

Als Sara aufschreckte, zuckte ihr rechter Oberarm und streifte Tamaras Ellbogen. Tamaras harter, spitzer Ellbogen stieß genau an der Stelle gegen Saras Oberarm, wo Tamara sie fünfundzwanzig Jahre zuvor mit festem Griff gepackt und vom Schlafzimmer der Eltern weggeführt hatte, durch das Wohngebiet und hinaus in den Wald. Der leichte Stoß von Tamaras Ellbogen, der nicht kräftig genug war, um Schmerzen zu verursachen, muss trotzdem irgendwelche Nervenbahnen in Saras Oberarm getroffen haben, denn jetzt fühlt sich die Stelle, die fünfundzwanzig Jahre zuvor von blauen Flecken übersät war, eiskalt und nackt, empfindlich und wund an. Sara legt ihre linke Hand auf diese Stelle und drückt fest zu, und mit der Hand um den Oberarm streckt sie die rechte Hand aus und greift nach ihrem Champagnerglas.

Tamara redet lange. Sie erzählt Liss und Eva, was an jenem Tag im Wald passiert ist. Tamara erzählt von der Hütte, die die Jungs aus der siebten Klasse bauten, vom Hammer und von der Schachtel mit den Nägeln. Sie erzählt von der Katze, von der Kreuzigung. Von den schwarzen Krallen, von dem aufgerissenen Maul und von dem vielen Blut:

»Sara hat eine Katze gekreuzigt. Sara hat ein süßes kleines Kätzchen an die Wand genagelt. Das ist ihr wahres Ich.«

Tamara hat leise und schnell geredet. Den letzten Satz sagt sie ziemlich laut und schaut dabei die beiden gesetzten Paare am Nachbartisch an.

Während Tamara erzählt hat, saß Sara über ihr Champagnerglas gebeugt. Eva und Liss haben Tamara angestarrt und ab und zu kurz zu Saras dunklem gesenktem Kopf hinübergeschielt. Haben Sara und Tamara wirklich so etwas getan? Aber warum, überlegt Eva. Was kann sie dazu gebracht haben? Und hat Tamara mitgemacht? Hätte Eva diese Geschichte vor einigen Stunden gehört, hätte sie vielleicht kein Wort geglaubt. Jetzt glaubt sie alles. Denn nichts ist so, wie Eva es sich vorgestellt hat.

»Aber warum«, fragt sie, als Tamara fertig ist. »Warum habt ihr das getan? Ihr müsst doch einen Grund gehabt haben?«

Tamara holt Atem, um zu antworten.

»Nein«, sagt Sara. Das ist das Erste, was sie sagt. »Wir hatten keinen Grund.«

»Nur aus Jux also«, will Eva wissen.

»Ja«, antwortet Sara.

Eva schüttelt den Kopf. Aber man weiß ja, dass Kinder unbedacht grausam sein können. Und Tamara und Sara haben sicher Seiten, die Eva bisher nicht gesehen hat, nicht sehen wollte. Die Geschichte von der Katze aber ist nicht Evas Geschichte. Eva war nicht mit Sara und Tamara zusammen Kind. Bis zu diesem Abend hat Eva nie von der gekreuzigten Katze im Wald gehört. Und Kinder machen doch manchmal entsetzliche Dinge. Sie denkt jetzt an Tamara, nicht an das, was sie eben über die Katze gehört hat.

Aber neben Eva sitzt Liss mit den blonden Haaren und dem runden Gesicht. Liss erinnert sich an ihr Entsetzen, als sie auf dem Schulhof von der Katze im Wald erfuhr. In ihrem elfjährigen Kopf sah sie vor sich, wie die Katze sich wand, sie glaubte, ihre Schreie zu hören. Sie erinnert sich an Abende auf ihrem Zimmer, mit verschlossener Tür und ohne Teddy. Sie erinnert sich an Sara und Tamara in hellen Sommerkleidern und Sandalen. Miss Liss Piss. Und Liss wird von Abscheu erfüllt. Sie setzt sich gerade, wie um sich möglichst weit von den beiden dunkelhaarigen Frauen auf der anderen Tischseite zu entfernen. Tamara sieht das, sie sieht Liss' Gesichtsausdruck und sagt:

»Du brauchst ja wohl nicht so verdammt unschuldig zu tun. Liss, die Scheinheilige.«

»Wie meinst du das?«, fragt Liss. »Darf man jetzt nicht mal mehr reagieren? Ich kann mich gut daran erinnern, wie Jungs aus der siebten die gekreuzigte Katze gefunden haben, und dass die Polizei bei uns in der Schule war und herumgefragt hat. Ich weiß noch, wie schrecklich ich es fand, von dieser armen Katze auch nur zu hören. Und wenn ich jetzt erfahre, dass ihr …«

»Spiel nicht das Unschuldslamm«, faucht Tamara. »Tu doch nicht so, als ob du das nicht wüsstest. Seit Jahren treibst du uns schon zum Wahnsinn, weil du immer darauf anspielst, was damals im Wald passiert ist. Darauf, was du damals im Wald gesehen hast. Du summst. Du sagst dies und das. Das genießt du doch!«

»Ich habe nichts gesehen«, sagt Liss, und in diesem Moment geht ihr auf, dass Tamara den Tag meint, den Spätsommertag, an dem Liss ihre Kusine besucht hatte und später Sara und Tamara am Waldrand begegnet war. Am Tag darauf hatten Sara und Tamara gefragt, ob sie Freundinnen sein wollten. Sara und Tamara hatten sie nicht um ihrer selbst willen gefragt, sondern wegen des langsamen Leidens einer gekreuzigten Katze. Liss sitzt wie erstarrt da.

Vor allem aber geht es um die Schande, um das Verbotene und Schmutzige. Das weiß Liss nicht. Sie haben sie wegen der Gerüche und Geräusche an diesem Tag gefragt, die für Sara und Tamara immer unauflöslich mit der Katze verbunden sein werden. Mit dem rolligen Maunzen der Katze, mit dem zitternden Schwanz und dem schamlosen rosa Loch. Aber das weiß Liss nicht. Und sie hätten Liss nie und nimmer gefragt, weil sie mit ihr zusammen sein wollten. Sie fragten sie, weil sie glaubten, Liss habe gesehen, was sie im Wald mit der Katze gemacht hatten, und wisse deshalb auch das andere. Sie hatten sie erwählt, weil sie glaubten, dass Liss die misshandelte Katze gesehen hatte, also müsse sie auch den Rest gesehen haben. Es war so, als habe Liss an jenem Tag mit ihnen zusammen in der Türöffnung gestanden.

Ach so, denkt Tamara. Dann hätte es eben doch nur Sara und Tamara geben können. Immer. Sie hätten Liss nicht mit sich herumzuschleppen brauchen. Miss Liss Piss. Tamara sieht, wenn jemand lügt, und Liss lügt nicht. Liss hat nichts gesehen. Und dann wären sie jetzt vielleicht nicht hier. Tamara will nicht hier sein. Sie kann Kopenhagen nicht leiden. Aber es hätte nichts geändert. Es spielt keine Rolle mehr.

Sara hat Eva das gesagt, was Eva wissen wollte, und jetzt ist Sara in diesen seltsamen Dämmerzustand von vorhin zurückversunken, von eben, als Tamara von der Katze erzählt hat. Nein, es hatte keinen Grund gegeben. Liss braucht nicht zu wissen, dass das mit der Katze im Wald und das andere, was Sara und Tamara gesehen haben, am selben Tag passiert ist. Und Tamara braucht nichts von den Augen der Mutter zu wissen. Von Mutters großen, blauen Augen, die Sara ins Gesicht geschaut hatten. Mutters Arme und Beine, die sich um einen behaarten Körper schlangen, und ihre großen blauen Augen, die Sara ins Gesicht blickten.

Eva starrt ununterbrochen auf einen Punkt rechts neben Sara. Eva sieht Tamara an. Sara fällt auf, dass Eva alt aussieht; sie scheint im Laufe der ersten fünf Gänge um ungefähr ein Jahrzehnt gealtert zu sein. Diese Entdeckung führt bei Sara zu dem heftigen, unbezwinglichen Drang, einen Kommentar dazu abzugeben, den visuellen Eindruck zu verbalisieren, der so nachdrücklich im Chiasma opticum festsitzt. Der Drang, etwas zu sagen, zusammen mit dem Drang, höflich zu sein, führt dazu, dass Sara ziemlich überraschend für die drei anderen und sich selbst plötzlich sagt:

»Gut siehst du aus, Eva.«

Keine sagt etwas. Die beiden Paare am Nachbartisch drehen sich um und sehen Sara an, lächeln und essen dann weiter. Sara lässt sich von der folgenden Stille nicht verblüffen, von der Tatsache, dass Eva keine Antwort gibt. Es war ja auch eine sinnlose Bemerkung. Aber dann sieht sie, dass Eva ganz leicht nickt. Tamara sieht fast besorgt aus.

Warum hat Sara so etwas gesagt? Sie muss doch total aus der Fassung sein. Die arme Sara. Vielleicht bricht sie gleich zusammen. Ich will nicht, dass sie mir Leid tut, denkt Tamara. Aber Tamara sieht, wie heftig die Ader in der ihr zugewandten Schläfe pocht. Die Haut in Saras Gesicht ist noch weißer als sonst. So weiß wie das Pflaster auf ihrem Ohr. Wie mager sie ist. Fast krankhaft dünn, mit spitzem Gesicht. Ihre Augen sind noch größer und noch dunkler als sonst. Tamara sieht, wie Sara sich unter der Jacke an die Brust greift, und wie sie danach an ihrem schlanken Handgelenk mit Mittelfinger und Zeigefinger den Puls fühlt.

Und sie tut Tamara Leid. Tamara will das nicht, aber Sara tut ihr entsetzlich Leid. Tamara hat ihr immer geholfen. Hat dafür gesorgt, dass niemand sie gequält hat. Wer soll sich jetzt um Sara kümmern? Und um wen soll Tamara sich kümmern? Werden sie nicht immer Schwestern sein, Sara und sie? Sara und Tamara. Das reimt sich doch. Das ist ein Zeichen. Das hat Sara gesagt.

Tamara hat plötzlich wieder Appetit. Sie nimmt ihr Besteck und isst den Rest des Fischgerichtes. Es mag weiß und farblos aussehen, aber es schmeckt ungeheuer würzig. Die kleinen dunklen Trüffelstücke geben dem Gericht Geschmack und Charakter, genau, wie der Kellner behauptet hat. Das sind Trüffel aus dem Périgord, hat er erklärt. Wir nennen sie die schwarzen Diamanten der Kochkunst. Tamara spült die Diamanten mit Champagner hinunter.

Sechster Gang: Käseplatte

Der Kellner entfernt die Reste des Fischgerichts und

bringt dann den Käse. Der Kühler mit der leeren Champagnerflasche wird hinausgetragen. Ein italienischer Rotwein wird geöffnet. Prost! Die vier Frauen nicken und lächeln. Während des sechsten Ganges sagen sie so gut wie nichts. Schweigend werden die Käse verzehrt und der Valpolicella getrunken. Die Frauen scheinen ausreichend damit beschäftigt zu sein, das, was sie hier gegessen und gehört haben, zu verdauen.

Sara lässt sich zurücksinken und mustert ihre Freundinnen auf der anderen Tischseite. Eva sieht sie kurz an, dann gleitet ihr Blick wieder nach rechts und bleibt an Tamara hängen. Liss' blonder Kopf beugt sich über den Teller mit den zwei Käsestücken und einem kleinen, scheinbar zufällig arrangierten Stapel aus karamellisierten Nüssen, und mechanisch schiebt sie die Bissen in den Mund. Vielleicht denkt sie an damals im Wald. Vielleicht denkt sie an etwas ganz anderes. Für Sara spielt es keine Rolle, was Liss denkt. Neben Sara sitzt Tamara. Dunkel und schön, und wie immer beneidenswert ruhig, sitzt Tamara da und scheint die Käseplatte zu genießen, und als sie spürt, dass Sara sie ansieht, sagt sie zufrieden und ohne dass Sara auch nur die geringste Ironie in ihrer Stimme entdecken könnte:

»Leckerer Käse, nicht wahr?«

»Ausgezeichnet«, antwortet Sara, einerseits, weil auch sie jetzt bemerkt, dass der weiche, cremige Rohmilchbrie, der Münster mit seinem fast flüssigen Kern in der roten Rinde, und das dunkle, süßliche Brot alle ungeheuer gut schmecken, andererseits, weil Tamara das gesagt hat. Und Sara braucht Tamara. Oder etwa nicht? Vielleicht kann sie auch ohne Tamara zurechtkommen?

Aber während Sara auf der Bank sitzt, wird sie von einer gewaltigen Angst erfasst. Diese Angst erscheint ihr wie eine Antwort auf die Frage, die Sara sich soeben gestellt hat. Eine Schreckensschar kommt durch die Luft auf sie zugeflogen, schlägt mit den Schwänzen, peitscht mit den Flügeln und wirft sie um. Sie bleibt zitternd und zusammengekrümmt auf dem weichen Samt liegen und lauscht den schwarzen Flügelschlägen über ihrem Kopf, und sie streckt einen Arm nach Tamara aus, die unangefochten, wie die anderen am Tisch, weiter Käse isst und Wein trinkt. In Saras Brust pumpt zuerst das Herz viel zu schnell, dann überspringt es immer wieder einen Schlag. Ein klarer Fall von Extrasystolie, ausgelöst von einer Vorkammer in Saras Herz. Wie soll sie ohne Tamara zurechtkommen? Und was, wenn sie auch Jakob verloren hat? Wer soll sie dann beschützen? Sara dreht sich suchend zu Eva und Liss um, doch sofort sieht sie, dass nicht einmal diese beiden, weder Miss Liss Piss noch die mausblonde Null, etwas mit ihr zu tun haben wollen, nicht nach diesem Abend.

Die Schar ist weitergeflogen. Der Teller ist fast leer. Nur ein Stück rotgelbe Rinde und die unberührten karamellisierten Nüsse sind noch übrig. Von rechts kommt eine silberblanke Gabel und schiebt die Nüsse behutsam zusammen. Einige fallen wieder herunter und bleiben auf dem Teller liegen. Sara hebt den Kopf rechtzeitig, um zu sehen, wie Tamara sich die Gabel mit den Nüssen in den Mund schiebt:

»Du darfst sie nicht essen. Sara. Du bist doch allergisch, weißt du«, sagt Tamara.

»Danke«, sagt Sara.

Das ist fast das Einzige, was während des Käsegangs gesagt wird. Die Frauen sitzen wie Fremde miteinander am Tisch. Jede ist in ihre eigenen Gedanken versunken. Sie sind schon längst satt, aber sie essen immer weiter.

Kaum hat Sara die Klinke in der Hand, da wird die Tür von innen geöffnet. Auf dem Gang steht Saras Mutter. Sara, wo warst du denn so lange? Ich hatte solche Angst um dich. Die Mutter öffnet die Arme, sie sieht aus wie ein dunkles Kreuz in der Tür zum hellen Wohnzimmer. Wie ein schwarzes Kreuz vor weißem Grund. Wie schwarzes Fell vor hellem Birkenholz. Damals im Wald hat sie ihre Mutter gekreuzigt. An sie hat sie gedacht, als sie einen Nagel nach dem anderen eingeschlagen hat. Die Augen der Mutter hatten ihr ins Gesicht gesehen. Nie wieder wird sie in die beschützenden Arme ihrer Mutter laufen können.

Aber jetzt habe ich Mutters Augen, denkt Sara. Saras Mutter war durchsichtig und sanft. Wie eine kleine Puppe. Mit riesigen, hilflosen Augen. Mit Augen, die alle dazu bringen, das zu tun, was sie will. Sara kommt allein zurecht. Sara braucht niemanden, der sich um sie kümmert. Nicht die Mutter, nicht Jakob. Nicht Tamara. Ich bin stark. Sara spitzt den Mund wie zum Pfeifen, hört aber sofort auf, als sie sieht, dass der alte krummrückige Kellner sich ihrem Tisch nähert. Sein Hemd unter der schwarzen Seidenweste ist weiß wie Schnee, seine Nägel dagegen sind vom Alter gerillt und gelb. Er lächelt sie an mit seinen schorfigen Mundwinkeln, und seine gebleckten Zähne sind wirklich tiefbraun. Er schenkt ihnen Wein ein, fragt, ob alles so recht sei. Sara friert am Rücken. Auf einer der Lithographien sitzen drei von den schwarzen Tieren, die eben noch über sie hinweggeflogen sind. Ihre Schwänze schlagen gegen den Bilderrahmen.

Sara hatte als Zweite in der Klasse Farbfernsehen. Nur Liss' Familie war noch früher dran gewesen. Tamara geht oft zum Fernsehen zu Sara. Anfangs schauen sie sich sogar die ganze Weltmeisterschaft im Eisschnelllauf an. Es ist so komisch, dass die Schlittschuhläufer rotblaue Anzüge tragen und keine grauschwarzen. Neben dem Fernseher steht ein Tisch. Auf dem Tisch gibt es eine Blumenvase und ein Foto. Ein ziemlich großes Foto in breitem Silberrahmen. Auf beiden Seiten des Bildes stehen Leuchter mit weißen Kerzen, die immer brennen. Niemand darf diesem Tisch zu nahe kommen. Niemand darf das Bild berühren. Die Mutter poliert den Silberrahmen jeden Tag.

Sara hatte nichts gesagt, als ihr klar geworden war, dass sie und Tamara doch keine Schwestern waren. Sie hatte in alten Fotoalben geblättert, und dort hatte sie ein kleines Jugendbild ihres Vaters gefunden. Sie kannte andere Bilder von ihm, auch Bilder aus seiner Jugendzeit, aber bei diesem Bild war etwas anders, am Winkel, am Blick. Etwas, das ihn anders aussehen ließ. Und sie sah es. Es war so deutlich, dass sie es sehen musste, auch durch ihre Gewissheit hindurch, dass Tamaras Vater auch ihr Vater war. Tamara und Sara hatten einander nie gesagt, dass sie Schwestern sind, aber beide wussten und glaubten es. Sie hatten es doch gesehen. Und es erklärte so vieles. Tamara war Saras große Schwester. Und Schwestern helfen einander. Die große Schwester hilft der kleinen Schwester. Sara hatte nichts gesagt. Sie wollte so gern weiterhin Tamaras kleine Schwester sein. Das war bequemer so. Im Laufe der Jahre hatte Sara ziemlich viel tun müssen, um Tamara zu behalten.

Sara und Synne hatten ein gemeinsames Zimmer. Sie hatten eine Schreibtischplatte mit zwei Schubladenschränken an der einen Längswand und ein Etagenbett an der anderen. Über Saras Bett hing eine Stickerei mit ihrem Namen in Kreuzstich in einem Kranz aus kleinen Vögeln. Saras Mutter hatte das Bild gestickt. Über dem Bett der Schwester hing eins mit grünen Kreuzstichbuchstaben und

Marienkäfern. Jede hatte einen Teil des Schreibtisches und einige Regalfächer an der Wand.

Zwischen dem Schlafzimmer von Saras Eltern und dem Zimmer von Sara und Synne lag ein weiteres Zimmer. Ein Zimmer mit verschlossener Tür. Nur Mutter darf dort hineingehen. Aber Sara ist so oft dort, wie überhaupt nur möglich. In diesem Zimmer steht ein ganz neues Bett. Sara weiß, dass die Mutter es einmal in der Woche frisch bezieht. Im Regal stehen Bücher. Fünf Freunde, Nancy Drew und Hanni und Nanni. Oben im Regal sitzen drei Barbiepuppen nebeneinander. Im Kleiderschrank liegen Kleider. Eins der schönsten davon ist genau das Kleid, das Sara sich schon lange wünscht. Ab und zu liegen neue, größere Sachen im Schrank, und die alten verschwinden. Sara weiß nicht, was aus ihnen wird, und sie kann nicht fragen. An den Wänden hängen Poster von Pferden und Hundebabys. Über dem Bett hängt eine Kreuzstichstickerei mit Blumen. In hellblauen Buchstaben hat die Mutter den Namen ›Bitte‹ gestickt. Bitte ist gestorben, als Sara erst zwei Jahre alt war und Synne noch nicht geboren. Bitte lag mit nur acht Monaten tot in ihrem Kinderbettchen. Vielleicht hatte es am Herzen gelegen, meinten die Ärzte.

Saras Mutter hat schreckliche Angst, dass Sara und Synne etwas passieren könnte. Deshalb dürfen die beiden fast nichts. Lass mich mal dein Herzchen fühlen, Sara. Ich finde, es schlägt ein bisschen zu schnell. Saras Mutter ist durchsichtig und sanft. Wie eine kleine Puppe. Mit großen blauen Augen. Mit blauen Augen, die alle dazu bringen, genau das zu tun, was sie will. Das klappt auch bei Tamaras Vater. Die Mutter hat Tamaras Vater dorthin gebracht, wo sie ihn haben wollte. Sara weiß genau, wie ihre Mutter ist, denn sie ist selber auch so. Saras Augen bekommen alle dahin, wo sie sie haben will. Håvard. Tamara war zu einem Seminar gefahren. Pass für mich auf Håvard auf, hatte Tamara scherzhaft zu Sara gesagt. Håvard und Tamara verstanden sich so gut. Sie waren einander in der Zeit ihrer Ehe so nahe gekommen. An dem Tag, an dem Tamara zum Seminar gefahren war, sprang Saras Auto nicht an. Glücklicherweise passierte das gleich bei dem Reihenhaus, in dem Tamara und Håvard wohnten. Håvard ist so praktisch, jedenfalls für einen Dichter. Sara klingelt. Ist Tamara nicht zu Hause, fragt sie verblüfft. Dann schaut sie aus großen, feuchten Augen zu ihm hoch und knöpft seine Hose auf. Später hatte Håvard geweint. Sara, das hätten wir niemals tun dürfen, hatte er gesagt. Er ist mehr oder weniger über mich hergefallen, erzählte Sara und streichelte Tamaras Hand. Sara tröstet und verzeiht. Nicht doch, ich bin nicht böse, Tamara. Nein, Tamara, das ist nicht deine Schuld. Arme Tamara. Immer ist sie so blind, wenn es um Männer geht. Tamara, du hättest auf mich hören sollen. Du hättest ihn nicht heiraten dürfen. Sara tröstet und verzeiht.

Im Laufe der Jahre hat Sara ziemlich viel tun müssen, um Tamara zu behalten. Und sie hat es jedes Mal geschafft.

Aber Sara braucht sie jetzt nicht mehr. Sara kann sie ganz einfach nicht mehr brauchen. Auf Tamara ist kein Verlass. Die drei am Restauranttisch sind unbrauchbar. Eine, auf die kein Verlass ist, zwei, die zu viel wissen. Ich habe Mutters Augen, denkt Sara. Ich habe Augen, die alle dazu bringen, genau das zu tun, was ich will. Ich komme allein zurecht. Niemand muss sich um mich kümmern. Nicht Mutter, nicht Tamara. Nicht Jakob. Ich bin stark. Und wenn es doch nicht geht, dann kann ich immer noch Synne anrufen. Wir haben schon seit Jahren nicht mehr miteinander geredet, aber bestimmt kommt sie, wenn ich sie bitte.

Sara fühlt ihren Puls am Handgelenk. Ganz normal. Ihr Herz schlägt ruhig und regelmäßig. Gut geschützt unter den Rippen. Sara nimmt ihre Gabel vom Tisch. Sofort heben die drei schwarzen Tiere ab und fliegen davon. In Gedanken stößt Sara einen lauten Pfiff aus.

Tamaras Gabel nähert sich den restlichen Nüssen auf Saras Teller. Aber Saras Gabel ist schneller. Sara steckt die Nüsse in den Mund, kaut und schluckt. Sara hat immer schon gern Nüsse gegessen. Aber jetzt hat sie ziemlich lange darauf verzichtet, sie sich in aller Öffentlichkeit zu gönnen. Sara verträgt Nüsse bestens. Ihr Herz ist jung und gesund. Ihr Becken ist in einwandfreiem Zustand.

»Aber Sara«, sagt Liss. »Du solltest doch lieber ...«

»Ich weiß, was ich tue«, sagt Sara, noch ehe Liss den Satz beendet hat. Und damit hat Sara Recht. Sara hat immer schon gewusst, was sie tut.

Siebter Gang: Schaum von Honig- und Passionsfrucht

Sara lächelt Tamara an, während sie langsam die Nüsse kaut. Lächelt sie spöttisch? Tamara spürt, wie ihr Herz wild und unbeherrscht schlägt. Tamara hat ihr Herz noch nie so bemerkt. Es haust seit fast siebenunddreißig Jahren in ihrer Brust, hat aber noch nie besonders viel Aufhebens um sich gemacht. Aber jetzt scheint es ihren Brustkasten zu sprengen. Und hat es nicht auch ein paar Schläge ausfallen lassen? Was das wohl zu bedeuten hat? Kann es gefährlich sein? Tamara holt Luft, versucht, ruhig zu atmen, aber sie kann nicht genug Luft in ihre Lunge ziehen. Sie öffnet den Mund, um etwas zu sagen, aber ihre Zunge ist viel zu dick. Sie füllt ihren Mund aus. Dort ist kein Platz für Wörter. Tamara ist es schwindlig. Sie sieht die anderen nur noch verschwommen. Vielleicht hat sie zu viel getrunken? Das weiße Hemd des Kellners tut ihren Augen weh, und das

Klirren der Käseteller, die er aufeinander stapelt, schmerzt in ihren Ohren.

Eva hat die Augen geschlossen, während der Kellner den Tisch abräumt. Auch sie fühlt sich nicht wohl, und aus irgendeinem Grund muss sie an ein anderes Fest denken. An ein Fest, das sie mit sieben Jahren besucht hat. Sie trägt ihr schönes Kleid, sie ist bei Lotte zum Geburtstag eingeladen. Eva möchte in weicher Luft schwimmen. Sie will zwischen kleinen, leichten Wolken schwimmen, die leicht und süß sind wie Zuckerwatte. Und Lottes Vater lächelt und nickt und hebt Eva hoch in die Luft. Eva fliegt. So, wie sie es sich erträumt hat. Seine Hände halten ihren Bauch ganz fest, und ihr Bauch ist gefüllt mit Geburtstagsessen.

Eva öffnet wieder die Augen. Ihr ist wirklich fast schlecht. Der Kellner hat das erste der beiden Desserts gebracht. Ein ziemlich leichtes Dessert, erklärt er und stellt mit übertrieben eleganter Handbewegung kleine Glasschüsseln mit dunkelgelber Creme hin. Honig- und Passionsfruchtschaum, erklärt er. Wunderbar, sagen die vier Damen. Und es sieht köstlich aus. Eva freut sich. Trotz allem. Sie isst so gern.

»Morgen würde ich gern …«, setzt Liss an.

»Schmeckt köstlich, oder?«, fragt Tamara und sieht Sara an. Ihre Stimme klingt anders. Verwaschen und tonlos. Unkontrolliert laut.

»Ganz großartig«, antwortet Liss. »Ich würde gern einen Ausflug nach Nyhavn machen.«

»Das ist Passionsfrucht, oder?«, fragt Sara und schaut Liss' blonden Kopf an. »Oder Granatapfel?«

»Passionsfrucht«, antwortet Tamara, noch immer mit ihrer lauten, seltsamen Stimme.

»Ja, genau, gnädige Frau. Passionsfrucht. Und wie

schmeckt es?«, fragt der Kellner. Er bringt eine Flasche Sauternes.

»Ganz hervorragend«, sagt Sara.

»Hervorragend«, sagt Tamara als hilfsbereites Echo.

Eva senkt den Blick, isst weiter. Ja, es schmeckt wunderbar, sagt sie in Gedanken. Immer wieder. Köstliches Essen. Ans Essen denken. Nicht an Tamara denken. Die Stadt meiner Kindheit. Ein Mann und eine Frau. Das Verhältnis blieb nicht ohne Folgen. Von ganzem Herzen geliebt. Zwei kleine Mädchen. Gesehnt. Nicht daran denken. Ans Essen denken. Den Löffel ins Dessertglas, den Löffel zum Mund, Mund auf. Kauen, schlucken. Immer wieder. Der Passionsfruchtschaum schmeckt süß und aromatisch und intensiv, der Honiggeschmack ist durchdringend. Überwältigend süß. Der Schaum ist fast nicht zu spüren. Er schmilzt und löst sich auf, sobald er mit der Zunge und den feuchten Mundwänden in Berührung kommt. Nur Geschmack, keine Substanz. Tamara. Eva merkt plötzlich, dass sie sich erbrechen muss. Sie springt auf, aber zu spät. Sechs Gänge in gelbem Honig- und Passionsfruchtschaum ergießen sich über die Damastdecke. Eine gelbe, säuerliche Masse aus halb verdauten Bissen. Eva bleibt stehen und sieht zu, wie einige Blasen platzen und zu Kratern werden, um dann abzuflachen. Sie staunt über Farbe, Größe und Form eines Stückes Entenbrust, wie ein rosaroter, großer, schön abgerundeter Badeschwamm liegt es auf dem Tisch. Sie merkt, wie der scharfe Geruch ihre Nase füllt, und derselbe Geschmack ihren Mund. Sie sieht, wie das Erbrochene über die Kante des Weinglases rutscht, und wie es zäh vom Rand der Dessertschale auf ihren Löffel tropft. Sie hört Tamaras wiederholte einsilbige Eruptionen der Abscheu. Pfui Teufel, igitt! Zwei stumme Kellner eilen mit Eimern und Wischlappen herbei. Ein dritter bringt eine neue Tischdecke, eine neue Serviette, ein großes Glas Wasser. Die beiden gesetzten Paare am Nachbartisch schauen nicht zum Tisch der Frauen herüber, sondern essen und trinken weiter. Innerhalb kurzer Zeit sieht Evas Platz aus wie vorher. Eva nickt den Kellnern dankbar zu. Sie setzt sich und trinkt einen Schluck Wasser. Der bittere Geschmack in ihrem Mund wird weggespült. Die drei anderen sehen sie an. Liss mit Mitgefühl und Verständnis. Tamara mit demonstrativem Ekel, und Sara mit Gleichgültigkeit.

»Geht's dir jetzt besser?«, fragt Liss. Sie ist die Erste, die etwas sagt.

»Ja, danke«, sagt Eva. »Das war wohl ein bisschen zu viel für mich. Tut mir wirklich Leid.«

»Ja, da sagst du was Wahres. Wie ekelhaft. Meine Güte«, sagt Tamara spitz. »Nehmen wir nachher ein Taxi zurück zum Hotel?«

»Ist es zu weit, um zu Fuß zu gehen?«, fragt Liss und sieht Eva wieder an.

»Nein, gar nicht«, antwortet Eva, froh, weil Liss sich um sie kümmert. »Aber es ist vielleicht ein bisschen kalt?«

»Ich glaube, frische Luft würde uns gut tun«, sagt Liss. »Nach dem vielen Essen.«

»Ich kann jetzt einfach nicht laufen«, sagt Sara. »Ich fühle mich so schlapp. Ich glaube, das liegt an meinem Becken.«

»Ein kleiner Spaziergang wird dir sicher gut tun«, sagt Liss. Mit der hellen, fröhlichen Stimme, die Eva inzwischen so gern hört.

»Sie kann nicht laufen. Natürlich nehmen wir ein Taxi«, sagt Tamara ziemlich laut.

»Ich gehe zu Fuß«, sagt Sara. »Kümmer dich um deine

eigenen Angelegenheiten. Ich brauche kein Kindermädchen.«

Tamara schnappt nach Luft. Ihr Herz hämmert derart, dass das nur auf schwerwiegende Herzprobleme hinweisen kann. Sara beugt sich über den Tisch und sagt freundlich:

»Liss. Übrigens. Weißt du, wer damals deinen alten Teddy weggenommen hat? Das war Tamara.«

Sara steht auf und geht auf die Treppe zu. Ich bin eine Königin, denkt sie. Ich schaffe alles. Ich brauche niemanden. Und sollte ich doch jemanden brauchen, dann weiß ich, wo ich diesen Menschen finde.

Achter Gang: Vanilleparfait in heißer Kirschsoße

Teddy. Katze im Wald. Fünfundzwanzig Jahre des Verschweigens und der Lügen. Der Verleumdungen. Der leisen Demütigungen. Der Tag, an dem sie ihr am Waldrand begegnet sind. Miss Liss Piss. Liss' Unzulänglichkeit. Für diese beiden! Liss sieht Tamaras rot gemalte Lippen. Sie hört Saras klappernde Absätze, als Sara von der Toilette zurückkommt. Liss merkt, dass sie froh ist. Und erkennt die Erleichterung, die unendliche Erleichterung von damals, als sie beschloss, ihre Mutter nie wieder zu besuchen, jeglichen Kontakt abzubrechen. Und diese beiden. Alle bewundern Sara und Tamara. Sie sind so klug, so gepflegt, so schön. Die eine dunkler als die andere. Schaut nur, Sara fällt ihre Serviette auf den Boden. Ein junger lächelnder Kellner legt sofort eine neue neben ihren Teller. Sara bemerkt das nicht einmal, sie betrachtet im Spiegel ihren Lidstrich. Neben Sara sitzt wie immer Tamara. Die sieht übrigens nicht so aus wie sonst. Ihr Gesicht ist viel zu bleich für die blutroten Lippen.

»Ich möchte morgen gern mit dir nach Nyhavn kommen«, sagt Eva plötzlich.

Liss nickt Eva zu, und die schickt ein brüchiges Lächeln zurück, ein Lächeln, das leicht in Stücke gehen kann. Am Tisch ganz hinten vor der Wand sitzt ein Mann, den Liss an diesem Abend noch nicht bemerkt hat. Er ist männlich und breitschultrig. Und trägt einen gut geschnittenen, anthrazitgrauen doppelreihigen Anzug. Und wenn er lächelt, leuchten seine Zähne perlmuttweiß, nein, schneeweiß. Er sieht aus wie ein italienischer Graf. Und er ist auch einer. Liss erkennt ihn, als er sein Glas hebt und ihr zuprostet.

»Der sieht ja toll aus«, sagt Eva.

»Meint der dich oder mich, Sara?«, fragt Tamara.

»Wer ist das?«, fragt Sara neugierig und beugt sich über den Tisch zu Liss.

Liss lacht laut. Dann trinkt sie dem Grafen zu. Ein Kellner bringt ein Silbertablett. Auf dem Tablett steht eine Vase mit einer einzigen tiefroten Rose, daneben liegt ein eisblauer Briefumschlag. Der Briefumschlag liegt so, dass das Familienwappen mit dem Schwert und den beiden Leoparden nach oben schaut. Der Kellner stellt die Vase neben Liss' Gedeck. Für Sie. Von dem Herrn dort hinten, sagt er und nickt diskret zu dem Mann in der Ecke hinüber. Liss ist diesem Grafen auf einem Kongress begegnet. Sie ist eine erfolgreiche Geschäftsfrau. Aber ehe sie sich auf die nächste millionenschwere Transaktion konzentrieren kann, muss sie ihre beiden Sekretärinnen loswerden. Ihre beiden dunkelhaarigen, total unbrauchbaren Sekretärinnen. Die können nicht einmal Kaffee für sie kochen, ganz zu schweigen vom Telefonieren, nicht einmal zum Schuheputzen lassen sie sich verwenden. Liss riecht an der Rose und öffnet den Umschlag. Die anderen sehen zu. Als sie die Briefkarte aus eisblauem Bütten herausnimmt, fällt etwas Weißes auf den Boden. Was ist das denn? Sieht das nicht aus wie ein Stück

Eierschale?, fragt Sara. Liss stellt sich taub. Ihr seid gefeuert, sagt Liss zu den beiden dunklen Frauen.

In diesem Moment, noch ehe die anderen weitere Fragen stellen können, bringt ihr Kellner ein Tablett mit vier hohen Gläsern. In jedem Glas liegt eine weiße Kugel Eis, umgeben von einer roten Soße, und aus dem Eis ragt eine Wunderkerze, die brennt und unbekümmert eine kleine silberblaue Funkenfontäne versprüht.

»Und jetzt, meine Damen, sind Sie beim allerletzten Gang dieses Abends angelangt«, sagt der Kellner. »Nämlich einem Vanilleparfait mit heißer Kirschsoße, zubereitet aus frischen Kirschen und unserem berühmten dänischen Kirschwein Peter Heering.«

Er balanciert das Tablett auf der flachen Hand, schlägt die Hacken aneinander und stellt danach vor jede Dame ein Glas.

Sara, Liss und Eva essen ihr Eis. Das weiße Eis in der roten Soße. Niemand sagt etwas. Tamara gräbt mit ihrem Löffel im Eis, aber sie isst nicht. Sara winkt dem Kellner und bittet um die Rechnung, die sofort auf einem kleinen Teller vor Liss abgelegt wird.

»Prost. Es hat jedenfalls köstlich geschmeckt«, sagt Liss und leert ihren Sauternes.

»Ja, wunderbar«, sagt Sara. »Ich glaube, mir hat dieses Blätterteigteil mit Kräutern und Tomaten am besten geschmeckt. Und das Trüffelrisotto war einfach himmlisch.«

»Teilen wir die Rechnung einfach durch vier? Ich habe ja zwei Aperitifs getrunken, und ihr nur einen«, sagt Liss und beugt sich über die Rechnung.

»Die teilen wir durch vier«, sagt Eva. »Das ist kein Problem.«

»Genau«, sagt Sara.

»Aber sicher doch«, sagt Tamara. Zu laut.

Sie bezahlen, geben reichlich Trinkgeld und stehen auf. Sie nicken den beiden Paaren am Nachbartisch zu und gehen. Liss voran. Hocherhobenen Hauptes. In der einen Hand trägt sie eine rote, langstielige Rose. In ihrer Handtasche steckt ein eisblauer Briefumschlag. Eva holt Liss ein. Liss hebt den Arm und legt ihn für einen Moment um Evas Schulter, dann lässt sie ihn Evas Rücken hinuntergleiten. Eva lächelt. »Nyhavn?«, fragt sie. »Nyhavn«, antwortet Liss. Der blonde und der mittelblonde Kopf nebeneinander. Liss' blaue Augen in Evas braunen. Hinter ihnen kommen Sara und Tamara. Sie starren vor sich hin. Sie wechseln auf dem kurzen Weg vom Tisch zur Garderobe kein Wort. Tamaras Hand streift Saras, vielleicht zufällig, vielleicht gezielt. Bei der Berührung reißen beide ihre Hände zurück. In Evas Handtasche steckt ein verblichenes Foto von zwei dunkelhaarigen Kindern. Bald wird es in einem öffentlichen Mülleimer Kopenhagens liegen. In Saras Handtasche liegt Tamaras kleines dickes Buch. Morgen wird Sara es entdecken und lesen.

Die Damen bekommen in der Garderobe ihre Mäntel. Der Kellner bleibt in der Tür zum Restaurant stehen. Er schaut hinter den norwegischen Gästen her, die in die kalte Januarnacht hinausgehen. Dann schließt er die Tür, und wir können die vier Frauen nicht mehr sehen.

Kapitel 10

Frühstück, Donnerstag, 5. Juli

In einem Hotelzimmer in Deutschland erwacht eine dunkel-, fast schwarzhaarige Frau. Sie gähnt, streckt die Arme. Ihre Bettdecke rutscht auf den Boden. Die Frau schlägt ihre schönen großen Augen auf und betrachtet zufrieden ihren in Seide gekleideten, schlanken Körper. Das Zimmer ist groß. Helle Wände, heller Teppichboden. Helle, glänzende Täfelung. Auf dem Schreibtisch hinten am Fenster steht ihr Laptop. Daneben ragt ein Stapel Wörterbücher auf. Im anderen Bett liegt eine schlafende Frau. Sie hat die Decke so hoch gezogen, dass ihr Gesicht fast verdeckt ist. Sie bewegt sich unruhig im Schlaf, murmelt etwas, zieht an der Decke.

Die Schwarzhaarige geht pfeifend ins Badezimmer, duscht, schminkt sich die Augen, zieht sich an. Dann weckt sie die andere. Setzt sich auf die Bettkante und lässt die Hände behutsam durch die schwarzen Haare der anderen gleiten.

»Guten Morgen. Gut geschlafen?«

»Ja, danke«, antwortet die andere nach einigen Sekunden. »Ich habe etwas Seltsames geträumt.«

»Ich fühle mich heute irgendwie schlapp«, sagt die Schwarzhaarige. Mit großen, ein wenig ängstlichen Augen sieht sie wieder die Frau im Bett an. »Ich weiß nicht, wieso, aber heute tut mir mein Becken weh.«

»Ach je«, sagt die andere.

»Ich glaube leider nicht, dass ich heute Vormittag in diese Kunstausstellung gehen kann. Ich weiß ja, wie sehr du dich gefreut hast, aber ich bin so müde.«

»Du Arme. Denk nicht an die Ausstellung. Das ist schon in Ordnung. Ich kann doch ein andermal hingehen.«

»Aber heute wird sie doch eröffnet und du kennst den Künstler und überhaupt.«

»Das macht nichts, Sara«, sagt die Braunhaarige.

»Vielleicht könnten wir stattdessen ein bisschen durch die Geschäfte bummeln«, schlägt Sara vor.

Die andere nickt. Sara steckt sich die Haare hoch und beobachtet die andere im Spiegel. Sara streift sich eine Locke vor das eine Ohr. Sie will nicht, dass jemand die Narbe entdeckt, auch wenn sie jetzt fast unsichtbar ist. Nur ein kleiner weißer Streifen am Ohrläppchen. Sie hat neue Ohrringe. Kleine, glitzernde Diamanten. Sara hat sie von Tamara bekommen. Das kann ich doch nicht annehmen, hat Sara gesagt. Doch, die sind für dich, hat Tamara wiederholt. Sara dreht sich um und schaut in die Augen der braunhaarigen Frau. Wir sind Schwestern, denkt Sara. Wir sind Schwestern für immer.

»Ich fühle mich schon besser«, sagt Sara und lächelt.

»Das ist gut, Sara«, sagt Synne.

Die beiden Schwestern gehen hinunter in den Speisesaal. Saras schwarze Haare neben Synnes braunen. Frühstück. Walnussbrot mit Aprikosenmarmelade. Nein, nicht die Orangenmarmelade, Sara, du weißt doch, dass du gegen Zitrusfrüchte allergisch bist. Danke, Synne. Starker Kaffee. Weiße Milch in den Gläsern. Weiß wie ein Engel.

Sara ist mit ihrer Schwester in Deutschland. Sie wollen ungefähr einen Monat dort bleiben. Bevor sie selbst in Ferien gefahren ist, hat Liss mit einem Nachbarn gesprochen, der Sara und Synne auf der Fähre Rødby-Puttgarden begegnet war.

Aber was ist mit Tamara?

Also, während Sara und Synne in Deutschland Walnussbrot essen, sitzt Tamara irgendwo anders in Europa ebenfalls beim Frühstück. Sie sitzt an einem Resopaltisch, und sie ist nackt. Oder vielleicht trägt sie einen offenen roten Kimono. Jetzt beugt sie sich jedenfalls mit einer Zigarette zwischen den Lippen über den Tisch. Ein hübscher Mann mit Schnurrbart gibt ihr Feuer und betrachtet ihre Brüste, die die Krümel vom Tisch fegen. Der Mann trägt Boxershorts und ein Netzhemd. In der Ecke steht ein zusammenklappbares Keyboard. Über der Stuhllehne hängt seine Arbeitskleidung für den Abend: ein himmelblauer und mit Pailletten besetzter Smoking. Liss kichert. Aber nur ganz leise. Sie will Pål doch nicht wecken.

Tamara hat jetzt fertig geraucht und möchte essen. Aber was gibt es in Ungarn eigentlich zum Frühstück? Oder sind sie in Bulgarien? Bestimmt gibt es Weißbrot. Beträufelt mit süßem Honig. Und vielleicht Oliven. Liss war noch nie in Ungarn oder Bulgarien. Liss legt sich bequemer hin, dichter an Påls warmen Rücken. Sie schließt wieder die Augen. Die anderen schlafen offenbar alle noch. Es ist ganz still im Ferienhaus.

Liss weiß es sehr gut. Tamara sitzt nirgendwo in Südeuropa mit einem Tanzmusiker beim Frühstück. Tamara war auch noch nie in Ungarn oder Bulgarien. Aber sie sitzt beim Frühstück. In diesem Moment knabbert Tamara an einem fertig gestrichenen Butterbrot. Denn dort, wo Tamara ist, sind Messer verboten. Ein Brot mit Käse und eins mit Schinken. Jeden Tag das Gleiche. Tamara trägt einen weißen Kittel. Um ihr Handgelenk hat sie ein Namensband aus durchsichtigem Kunststoff. Inzwischen ist eine deutliche Beule in dem weichen Kunststoff entstanden, dort, wo Tamara immer Zeigefinger und Mittelfinger hinlegt, um ihre Pulsschläge zu zählen. Tamara isst langsam. Sie hat keinen Appetit. Aber mit dem Apfelsaft schluckt sie gehorsam zwei hellblaue Pillen hinunter.

Nicht viele kommen Tamara besuchen. Sie hat sie alle verloren. Kristian. Carlos. Håvard. Und jetzt auch Thomas. Sara hatte Tamaras kleines dickes Buch in ihrer Handtasche gefunden und gelesen. Sie hatte zwei Seiten herausgerissen und mit einem Gruß an Thomas an Emma geschickt. Liss weiß sehr gut, wo Tamara ist, denn Eva besucht Tamara einmal pro Woche. Aber Liss stellt sich Tamara lieber in rotem Kimono in einem Frühstücksraum vor, dessen Fenster sich öffnen lassen. Eva sagt, Tamara sei entsetzlich dünn geworden, und ihre Haut sei jetzt so weiß wie die Kleidung, die sie tragen muss.

Liss seufzt, dreht sich um, genießt die Wärme im Bett. Sie ist müde.

Eine blonde Frau spaziert langsam durch eine schattige Allee. Neben ihr geht der italienische Graf. Er trägt einen schwarzen Umhang und … Nein, nicht heute. Die blonde Frau knöpft ihr smaragdgrünes Kostüm von Yves Saint Laurent zu und greift zu der Aktentasche mit den verschlüsselten Texten. Nein. Liss runzelt die Stirn. Nein, heute keine Grafen. Und auch kein Geheimdiensteinsatz. Etwas anderes. Ich will von einem Frühstückstisch träumen.

Ja, von einem Frühstückstisch mit blaukarierter Decke. Liss schließt die Augen. Und einem Korb voll frischem

Toast. Einem Tisch, der für sieben Personen gedeckt ist, mindestens drei unterschiedlich gemusterte Tellersorten sind dabei. Ein gesprungenes Marmeladenglas mit Wiesenblumen. Weich gekochte Eier in einer handgenähten Wärmehenne. Leberwurst. Hammelwurst. Ziegenkäse und Cervelatwurst. Zwischen dem Aufschnitt liegt eine rosa Strickarbeit. Die Tür steht offen, draußen ist heißer Sommer.

Am Tisch sitzen nur zwei Personen. Eine hellblonde Frau und eine mittelblonde mit großen braunen Augen und Lachgrübchen. Die Mittelblonde hat kräftige Oberarme, doch als sie sich etwas erhebt, um nach der Teekanne zu greifen, sehen wir, dass sie ihren Bauch nicht nur dem guten Essen zu verdanken hat.

»Jetzt kommt die Herde sicher bald vom Angeln zurück«, sagt die hellblonde Frau mit dem fröhlichen runden Gesicht. »Ich glaube, ich fang schon mal mit dem Abwasch an.«

»Ich trockne ab«, sagt die Mittelblonde.

Die Frauen fangen an, den Tisch abzuräumen. Für einen kurzen Moment berühren sich ihre Hände über dem Brotkorb. Sie lächeln.

Liss fährt aus dem Schlaf hoch. Pål liegt nicht mehr neben ihr im Bett. Barfuß geht sie über den Holzboden und weiter in die winzige Küche. Draußen ist warmer Sommer.

»Guten Morgen. Setz dich«, sagt Eva fröhlich. »Pål und Erik sind mit den Kindern angeln gegangen. Ich wollte dich nicht wecken. Möchtest du Tee?«

»Ja, bitte«, sagt Liss.

Eva trinkt Tee und strickt mit weicher, rosa Wolle.

»Sie wird sicher ein mutiger kleiner Schütze«, sagt Liss und streichelt Evas Bauch. Eva nimmt Liss' Hand und drückt sie.